Anna Rheinsberg

SCHAU MICH AN

Roman

Edition Nautilus

Editorische Notiz: Der Roman wurde gefördert durch den Deutschen Literaturfonds e.V. Darmstadt.
Lektorat: Hanna Siehr
Umschlaggestaltung: Maja Bechert

Edition Nautilus Verlag Lutz Schulenburg
Alte Holstenstr. 22 · D-21031 Hamburg

1. Auflage 2000 · ISBN: 3-89401-354-0
Printed in Germany

www.edition-nautilus.de

Für Kater Iwan

»Es gibt überhaupt keinen Weg zur Liebe – ich weiß das.
Die Liebe stellt sich uns in den Weg. Sie versperrt uns
den Weg für immer, und gibt sie die Bahn frei, dann ist
der Weg unbegehbar geworden, unterbrochen ...«

Colette, *La Vagabonde*

»Er ist noch zu jung
aber laßt ihn sich besaufen
Manchmal erscheint er angezogen vor mir
und manchmal völlig nackt.«

Chaba Zahouania

Wohin geht Paul?

Paul lief in die Sonne. Die Luft war schmutzig und der Himmel seltsam weiß. Es hatte geregnet, die Wolken hingen noch über den Hochhausdächern und um die Ruine der riesigen Zementfabrik, an der Geleise lagen, Sandgruben und der Fluß.

Rauch stieg auf. Die Müllhalden brannten. Der Qualm kam von Westen, dorther, wo die Silos waren, der Schlachthof und die Siedlungen der Arbeiter.

Paul dachte nie an die Stadt. Wer hier lebte, vergaß am besten, wo er gelandet war. Große, graue Stadt. Es gab kein Zentrum, nur viele Straßen; kaum Plätze. Eine willkürliche Anordnung von Stein, von Industrie, Beton und Häusern, und dazwischen die Verkehrsadern und leere Schneisen, eine Testrennstrecke, ein Kraftwerk. Friedhöfe. Die Straßen führten mal parallel, mal kreuz und quer hinaus aufs Land, zu den Sümpfen und den angrenzenden brachliegenden Feldern, den Wiesen und Baumgruppen.

Die Stadt hielt sich im Nichts, ziellos, unbedacht, sehr traurig und herunter mit sich. Gefangen in Agonie, rebellisch, trotz allem. Aber im Mittagslicht war sie klar, strahlend und voller Vögel. Und immer kam eine Musik von irgendwoher, ein Rhythmus, der mit dem Lärm, den Stimmen, Motoren, Zügen, Bussen, Hochbahnen und dem Wasser des Flusses zugleich die Trägheit des Himmels nachahmte, das Schreien der Vögel und den Tag, der jung blieb, umherging und schwieg. Eine fremde furchtlose Musik. Sie ergriff jeden, auch Paul. Ihr unverfrorener Diskant ließ ihn an die Farben der Kindheit denken, an ein Händeklatschen, an Füße, die aufstampften, stolperten. Er mußte aufpassen, wohin er trat! Und schauen, daß er vorwärts kam. Die Musik war wunderbar.

Als Junge hatte Paul grüne Mützen getragen und seidene grüne Schals. Es machte ihm nichts aus, daß alle anderen, auch seine Mutter, ihn damit unmöglich fanden. Er war süchtig nach Pfefferminz gewesen und hatte nie mehr als drei Sätze hintereinander gesprochen, was diejenigen, die ihm zuhörten, dazu brachte, sehr viel zu erzählen. Er war mit niemandem wirklich vertraut gewesen. Man hielt ihn für scheu, und Paul war scheu, anständig und lustig. Die grünen Mützen zeigten es. Seine Unlust zu reden, sein beharrliches Schweigen hatten ihm viele Freunde beschert. Aber er hatte keinen einzigen echten Freund gehabt. Er hatte sich nie darum bemüht, einen zu finden.

Paul war Musik, so wie er lief, durch die Stadt und in der Sonne. Entzückt, und doch war er uneins mit sich. Er fühlte eine Ungeduld, er dachte an Farben. Die Farbe Grün fiel ihm ein. Eine grüne Mütze! Sie war leicht, aus einem Wollgemisch, bestickt. Er würde Ali Akbar, den Armenier, fragen, ob er eine für ihn auftreiben könnte. Ali Akbar war sein Freund. Das hatte er vergessen. Schon war die grüne Mütze verschwunden. Und gleich kam etwas Neues.

Mit der Musik ging der Wunsch nach Komplizenschaft neben Paul. Stieß ihn heftig an, aufdringlich; machte ihm Anträge. Der Wunsch schiß auf die Mütze und auf Ali Akbar (sie wollten heute abend Go spielen).

Aber Luis hatte ihn *erhört*, dachte Paul. Er spürte den Geschmack von Zucker auf seinen Lippen, dachte an nie eingehaltene Versprechen. Hatte er Luis sein Leben versprochen? War er eine schnelle Nummer auf dem Parkplatz des Supermarkts?

Nichts schien wirklich zu sein, nichts greif- oder veränderbar. Nicht jetzt, nicht an diesem Tag, den er sich ausgesucht hatte, um sich davonzumachen. Alles war Sonne, eine große Zentrifuge, ein angenehmer, wilder Augenblick.

Paul lief nach Süden, zum See. Die Frau mit dem blauen Auge, die sich gerade wütend eine Zigarette anzündete, sah ihn im Rückspiegel, als er sich zwischen der Stoßstange ihres Fiat und dem Kühler eines alten schwarzen Saab entlangschob, und sie lächelte. Das Lächeln war ein Strohhalm, so süß wie ein halbes Dutzend Zitronen, und sie rechnete auf der Stelle nach, wie lange es her war, daß irgendwer »danke« oder »ich liebe dich« zu ihr gesagt hatte. Die Frau bekam einen Schluckauf, ihre Haut fing an zu jucken, sie war müde und halbtot. Sie steckte seit einer Stunde im Stau, ihre Kehle war trocken, und ihr Haar hätte eine Tönung verdient. Und doch klopfte ihr Herz, und ihre Knie fühlten sich heiß an. Sie hätte gern alles dafür getan, daß der Mann, dessen Fingerspitzen gedankenlos über den Kotflügel eines Pontiac strichen, sich nach ihr umdrehte!

Oh, bitte, dachte die Frau. Sie beobachtete ihn. Paul neigte den Kopf wie jemand, der sehr erschrocken und sehr glücklich war und der wußte, daß er nicht umkehren würde. Gleichgültig, von wo er kam und wer ihn ansah, seinen Namen flüsterte, der nicht sein eigener sein konnte.

Die Frau biß auf ihrer Unterlippe herum, sog an der Zigarette und starrte ihm nach. Dreh dich um, sagte sie böse. *Dreh dich um.*

Paul lief, und niemand folgte ihm. Er war groß und mager. Zu groß, dachte die Frau. Sicher über eins neunzig. Und das war zuviel, denn sie maß eins sechzig, vielleicht weniger, und das paßte nicht. Beim Tanzen würde sie die Arme nicht um seinen Hals legen können, ohne lächerlich zu wirken. Er würde ihr nie einen Brief schreiben. Bestimmt rauchte er Gras und schlief mit Frauen, die keinen Gedanken daran verschwendeten, ihre Mütter im Altersheim zu besuchen, und die wußten, welche Feuchtigkeitscreme sie kaufen mußten, damit die Schatten unter ihren Lidern verschwanden. Kein guter Gedanke, dieser Mann, nein. Sie schloß die Augen.

Jämmerlich, dachte sie. Sie war hübsch. Warum blieb er nicht stehen?

Die Zigarette verbrannte in ihren Fingern. Die Frau schrie auf. Paul ging immer leicht vornübergebeugt, mit schmalen, eingefallenen Schultern, als prüfe er die Luft, ihr Gewicht und einen Widerstand, dem er geschickt auswich, um sich ihm an einem anderen Ort und zu einer Zeit, die er selbst bestimmte, entgegenzustellen. Niemand erwartete das von ihm; niemand hielt ihn für fähig, es zu tun. Aber er tat es. Paul war sehr gut darin, andere zu überraschen. Er war egoistisch, das war er, ja, und er war mutig.

Dreh dich um, sagte die Frau im Fiat. Riß eine neue Zigarette aus der Packung und fingerte am Anzünder.

Paul trug Jeans, ein buntes Hemd, ein kurzes meliertes

Wolljackett, flache abgenutzte Schuhe, die ein metallenes Geräusch auf dem Asphalt machten. Die Frau hörte es, als sie den Rauch einatmete. Hörte, wie er auftrat. Sie stellte es sich vor. Sie sah ihn neben sich herlaufen, in diesen Schuhen. Schuhe, die ihn zwangen, kurze tänzelnde Schritte zu vollführen, in Abgaswolken, durch ein Konzert von Flüchen, mit einem Mutwillen und einer Unruhe, die nicht zu dem Mann paßten, den die Frau lautlos und unfreundlich immer wieder darum bat, sich nur ein einziges Mal nach ihr umzusehen.

Paul war nicht mutwillig. Er war bedacht, neugierig und sanft. Sein Egoismus entsprang einer angeborenen Scheu, einer Diskretion und der Demut, die er empfand. Paul liebte Akkordeonmusik und las Bücher über Sterne. Er hatte ein langes feines Gesicht, braunes Haar, Augen von einem unbestimmten Grün, eine gebrochene Nase, einen zu dünnen Hals, für den er sich schämte, und einen eigensinnigen Mund. An diesem frühen Nachmittag im April war sein Kopf leer. Er fühlte sich bloß und traurig und so ungeschickt, daß ihn fror, obwohl es warm war, und alles, was er wollte, war, über diese verfluchte vierspurige Straße zu gelangen, hinüber zum See.

Die Frau sah Pauls Rücken und begann zu weinen. Sie glaubte, sie müsse sich jeden Moment übergeben, so gefährlich war das, was da vor noch nicht einmal fünf Minuten nach ihr gegriffen und einen Belag auf ihrer Zunge und dieses Sausen in den Ohren bewirkt hatte. Sie schwitzte unter den Achseln. Kurbelte das Seitenfenster herunter, lehnte sich hinaus und rief dem Mann, der sie nicht beachtete und den sie wohl nie wiedersehen würde, etwas zu.

Ihr dreijähriger Sohn erwachte in seinem Kindersitz und stieß mit den Füßen gegen die Kopfstütze. Jetzt heulte er. Laut und erbittert. Die Frau schaute ihn an, sie schluchzte. Sie wußte, sie würde um Hilfe betteln müssen. Sie hatte Fieber. Ihr war übel. Ihr Kreislauf sackte ab. Warum weinte sie?

Hör auf zu schreien, sagte sie streng zu dem Kind.

Sie bemerkte die geplatzten Einkaufstüten auf dem

Rücksitz, den Dreck und das ganze Durcheinander, den Hamster im Käfig. Der Tierarzt hatte eine Stange Geld gekostet. Und sie hatte keins. Woher kam all das Unglück, das stündlich bei ihr zur Tür hereinschneite? Finde jemanden, der dich glücklich macht, hatte ihre Mutter zum Abschied, bevor sie sie ins Altersheim verfrachtet hatte, zu ihr gesagt. Na, vielen Dank.

Der Hamster war tückisch und bissig. Er litt an irgendeiner scheußlichen Krankheit, und sie mochte ihn nicht. Die Frau roch etwas Süßes. Sie sah die Colapfütze am Boden. Der Hamster hockte apathisch auf einer Windel, betäubt von der Spritze, die ihm der Tierarzt verabreicht hatte. Das Kind brüllte. Warum erwischt es immer mich?, dachte die Frau. Und sie betrachtete ihre Fingernägel mit dem abgesplitterten rostroten Lack, blickte wieder angestrengt auf die Linie von Pauls Rücken.

Paul duckte sich; umrundete einen Jeep. Er hielt sich seitlich, wie in einer Umarmung, traumtänzerisch, ohne Anstrengung. In einer Luft, die zu ihm zu gehören schien. Schwerelos und jung; er war bloß Verachtung und Gleichmut und Tanz.

Die Frau im Fiat schluckte ihre Tränen herunter. Sie fand sich albern. Sie war nur müde. Nichts weiter. Sie hatte seit dem Morgen nichts gegessen. Niemand war da, wenn sie nach Hause kam. Sie würde den Hamster einschläfern lassen müssen. Und sie hatte keinen Pfennig übrig in diesem Monat, um sich Nagellack oder Tampons zu kaufen. Sie sah beschissen aus. Ihr Haar war strähnig, und ihre beste Freundin belog sie.

Die Frau dachte an Rosen. Völlig sinnlos. Rosen. Herrjeh. Sie dachte an ein Geräusch zur Nacht und an Küsse und an Halma. Hatte sie noch Obstsalat im Kühlschrank? Sie würde zum Fitneßtraining gehen, nächsten Monat, und ihre Schwester bitten, ihr ihre neuen Cowboystiefel zu leihen. Der Typ, den sie manchmal im Aufzug traf, hatte letztens bei ihr geklingelt, aber sie hatte ihm nicht aufgemacht. Er war schmächtig und hatte einen Silberblick. Seine Art, Fragen zu stellen, war beunruhigend. Er regte sie auf; bei

Gelegenheit würde sie mit ihm vögeln. Die Frau kicherte.

Ihr blaues Auge schmerzte. Sie betastete das Lid. Wenigstens hatte er ihr diesmal nichts gebrochen.

Ihre Brüste waren geschwollen. Sollte sie doch zum Arzt? Ein Türschloß war auch fällig. Und sie brauchte einen Gerichtsbeschluß. Die Bank hatte ihr den Überziehungskredit gesperrt. Sie war wütend, ihre Wangen waren naß von Tränen, und sie schlug auf den Käfig, in dem der Hamster schnaufte. Sie sollte ihn gleich hier rausschmeißen. Irgendeiner würde ihn überfahren. Es spielte keine Rolle.

Das Kind hinter ihr greinte, und die Frau dachte, wie sie nur je so dumm hatte sein können, es zu bekommen. Gleich würde sie sich übergeben. Über dem Hamsterkäfig. Was war geschehen? Die Frau stöhnte. Sie wandte sich halb um, zu dem Kind.

Still, sagte sie. Sie kam aus ihrem Sitz hoch, griff hinüber. Sie streichelte das Kind. Es hörte für einen Augenblick auf zu heulen, verblüfft über die unerwartet schnelle Bewegung der Hand, die es störte. Das Kind gurgelte empört, schrie dann weiter, lauter als zuvor.

Warum schlug er sie ins Gesicht? dachte die Frau. Warum schlug er sie überhaupt? Da war nur ein Wirbel und eine so große Enttäuschung. Der Kerl, mit dem sie das Bett teilte, stritt sich unablässig mit ihr. Sie liebte ihn, obwohl er sie betrog und prügelte und sich doch nachts in ihr bewegte. Er konnte sie kein bißchen leiden. Sie wußte es. Es war nicht zu ändern. Sie hielt ihn für das größte Arschloch, das ihr je untergekommen war. Und das war ja schon etwas. Mehr war nicht drin.

Sie würde ihn zum Teufel schicken. Gleich morgen. Oder übermorgen. Am liebsten würde sie aussteigen, das Kind und den toten Hamster, noch war er nicht tot, aber bald (in zwei Minuten? Jesus, laß es mich tun!), zurücklassen und dem Mann, der sie hier in diesem Scheißauto zum Weinen brachte, hinterherlaufen. Dem Mann mit den unglaublichen Schuhen. Ihm nach. Und immer weiter. Bleib stehen. Dreh dich um. *Bitte.*

Jemand hupte. Die Frau riß die Tür zu, die sie schon aufgestoßen hatte, um auszusteigen. Sie fluchte. Wischte sich über das Gesicht und trat aufs Gaspedal. Der Fiat ruckte an, fuhr ein paar Meter. Kam wieder zum Stehen. Die Frau fing das Grinsen des Fahrers eines mit Graffitis besprühten Opel Caravan auf, links neben ihr. Sie winkte, geschmeichelt, denn er leckte sich die Lippen, und sie fand das unanständig und ziemlich interessant, und sie zwinkerte ihm zu, überlegte, was sie zum Abendessen kochen könnte.

Paul blinzelte. Der Himmel über ihm dehnte sich. Es war erst April, so um den Zwanzigsten herum. Kein Grund, abergläubisch zu werden und eine Schlange in der Kloschüssel verschwinden zu sehen. Im April passierte nie etwas Außergewöhnliches. Keine Zeit für Beschwörungsformeln oder Schatten, die einen in Schwierigkeiten bringen konnten. Die Nächte waren eiskalt, ab und an schneite es, und jeder pflegte seine ganz speziellen Abneigungen und dachte hin und wieder daran, sich umzubringen. Da war nur diese eigentümliche Luft, und es war ausnahmsweise windstill. In den Straßen roch es nach Mißgeschicken aller Art, nach Unruhe, Abfall. Aber auch schon nach erstem Grün. Es gab Gewitter und Brände in der Nachbarschaft. Niemand schlief gut. Jeder, den man fragte, erzählte von Albträumen. Alle fühlten sich, als spielten sie den Überraschungsgast und müßten, weil sie spät dran waren und ohne Einladung und keiner sie kannte, in einen Raum voller Betrunkener treten, um sofort johlend ins Badezimmer gesperrt zu werden. Allein auf dem Rand der Badewanne, mit einer Flasche Bourbon und einem rohen Fisch.

Vor zwei Tagen war es dann plötzlich schrecklich heiß geworden. Lila hatte Schwindelanfälle bekommen. Sie saß auf dem Küchenfußboden, blaß und streitsüchtig, bereit, Paul Dinge und böse Wörter entgegenzuschleudern und ihre Seele aus dem Fenster zu werfen. Was sie manchmal tat; Paul begriff nie, wie Lila und die Seele es danach schafften, sorglos und vergnügt wieder durch dasselbe Fenster, das klemmte, zurückzuklettern.

Lila sagte, der Schwindel in ihrem Kopf käme von der

Schlange im Klo und vom Fluß, der, wenn es wärmer wurde und die Ratten sich in die Treppenflure verirrten, noch gemeiner stank als im Winter. Schlimmer: Schuld sei Pauls Charakter.

Nichts davon stimmte. Der Fluß war viel zu weit weg von dem Haus, in dem Paul und Lila wohnten. Lila hatte zwar zu allem eine Meinung, sie war klug und immer in der Lage, sich Entschuldigungen auszudenken, aber sie hatte fast keinen Geruchssinn und Paul fast keinen Charakter. Wie konnte man an etwas schuld sein, von dem man nicht glaubte, daß man es überhaupt besaß?

Die Schlange war ein Witz.

Paul hatte einen schönen Blick und große wundervolle Füße, die Prue, die Katze, schier hypnotisierten und rauhe Seufzer ausstoßen ließen, als habe sie Nachtschatten gefressen. Gegen Morgen, wenn Pauls Augen sehnsüchtig wurden, er sich endlich neben Lila legte, unter die Sternbilder Hund, Orion, Hase, Wega und Großer Bär, die er an die Decke des Zimmers geklebt hatte, kam Prue. Sie gab einen ärgerlichen Wehlaut von sich, wuchtete sich hinauf aufs Bett. Kroch über die Decken, ihre Schwanzspitze zitterte. Im Mondlicht schien Prue auf einem Staubfaden zu balancieren. Ihr Fell wirkte dichter, und sie wußte, daß eine Lüge nicht zählte, wenn man die, die man belog, dabei verliebt anschaute. Prue kroch zu Lila, über ihren Rücken, die Beine, zurück an den Ausgangspunkt ihrer allnächtlichen Gespensterpartie. Verwickelte sich in das Laken und begann unsanft, Pauls Zehen zu bearbeiten. Ihre Pfoten umschlossen sein Fußgelenk. Der weiche pelzige Körper rutschte in eine Kuhle, streckte sich. Prue zog die Krallen ein, machte sich lang, mauzte, nieste und rutschte an Pauls Waden langsam wieder nach unten zu seinen Zehen. Die Katze leckte jeden einzeln, dazwischen und drumherum. Mit einem Schnurren und fast chirurgischem Eifer. Prues Zungenfertigkeit war einen Auftritt in einer Soap-Opera wert. Sie verstand es, eine Blaumeise zu erwischen, ohne daß der Vogel es bemerkte, der noch weitersang, schon halbverdaut. (Das war natürlich eine Lüge.) Nur eine

Feder klebte noch über Prues linkem, zerfetzten Ohr. Sie konnte lautlos zwischen Kohlköpfen sitzen und buchstabieren, und sie kannte die genaue Anzahl von Lilas Pullovern im Schrank. Sie dachte sich nie Entschuldigungen aus, denn sie war eine Diebin, und jeder wußte es. Prues Mienenspiel verriet Gleichmut; sie war offen niederträchtig. Fünf Mäuse am Tag genügten ihr. Prue war ein Hasardeur, fett, auf Katzenart treu, seelenvoll, im richtigen Moment verlegen. Der Geschmack von Zitronenmelisse brachte sie in Zustände, auch Narzissen. Sie las sämtliche Briefe, die Telefonrechnungen und Gedanken, die Paul sich über Lila machte. Warum weinte er lautlos, mit angehaltenem Atem, und erzählte dabei Nettigkeiten, kraulte Prue die kahle Stelle am Bauch? Warum war er so unentschlossen und versessen darauf, still zu sein und in sich selbst herumzugehen und Staub aufzuwirbeln?

Lila liebte Prue. Sie hatte sich, solange Prue auf der Welt war, nie von ihr getrennt. Umgekehrt verhielt es sich genauso. Vierzehn Jahre.

Beinahe eine Ehe, sagte Lila oft lakonisch zu Paul, wenn sie über Prue, die Katze, sprachen. Ich hätte es schlechter treffen können. Man weiß nie, sagte sie. Was glaubst du?

Paul und Lila waren nicht verheiratet. Müßig, es sich vorzustellen. Eher waren sie so etwas wie ein Wind- oder ein Gedankenspiel, und leidenschaftlich bemüht, sich nie um irgend etwas zu betrügen. Sie waren Geschwister. Zwillinge. Vielleicht einäugige. Oder Zyklopen. Ihr Verlangen lag außerhalb der Reichweite von Musikwellen, des Echos und von endlosem Reden.

Zwo'n halb Mille? Erzähl mir keine Lügen, du blöde Schlampe. Paul stand neben einem Getränkelaster. Der Fahrer war ausgestiegen, er lehnte mit dem Kopf am Führerhaus, rieb sich die Arschspalte und schrie in ein Handy. Sein Blick fiel auf Paul. Schöner Tag, nickte der Mann höhnisch. Er sah aus wie ein Krokodil. Gibt nichts, was ich mehr hasse als Stau, sagte der Mann. Wieso gehen Sie zu Fuß? Sind Sie'n Selbstmörder?

Paul antwortete nicht. Der Mann lachte und roch an seinen Fingern. Sie sind doch gesund? *Hey?*

Paul lächelte gleichgültig. Spähte aus den Augenwinkeln nach dem Gesicht des Mannes, nach den pockennarbigen Oberarmen mit der auftätowierten Lilie.

Red mir nicht von dem Arschloch! Der Clown is'n Klugscheißer.

Von überallher kam Lärm. Die Leute in den Autos drehten an ihren Radios, zankten sich, rauchten, tranken Bier. Ein jämmerlich aussehender großer Hund würgte an einem Hamburger, und ein Junge in Schlangenlederstiefeln und Shorts lag ausgestreckt auf dem Dach seines Ford, rief etwas, laut und eintönig. Madonna sang. Die Leute blickten hinaus in den Tag, der ihnen nicht mehr versprach, als was sie ohnehin schon wußten. Ihre einzige Sünde war, hier festzusitzen. In einer herzzerreißenden Helligkeit, in Benzinwolken und Geschrei. Auf einer vierspurigen Straße, auf der sich seit Stunden nichts tat und in absehbarer Zeit nichts tun würde. Ohne einen Farbton, den sie hätten benennen können. Allein mit sich und Madonna und dem Jungen, der ein Wort rief, bedrohlich, und nur ein Wort. Fresse polieren! ächzte der Mann mit dem Handy. Drüber, und Ruhe. Oki doki.

Hatte Paul Charakter? Oh, ja. Vielleicht war er zu nachlässig gegen sich selbst, denn er urteilte selten – nie, nein, er tat es nicht. Und er war von einer unauffälligen Großzügigkeit; Paul war wie der Regen nach einem Gewitter. Völlig unschuldig, und er stellte niemandem irgendwelche Fragen, die er selbst nicht beantworten könnte. Fragen, wie Lila sie unermüdlich stellte. Ganz gleich, wer ihr gegenübersaß. Paul war aufmerksam, freundlich und zurückhaltend. Sein Flüstern, der Ernst, mit dem er sprach, während er sich durch sein halblanges weiches Haar fuhr und beim Sprechen sein Ohrläppchen berührte, erregte die, die ihm zuhörten, auf eine geradezu unanständige und peinliche Art und Weise, für die Paul nichts konnte. Paul war der Regen. Oder eine Kastanie, ein Lied und der Hinterhalt; eine Katzenpfote und eine Silbe und Respekt. Je nachdem. Er war, was ein jeder sich wünschte, der ihn nur einmal sah. Prue wußte es. Auch Rose Meyer.

Und Luis? fragte sich Paul. Was wußte Luis? Wo war er?

Paul hatte die Straße fast überquert. Der Mann, der Getränke ausfuhr und sich am liebsten zu dem Jungen auf das Dach des Ford gelegt hätte, um herumzubrüllen oder Schlimmeres zu tun, beobachtete ihn mißtrauisch. Pauls Größe mißfiel ihm, auch sein Lächeln, die Haltung seiner Schultern und sein Gang. Paul lief wie einer, dem Frauen schmale, aus bunten Fäden und Strähnen ihres Haars geflochtene Armbänder und ihr Schicksal schenken wollten. Dem sie vertrauten und von dem sie inständig hofften, daß er ihre Namen wüßte, die sie ihm nie genannt hatten. Dabei traute Paul nicht einmal Luis! Luis am allerwenigsten. Traute er Lila? Und was war mit Rose? Er war so wenig eitel und machte sich nichts aus Besitz. Wenn er nicht mehr existierte, würden sie ihn nicht mehr belästigen mit ihrem Groll und aufhören, sich unglücklich zu machen, aufhören, ihn darum zu bitten, sie zu lieben. Er sollte anrufen, dachte Paul. Aber er würde es nicht tun. Was sahen sie nur in ihm? Hatte er noch eine Chance; lag es an ihm? Es war ihm völlig gleichgültig.

Wer Paul sah, den ergriff etwas Kleines, Hartes, und ein Vertrauen, das beschämte, und der Wunsch, unsichtbar zu werden. Etwas wie ein Blitzschlag und Zorn, auch das. Zorn. Junge Mädchen, die Paul sahen, fingen an zu kichern. Sie malten sich aus, wie es wäre, neben ihm zu laufen. Sorglos in den Abend hinein, zum Haus ihrer Kindheit. In einen Wald, zu einem Flugzeug, das sie besteigen würden, um ihre Mütter zu ärgern und um irgendwo anzukommen, wo keiner sie kannte. Niemand würde sie je wiederfinden und ihr Lachen erkennen und sie fragen, ob sie ihre französischen Vokabeln konnten oder Kisuaheli und ob sie ihr Busticket bezahlt hatten. Sie dachten an ihre Schritte auf einem dunklen Sandweg. An den herben Geruch von Ginster, an den Mond, an Vororte und den Geruch ihrer Körper, wenn sie tanzten. Die Mädchen wußten instinktiv, daß sie von einem Mann wie Paul nicht enttäuscht würden.

Und daß sie ihm folgen würden, egal, was er von ihnen verlangte und wo er sie im Stich ließe. An welchem gottverlassenen Ort auch immer. Wenn er es tat, und es war unwahrscheinlich, ganz unmöglich, nein, würden sie früher oder später Batikhemden und Plastikohrringe verkaufen, einen Rastafari kennenlernen, zum Islam übertreten, Musik machen, in einer Hängematte Sushi essen und ihre Väter bedauern, die ihnen nichts gönnten. Fünfundvierzigjährige Greise mit Bäuchen und weißer, schlaffer Haut und Bausparverträgen.

Paul hatte sich nie zu einem Mädchen gestellt und nie irgendeinem von ihnen das Herz gebrochen. Er wußte nicht, wie Ginster roch, und er glaubte nicht, daß es so etwas wie Schicksal überhaupt gab und Armbänder, finstere Sandwege voll Bauschutt und all das alberne Zeug. Er war vernunftbegabt und mochte Zitroneneis. Paul hatte sich ein einziges Mal zu einer Frau gestellt – zu Lila. Die Male davor und die wenigen danach zählten nicht. Und Lila, die seine Gewißheit war und blieb, bis zu jenem späten Vormittag, als er aus dem Haus ging – eben, vor nicht einmal einer Stunde! –, Lila schlief. Lila war ein Achselzucken. Ein kleines Sternbild. Wie ein Zwischenraum und ein Punkt. Luis wußte es sofort, als er Paul das erste Mal traf. Luis wußte, wer oder was Lila war. Er hatte es in Pauls Augen gesehen. Pauls Stimme, die Luftfeuchtigkeit im Zimmer, Prue und Lilas Abwesenheit, sie war an dem Tag bei Rose Meyer und trank Tee, hatten es ihm verraten. Und Luis war so erschrocken gewesen! Er hatte Paul geküßt. Ein wundersamer, fordernder Kuß, der keinen von beiden um den Verstand brachte. Luis küßte Paul und küßte Lila, und Lila küßte Paul.

Luis, sagte Paul und trat auf den Gehsteig.

Wann hatte er beschlossen, damit aufzuhören, sich Gedanken um ihn zu machen?

Es lohnte nicht, über Luis nachzudenken. Lila hatte Nächte damit verbracht, ihm von Luis zu erzählen und über ihn zu reden, bis er, weil ihm nichts anderes übrigblieb und Lila ihn mit einem einzigen scharfen Atemzug herbeirief, in ihren Träumen auftauchte. In diesen Träumen steckte Luis Häuser an, das Bett, in dem er lag, mal mit Prue, mal mit Lila, auch mit Paul; er verbrannte Lilas alte Flohmarktkleider und sein Fahrrad, die Tarotkarten, die Rose Meyer Lila im letzten Sommer geschenkt hatte, und haufenweise Federn. Der Wind wehte sie durchs Fenster hinein. Sie bedeckten den Holzfußboden wie frischgefallener Schnee. Luis saß auf dem Stuhl unter dem Fenster, mit Tränen in den Augen und diesem störrischen Zug um den Mund. Er sah sehr jung aus, schüchtern und verwirrt. Luis sah aus wie jemand, der gleich ohnmächtig wird. Und immer stellte er die eine Frage: Liebst du mich? Wütend und halb erstickt. Aber er fragte es nie direkt, fragte und sprach einen Zauber und sich selbst Mut zu; er haßte sich dafür. Niemand antwortete ihm im Traum, und so beschloß Luis, wiederzukommen. Nacht für Nacht, hartnäckig, zu allem entschlossen. Und am Morgen entdeckten sie regelmäßig den Abdruck seines Gesichts auf dem Laken, selbst wenn er nicht bei ihnen gewesen war. Paul fand Reste einer Maus im Toaster, er fand winzige Krallen in seinen Corn Flakes und ein Häufchen Zucker auf der Konsole im Bad, wo für gewöhnlich Luis' Zahnputzglas stand. Es war scheußlich. Wozu waren die Träume gut? Paul verstand nicht, woher Lila sie nahm und warum sie sich nicht gegen sie wehrte. Warum hörte sie nicht auf, Luis zu sich zu rufen? Luis hatte gar keine Chance. Lila rief ihn, und er kam, und je häufiger er das tat, und er war ja *da*, in Lilas Kopf und in ihrem Bett, desto hilfloser wurde Luis, und er log besser, als er je vermutet hatte, lügen zu können.

Pauls Mund wurde schmal. Er zog sein Wolljackett aus, hängte es sich um die Schultern. Er wandte sich um. Strich sich das Haar zurück und betrachtete seine Hände, die Ringe an den Fingern. Er fühlte sich glücklich, leer und transparent. Die Sonne fiel vom Himmel. Er ging ein paar Schritte, fort von den Autos. Stolperte und flüsterte – Lila? Der Gehsteig war uneben. Paul achtete nicht darauf. Er mochte, was er tat. Er wußte, es war die einfachste Lösung. Und er würde nicht umkehren. Vielleicht hatte es mit der Sonne zu tun. Manches ließ sich nicht erklären.

Pauls Hals schmerzte. Er dachte an die Richtung, die der Fluß nahm, an die Strömung, erinnerte sich an Luis' Wahrheiten, den wortreichen Liebeszauber, Hokuspokus, vor dem Paul auf der Hut war, und daran, daß Lila so oft geweint hatte. Fünfzehn Monate lang. Lila ertrug es nicht, wenn man sie belog.

War Luis daran schuld, daß Paul an diesem Apriltag gegen zwölf aus dem Haus gelaufen war, ein Buch über Sterne bei sich, ein paar Schecks – wozu eigentlich? – und ohne Gepäck? Er hatte vergessen, sein Haar zu waschen. Vergessen, Aufwiedersehen zu sagen.

Wann kommst du zurück? Der Mann, den Lila liebte, aber liebte sie ihn wirklich?, wollte ihre Bitten nicht hören. Er stellte sich taub. Dieser Mann war ein Unglück, und jeder wußte es. Paul sah auf seine Schuhe. Er hatte sie zigmal besohlen lassen, das Leder war brüchig, aber die Absätze machten einen metallenen Klang. Und er fühlte sich mit ihnen wie ein Spanier, der er strenggenommen auch war. Zumindest ein bißchen. Er hatte noch einige Stücke Würfelzucker in der Seitentasche seines Jacketts. Paul aß sie, schaute nach der Silhouette der Zementfabrik, zu den Wolken und beugte den Kopf.

Wenn er etwas rückgängig machen könnte – sein Leben war so wenig interessant. Aber stimmte das? Warum konnte er sich nie betrinken, und warum spürte er, wie sich die Härchen auf seinen Armen aufrichteten, obwohl die Sonne über ihm brannte? Eine spanische Sonne. Paul lachte. Er wäre gern Zauberer geworden, oder Koch. Er konnte wunderbar Pasteten backen, süße Kuchen, Reissoufflés und Sesamecken mit Honig, die Prue vom Teller klaute und schnurrend unter dem Bett verschlang. Pauls Großvater Tomás, zwei Meter groß, kahlköpfig, sinnlich und heiter – die drei Fotos, die Paul von ihm besaß, bewiesen es – war Feinbäcker in Collonges-la-Rouge im Südwesten Frankreichs gewesen. An einem dunstigen Morgen im Frühsommer 1937 ließ Tomás sich von einem Cousin mit dem Motorrad nach Carcassonne mitnehmen. Niemand außer einer Ringeltaube, die aufflatterte, als er in den Beiwagen der Harley kletterte, sah ihn wegfahren. Tomás nahm nur mit, was er am Leib trug. Und seinen französischen Paß. In Carcassonne trieb er sich tagelang herum, durchstreifte die Stadt, erkannte, daß sein Verlangen, die Grenzen seines Verstandes und die seines Landes zu verlassen, zu stark war und er nicht umkehren konnte. Sein Bewußtsein war zerbrechlich wie Glas, und er fühlte sich gefährlich, kalt und ungeduldig. Zu ungeduldig, um zu einer Frau zurückzugehen, die schwach war, ihn anschrie, Böden scheuerte und ihn im Bett nie beachtete. Tomás setzte sich vier Tage später, nachdem er Collonges-la-Rouge, seiner Frau Marie und seinem Sohn Claude, Pauls Vater, den Rücken gekehrt hatte, in Carcassonne in einen Zug, der ihn zur Grenze brachte. Keiner konnte Paul sagen, mit wessen Hilfe Tomás die Stadt verließ. Tomás gelangte nach Spanien, nach Katalonien. Schloß sich der FAI an und verschwand ein Jahr später spurlos.

Pauls Mutter, eine Deutsche, nannte Tomás nie anders als den Mann, der sterben wollte. Eine einzige Enttäuschung, Tomás, und ein Idiot. Sie wußte, wovon sie sprach. Ruinierte ihr Leben mit erfundenen Krankheiten, einem schlechtbezahlten Job in einem Reisebüro und letztendlich, Pauls Mutter wollte es nie zugeben, mit Claude. Sie hielt ihn für dumm und untauglich für die Ehe, die ihrer Erfahrung nach, und Erfahrung hatte sie reichlich, mit Liebe wenig zu tun hatte. Französisch ging ihr auf die Nerven, sie sprach es ungenügend, machte sich nicht die Mühe, es richtig zu lernen. Und Claude brachte es ihr auch nicht bei. Pauls Mutter besaß etwas Geld, das sie ihm vererbte. Woher sie es hatte, wußte Paul nicht. Er war ihr einziger Sohn.

Seine Mutter blieb zeitlebens schweigsam, erschöpft und von Melancholie erfüllt. Eine knabenhafte, großäugige Frau, die wahllos Leute anrief, die sie nicht kannte, und im Supermarkt Lebensmittel stahl. Dabei war sie immer hungrig, von einer schroffen Mitleidlosigkeit, herzlos und einsam. Sie bevorzugte durchscheinende Stoffe, Schals und hochhackige Sandaletten, denn sie war klein, und sie mochte nicht, daß man auf sie heruntersah und sie dabei ertappte, wie sie auf Zehenspitzen lief, staksig, zu wild und zu schüchtern zugleich. Sie half niemandem. Sie starb an ihrer Scheu, die sie verzweifeln ließ. Brachte sich mit einem Stromschlag um; eines Morgens in ihrer Badewanne. Da war sie sechzig und Paul irgendwo. Jedenfalls weit weg von ihr. Auf Guadalupe, in Andalusien? Paul erinnerte sich nicht.

Seinen Vater, Claude, hatte Paul zuletzt mit fünfzehn gesehen. Claude hätte sein Leben dafür gegeben, Tomás in einer sternenklaren Nacht zufällig auf einer Straße zu begegnen und ihm zu sagen, wie sehr er ihn verachtete. Um ihn danach stehenzulassen und sich kein einziges Mal nach ihm umzuschauen. Claudes Phantasie reichte nicht aus, sich neben Tomás zu stellen, in ein Licht, in eine Hoffnung, die ihm erbarmungslos vorkam und die er nie akzeptierte. Claude hatte viele Ideen; zu viele. Er fürchtete sich. Lächelte immerzu nur in einen Abgrund, und irgendwann ging er, wie Tomás gegangen war, hoffnungslos, ohne Entschuldigung, ohne ein Wort, das Paul im Schlaf hätte umarmen können. Paul vergaß Claude. Er vergaß ihn so gründlich, wie man jemanden vergessen kann, der in Bars Lieder von Johnny Hallyday grölte, zockte, Billard spielte. Und der am nächsten Tag nicht mehr wußte, daß in einem Hotelzimmer in der Nähe des Bahnhofs eine Frau auf ihn wartete, um ihm ihr Geld zu geben, ihr Talent, Ohrfeigen und Katastrophen.

Paul fand nicht ein einziges Foto von Claude, und er suchte lange danach. Seine Mutter hatte sämtliche Aufnahmen weggeworfen. Nur die drei von seinem Großvater, Tomás, gab es noch. Der Großvater hatte Pauls Augen, seine Stirn und seinen Mund. Auf einem Foto, undatiert, ein gezacktes, schon vergilbtes Bild, hielt Tomás ein Gewehr, einen Karabiner. Es zeigte einen Mann in mittleren Jahren mit weichem, dunklem Haar, das zu lang war. Tomás stand am Straßenrand, auf staubiger Erde, und er blickte ernst und freundlich in die Kamera. Das Bild mußte im Herbst aufgenommen worden sein. Ein Kind, ein zartes kleines Mädchen, drückte sich gegen seine Hüften, Tomás legte eine Hand auf ihren Kopf. Das Mädchen preßte ein winziges Schwein an die Brust, das sich in den Ärmel von Tomás' Uniform verbissen hatte.

Paul fühlte einen Schmerz, sooft er das Foto betrachtete, und jedesmal, wenn er es hervorholte und Tomás' Gesichtszüge mit seinen eigenen verglich, hätte er schwören können, daß sein Großvater noch lebte, obwohl das unmöglich war. Aber er war sich seiner Gegenwart absolut sicher; Tomás' Schatten begleitete ihn, wohin er auch ging.

Luis, sagte Paul. Er sprach den Namen hell aus. Laut wiederholte er – Luis? Das war wenig real, war nur ein Klang. Paul drehte sich einmal um sich selbst.

Tomás, sagte Paul. Tomás. Er schloß die Augen. Trat heftig auf. Wieder und wieder. Paul stieß ein Lachen aus. Er lachte und lachte. Das Jackett rutschte von seinen Schultern. Er nahm es und verbarg sein Gesicht im Stoff. Zog es sich über den Kopf, er zitterte.

Paul stand allein und verlassen auf dem Gehsteig, für jeden unsichtbar. Mit dem melierten Wolljackett, wie ein Drachentöter, oder bloß ein Dummkopf. Wenn er zu lachen aufhörte, würde er Lilas Zunge in seiner Ohrmuschel spüren. Und beginnen, darüber nachzudenken, daß seine Lage abscheulich war und er allen Grund hatte, verrückt zu spielen.

Ein Bus kam, hielt an. Zwei Vietnamesen stiegen aus. Ein Mann und eine Frau. Die Frau hatte eine riesige weiße Blüte im Haar, ihr fehlte ein Schneidezahn. Ihr Mund war faltig, die Lippen formten lautlos Worte. Dünne, zischende Wörter, die sie in Panik versetzten und sich mit Pauls Gelächter und der Sirene eines Krankenwagens mischten.

Paul wickelte seinen Kopf aus dem Jackett, schlüpfte hinein. Die Frau balancierte einen großen, ungeschickt verpackten Kuchen in den Händen. Sie hielt ihn wie ein böses Tier, das sie angeekelt musterte und das sie dem dicken Mann, der aufgeregt hinter ihr herschoß und sie in einem furchtsamen Singsang anbettelte und zu besänftigen versuchte, am liebsten, hier mitten auf dem Asphaltstreifen vor Paul, ins Gesicht geknallt hätte. Die Frau schrie etwas, schwenkte den Kuchen. Das silberne Satinband um ihre Stirn war verrutscht, und ihre Ohren, hübsch geformte Ohren, an denen Elefanten aus Holz baumelten, glühten. Der Mann war jünger und häßlich, er stöhnte. Paul roch seine Furcht. Das Paar rannte achtlos an ihm vorüber, in den Stau hinein, auf die andere Seite, von der Paul gekommen war und wo jetzt *Billie Jean* zu hören war und das Rotorengeräusch eines Hubschraubers.

Luis war nicht schuld. Paul vollführte einen kleinen Tanzschritt. Graziös und völlig sinnlos. Stolz war eine eigenartige Sache. Unberechenbar. Paul nickte. Wozu sich damit aufhalten? Paul lächelte. Tomás hatte etwas davon verstanden, aber er war nicht wiedergekommen. Er lag irgendwo verscharrt, mit einem Schwein und einem Mädchen in gepunktetem Kleid an seiner Seite. Unter einer steinigen Erde, die ihn verstoßen und unter sich begraben hatte, kaum daß es Tomás gelungen war, die Welt um sich herum zu beobachten und sich für einen Weg zu entscheiden.

Stolz? dachte Paul. Luis war nur ein Junge, mehr war er nicht – traurig, aber nicht zu ändern –, der in schlechteren Tagen, und davon hatte es viele gegeben, dies und das verkauft hatte. Schlangen, Koka, seine Haut, ein Lächeln und Lügen. Und Wörter. Luis war so gut im Verkaufen von Wörtern gewesen! Pauls Herz zog sich zusammen. Jede Frau, die Luis ansprach, wünschte sich, in seinen Mund zu kriechen, um näher bei ihm zu sein. Unter seiner Zunge, in einem Versteck. Im Labyrinth ihrer eigenen Unzulänglichkeiten. Luis war sehr geschickt im Aufspüren von Fehlern, die andere begangen hatten. Und sein sanftes, zweideutiges Lächeln, es hatte etwas betörend Kindliches und Ungezogenes, forderte diejenigen, die es traf, geradezu heraus, ihm zu sagen, welche Fehler sie noch machen würden. Und nur, um seine Aufmerksamkeit zu erregen, seinen spöttischen Blick aufzufangen. Viele Fehler würden sie machen. Erfinderisch, wie sie waren. Sie würden lügen, ihre Großmütter und Tanten bestehlen und jede Menge Unheil anrichten. Wenn er sie nur anschaute. Sah er sie überhaupt? Und was sah er? Keine Frau hatte Luis je widerstanden. Und mit denen, die es dennoch versuchten und sich danach am Morgen eine Stunde lang mit eiskaltem Wasser wuschen, auf der Treppe ausrutschten, plötzlich ihre Kinder schlugen, zuviel Pizza aßen und ihren Freundinnen die nächsten vier Wochen am Telefon schrecklich lästig fielen, hielt er sich nicht auf.

Luis, flüsterte Paul. Luis.

Hast du ein Problem? hörte er Luis flüstern. Nein, Paul hatte keins. Mit wem?

Er stand vor einer Mauer. Ziegelstein, längs der Straße. Gesäumt von kümmerlichen Ebereschen. In der Ferne fuhr ein Zug vorüber. Paul klopfte den Staub von seinen Schuhen. Er sah auf die Mauer, überlegte. Schaute hinter sich. Der Stau hatte sich immer noch nicht aufgelöst. Die Wolken über der Zementfabrik stiegen höher. Paul spannte seine Muskeln. Er konzentrierte sich. Atmete den Geruch von Benzin und Asphalt ein. Es würde regnen. Die Windstille der letzten Tage war ungewöhnlich. Unheimlich. Die Leute in der Stadt mochten den Wind. Ohne ihn konnten sie sich nicht die nötigen Entschuldigungen ausdenken für das, was sie vermißten und was sie nervös machte. Etwas Diffuses, Unheilvolles. Etwas Sanftes. Liebe. Instinkt. Eine erste Verabredung. Ein Termin beim Steuerberater. Wäsche, die gebügelt werden mußte. Wasserrohrbrüche. Streunende Katzen.

Prue streunte. Als sie jünger war, als selbst der Regen und die Hunde von der Reinigung unten im Hof sie nur leichtsinniger machten und sie die mittlere Kralle an ihrer rechten Vorderpfote noch besaß, sauste sie regelmäßig mit einem Sperling oder einer dieser dämlichen Tauben, die über die Feuerleiter getrippelt waren, vom Fenstersims. Prues Schwanzspitze zuckte, sie gurrte. Legte die Ohren an. Sie kroch auf dem Bauch. Ihre Augen waren dunkel wie Mohnkapseln. Prue imitierte die Stimmen der Vögel, denn in Liebesdingen konnte sie es mit Luis aufnehmen, und

Tauben fraß sie auch bei zehn Grad minus mit einem empörten Stöhnen, als sei es eine Zumutung und nicht pures Verlangen, stundenlang herumzulungern und in einem wohlkalkulierten, von Lila unbeobachteten Moment über das Sims zu springen. Abwärts. Wie ein Blitz an einem Märzabend. An der Regenrinne herab. Auf das darunterliegende Vordach, auf eine Teerpappe. Und von dort in ein Efeuspalier. Prue! schrie Lila, die Prue in die Tiefe sausen sah. Stürzte ans Fenster, beugte sich hinaus. Aber Prue, einen Vogel im Maul, hörte nicht. Prue und Lila träumten häufig die gleichen Träume, doch das hieß noch lange nicht, daß Lila für eine geräucherte Makrele ihren linken Fuß gegeben und Prue je den Weg vergessen hätte, den eine Katze, die man zu oft am Schwanz zog, wählte, um auf einem Dachfirst den Mond anzupeilen.

Wohin würde Luis gehen? Paul legte die Hände um seinen Kopf. Drückte das Kinn fest auf die Brust. Und Lila? fragte er sich. Wer war schuld? Paul war so glücklich. Was ging es ihn an, wer von ihnen fortlief, zurückkam, oder auch nicht? Prue. Rose Meyer. Lila. Und Luis. Vorbei. Sie mußten nun eben zurechtkommen, ohne ihn.

Hinter der Mauer wuchs ein Baum. Eine zerrupfte Nebelkrähe landete neben Paul. Bei den Ebereschen hockte ein Berber auf einer gelben Plane. Miststück, sagte er zu der Krähe. Miststück! rief er. Rief es laut und fröhlich. Es schien ihm Spaß zu machen. Er winkte Paul zu. Die Nebelkrähe flatterte auf. Komm her, rief der Mann. Scheißvieh. Ich bring dich um.

Warum? fragte Paul.

Gibt keinen Grund, warum ich's nicht tun sollte.

Ist doch nur ein Vogel, sagte Paul.

Und wer bist du? schrie der Mann.

Paul, sagte Paul spöttisch. Seine Stimme klang rauh, viel tiefer als gewöhnlich, und er wunderte sich.

Na und? Niemand sieht dich, antwortete der Berber.

Luis log, wie Regen fiel. Es war völlig unbedeutend, wen er betrog. Koka war nicht der Grund. Luis nahm es nicht mehr. Lila glaubte, daß Luis nie älter als fünfzehn geworden war und daß er darum vor sich selbst nicht erschrak. Und daß er die Schlangen vergessen hatte, die nur in seinen Träumen zu ihm zurückkrochen (Luis träumte nie), und sein Lächeln für die einzige und anständige Art hielt, für etwas zu bezahlen. War das wahr? Rose Meyer glaubte, Luis sei einfach eine Lüge, so wie er eine Stimmung war, ein Blick oder die Nacht. Klar und ohne Geheimnis. Luis war schlecht, weil es ihm gefiel, schlecht zu sein. Er hatte nichts anderes zu tun; er war es einfach. Paul war sich nicht sicher, ob Rose Meyer sich je damit abgegeben hatte, in Luis' Augen zu schauen. Sie sah nur in Lilas Augen, und das genügte ihr. Rose war, was Lila betraf, nicht sehr klug.

Warum hatte Lila so viel geweint? Prue war wieder da, und Luis hatte Lila nie etwas versprochen. Die Dinge lagen zum Greifen nah, wie der Himmel, sonnig und ramponiert. In aller Unschuld lagen sie da vor Paul, der auf dem Gehsteig stand, unschlüssig, was er tun sollte.

Paul schlang die Arme um sich, schüttelte sein Haar. Der Berber schrie.

Verschwinde, brüllte er. Hörst du? Mit wem sprichst du? Tauchst hier auf. Erzählst mir diese Scheiße von der verdammten Katze und dieser Frau und ihrem Kerl! Und? Bist du krank? Ja!? Mann. Ich bin auch krank. Alle sind es. Hau ab. Nimm den Vogel mit. Ich kann Vögel nicht leiden. Verstehst du mich? *Hau ab.* Ich sag's dir.

Da war der Gehsteig. Der Baum. Ein Kaninchen saß bei einem Müllhaufen, und ein großer Rabenvogel pickte einen Gummi und gleich darauf ein Stück Tomate von einer gelben Plastikplane auf. Paul starrte auf seine Füße. Er hatte viel Glück gehabt. Jetzt hatte er es nicht mehr.

Bleib bei mir. Paul hörte Lilas Stimme. Schau mich an. Aber wen meinte sie? Wer antwortete ihr? Tat er es anstelle von Luis? Oder sprach Luis für ihn? Ihre Stimmen war nicht zu unterscheiden. Er hielt es nicht aus. Es tat so weh. Luis hatte es begriffen und war darum nur noch anhänglicher geworden, und rücksichtsloser gegen ihn und Lila.

Der Winter war eiskalt gewesen. Ein kurzer verrückter

Winter, der sie alle nervös und von Tag zu Tag verwundbarer machte und sie in einer eigenartigen Stille, die sie sich nicht erklären konnten, gefangen hielt. Am letzten, schon frostigen Oktobertag brach aus, was Paul befürchtet hatte. Er nickte, während er darüber nachdachte und eine Hand ausstreckte, zögernd, als stünde jemand neben ihm, den er berühren wollte. Sie verloren ihre Schwerkraft. Sie hatten Zeit vergeudet, im Spätsommer, und dann im Herbst, und weil nichts geschah und die Liebe sich nicht mit Salz, das Lila in einem Kreis heimlich vor die Tür streute, verjagen ließ, fingen sie an, unvernünftig und traurig zu werden. Alles lief schief.

Prue schlief wochenlang. Als sei sie ein Schalkragen, den jemand liegengelassen und vergessen hatte, voller Motten. Prue wachte selten auf. Wenn man ihren Namen rief, sie unter dem Kinn kraulte, sanft hochhob, horchte, ob sie noch atmete, spreizte sie die Krallen und fauchte. Sie fraß nur das Nötigste. Prue wurde dürr, sie bekam einen Abszeß am Schwanz. Ihre Augen entzündeten sich, das Fell fiel ihr aus. Solange der Winter dauerte, lag Prue zu einer seidigen Kugel zusammengerollt unter dem Quilt, das Rose Meyer für Lila genäht hatte. An besonders windigen Tagen kroch sie, vor Schwäche taumelnd, unter der bunten Flickendecke hervor, ließ sich vom Bett herunterfallen. Kroch über den Boden zum Kühlschrank, setzte sich, mauzte und nieste. Prue leckte Lilas Knöchel. Prue war steif vor Kummer, und sie hinkte. Sprang dann zitternd auf die Fensterbank zwischen die Töpfe mit Lavendel, drückte die Nase gegen die Scheibe und spähte nach der großen alten Bulldogge, die unten im Hof vor den Mülltonnen durch den Schnee pflügte. Lila kochte. Sie tat es sonst nie. Im Oktober meinte sie, sie müßte es damit probieren, denn sonst würde sie nicht aufhören, sich wie ein Stein zu fühlen, und sich noch jahrelang belügen.

Lila kochte Suppen und schrieb ihrer Mutter. Unzählige Briefe, die sie Paul vorlas und danach zerriß. Ihre Mutter war tot. Lila sortierte ihre Kleider, nähte und weinte. Sie nähte nie etwas fertig. An eisigen Novembernachmittagen, die Straßen waren spiegelglatt, ging sie mit der Bulldogge spazieren. Der Hund war fett, und er riskierte nicht, Lila zu ärgern. Er war so von Furcht und der guten Absicht überwältigt, so verblüfft und von Rheuma geplagt, daß Lila es bald aufgab, ihn über den rutschigen Asphalt zum Flußufer zu ziehen, wobei sie ihm zuredete, ihn streichelte und ihm von Luis vorjammerte, was die Bulldogge nur benommener machte. Der Hund hatte Lila gern, aber er begriff nicht, warum sie ihn nicht in Ruhe ließ. Und wenn er sie nur von weitem um die Ecke biegen sah, heulte er. Der Hund war krank, fast blind; er schlief schlecht, hatte einen Magendurchbruch überlebt, und der Name Luis sagte ihm nichts. Alles, was er wollte, war, vor der Mülltonne sitzen und Lila vorübergehen sehen.

Luis kam. Er blieb nie lange. Luis aß von Lilas Suppen, er küßte Paul. Luis aß, was man ihm hinstellte, und er küßte so schamlos und so gut, daß man die Sekunden verfluchte, die er brauchte, um Luft zu holen. Luis legte sich zu Prue ins Bett. Legte sich zu Lila, mit der er flüsterte. Luis war wie ein fliegender Teppich; er hätte in jedem Film die Hauptrolle bekommen. Lila wußte es, und weinte darum nur um so mehr.

Paul wußte es, aber er weinte nicht. Nicht um Luis.

Luis' Stimme, bei der Prue die Zehen krümmte, sich herumwarf und boshaft ächzte, klang ein wenig schleppend, weich und sorglos. Und sie löste in Paul etwas zutiefst Bedrohliches aus. Melancholie und Neid und eine Sehnsucht, und das irritierte ihn. Er verachtete sich, sooft er Luis zuhörte, der nicht wußte, daß Paul ihn auf diese unschuldige, wütende Art begehrte, nur weil er ihn lautlos in einem fort um Entschuldigung bat. Luis sprach gewählt und sehr leise; anmutig, mit einem zärtlichen, melodiösen Timbre. Eine Stimme aus einem Traum, den Prue träumte. Es war die Stimme eines toten Mannes.

Rose Meyer hatte es zuerst erkannt. Sie hatte es Lila gesagt, und Lila sagte es Paul. Rose war in dem Winter, über den Paul nachdachte, mehr als einmal eingeschneit. Ihr Wohnwagen stand am äußersten linken Rand des Großen

Sees. Neben dem Zeltplatz, wo die Busse parkten und wo im Sommer die Ausflügler campierten. Der See war sandig und an einigen Stellen metertief, fischreich, mit braunem Wasser. Rose Meyer liebte Lila. Lange schon liebte sie dieses ungeschickte Geschöpf, das wie eine Luftschlange war, erbärmlich angezogen, grob und launenhaft und lustig. Mit einer Katze im Schlepptau und sehr viel Unvernunft im Kopf, unfähig, das Rauchen aufzugeben und Luis dahin zu befördern, wohin er gehörte. In Prues Traum, auf den Schoß seiner Mutter zurück. Irgendwohin, möglichst weit weg. Roses Haut war voll Sommersprossen und ihr Mund klein und trocken. Paul hatte mit ihr geschlafen, aber nicht, weil er und Rose es wirklich wollten oder weil sie ineinander verliebt gewesen wären. Was auch der Grund war – ihre Hände rochen nach Wildkräutern und Gras, und als sie es miteinander taten, blieb sie stumm und behielt ihr T-Shirt an. *Er hat die Stimme eines toten Mannes.* Die Stimme des Flieders, sagte Rose. Sie lächelte nicht, als Paul in ihr kam. Er mochte sie nicht streicheln und zog sich rasch aus ihr zurück, hörte draußen die Busse anfahren, das Surren der Mücken und irgendeine Talkshow im Fernseher, den Rose nie abstellte. Er wird ertrinken, sagte sie. Er wird alle Versprechen, die er je gegeben hat, brechen. Und sich nicht die Mühe machen, dich für irgend etwas um Verzeihung zu bitten. Er ist zu stolz, sagte Rose. Und darum dumm.

Paul hatte Rose an jenem Augusttag nicht um Verzeihung gebeten. Der bloße Anblick seiner Spermaflecken auf dem handgewebten Leintuch enttäuschte ihn. Paul hatte den Wohnwagen wortlos verlassen, und Rose rief ihm auch nichts nach.

Paul pfiff leise. Das Kaninchen, das im Müll ein Loch buddelte, richtete sich auf. Es zwinkerte. Boxte mit den Vorderpfoten, überschlug sich und raste davon. Paul stieg über die Mauer. Was war, wenn die, deren Namen er murmelte, obwohl er sich zwang, an ganz etwas anderes zu denken, an das Kaninchen, an den Himmel, sich wünschten, ihn niemals wiederzusehen? Paul fror. Er war so hilflos. Jetzt war er in Sicherheit. Wo war Luis? Paul trat nach einem Stein. Er kreuzte die Hände vor seiner Brust. Verharrte in der Bewegung, einsam in sich zurückgezogen.

Wieder begann er zu laufen. Buschwerk und Hagebuttengestrüpp säumten den Trampelpfad, den er einschlug. Paul war unterwegs, und in seinem Gesicht war kein Ausdruck von Zweifel. Er war nur ein Mann in braunen Schuhen, mit schmalen Handgelenken, schlechter Haltung, und er brachte nicht genug Selbstmitleid auf, den Weg, den er gekommen war, zurückzugehen. Luis, der eine Heidenangst hatte und jeden Atemzug, den er verschenkte, doppelt verbuchte, hätte es, wer weiß, getan.

Paul lief über das stillgelegte Bahngelände in Richtung des Großen Sees.

Im Winter hatte es Revolten und Streit gegeben. Ausstände in den Fabriken; es gab mysteriöse Todesfälle und Aufmärsche der Arbeiter aus den Motorenwerken. Nichts funktionierte mehr. Alle streikten. In den Lokalen wurde getanzt, und ein arbeitsloser Klempner, der aus der geschlossenen Abteilung der Psychiatrie ausgebrochen war und sich *Hurrikan* nannte, entführte den Bürgermeister. Niemand bedauerte das. Der Bürgermeister war nicht beliebt. Wer hatte den Kerl gewählt? Die Leute erinnerten sich nicht. Und warum war vor *Hurrikan* keiner auf die Idee gekommen?

Die Berber legten Feuer an den Flußufern. Hausfrauen plünderten das Einkaufszentrum. Die Junkies besetzten mit den paar übriggebliebenen Punks und einigen abenteuerlustigen Mädchen aus dem Technischen Gymnasium einen Teil der Zementfabrik, wo sie zu viele Tabletten nahmen und die Sternschnuppen und das Ecstasy addierten, das sie brauchen würden, um sich auf dem eiskalten Betonboden in etwas zu verwandeln, was ihre Eltern beim besten Willen nicht wiedererkennen würden. In eine Pistole, einen Mondstrahl, in die Tochter von Banshee und Kurt Cobain.

Rose Meyer, die nie hysterisch war, aber in diesem Winter ihre Leidenschaft für Küchen unter Zeltdächern, Schuldgefühle und halb erfrorene Füße entdeckte, bat Lila, ihre Suppen, die sie doch nur wegschüttete, einfach für fünzig Leute statt für drei plus einer Katze zu kochen. Alles sei eine Frage des Gewissens, sagte Rose. Und der Verdauung. Letztlich liefe es darauf hinaus.

Auf die Verdauung? fragte Lila. Rose war manchmal launisch, und Lila glaubte, sich verhört zu haben.

Aber ja, sagte Rose, und sie redete über Möglichkeiten, als seien es Windpocken. Wenn es nun aber um Entscheidungen ginge, Rose nickte triumphierend, um Fortschritt, Hunger, Stolz und um den Willen nach Unordnung, unmittelbar und aus dem Herzen – !

Faszinierend, sagte Lila. Erzähl weiter. Sie unterdrückte ein Gähnen.

Rose stritt nächtelang mit Lila. Paul schlief längst neben Prue und Luis, während Lila und Rose am Küchentisch saßen und sich anschrien. Lila schrie Rose an, und Rose Lila. Lila sagte, Rose sei eine Idiotin, blödsinnig, in ihren Anschauungen wie ein Eiswürfel, der in der Sonne schmolz. Lila würde für niemanden kochen, außer für Paul und für Prue. Und für Luis! schrie Rose.

Deinen kleinen Scheißkerl, ergänzte Lila, äffte Roses atemlose rauhe Stimme nach, und sie lachten. Luis hatte sehr viel Stolz, aber kein Gewissen, und Entscheidungen begriff er als Aufforderung, sich umzusehen und Worte zu flüstern, die süß waren.

Und was für ein Scheißkerl, flüsterte Lila und nickte, und Rose merkte wieder, wie verliebt sie war, weil sie sentimental war und jedesmal, wenn Lila sie ansah, in ihren Augen ertrank.

Du weißt, du kannst alles von mir haben, wenn du willst? fragte Rose lautlos. Legte ihre Hand auf Lilas Hals und nahm sie nicht weg, auch nicht, als Luis sich im Schlaf umdrehte und Prue im Traum ihre Pfoten in eine Maus schlug.

Ich weiß es, sagte Lila, und sie sahen sich an und lächelten. Der Streik endete, wie er begonnen hatte. Mit der Ordnung, die ja nichts anderes als Unordnung war. Nicht der Mühe wert. Oder doch?

Wozu soll ich kochen? fragte Lila. Für wen?

Prue und der Fleischerhund, die Bulldogge, waren derselben Meinung. *Hurrikan,* der sich nach fünf Wochen harter Isolation mit einem Mann, den keiner zurückhaben wollte, für Käpten Blaubär hielt, ließ den Bürgermeister frei. Eine Abordnung der Gewerkschaft räumte vor laufenden Kameras die Zementfabrik. Zu guter Letzt, und darüber erschraken sie wirklich, erschoß der alte taube Fu, der in der Magnolienstraße, wo Paul und Lila wohnten, ein Take Away betrieb, seine Frau, seinen Großonkel, seine beiden Schwestern und die Schwiegermutter.

Es geschah an einem Abend Ende März, nachdem Fu die Einkäufe für den nächsten Tag notiert und das Geld in der Kasse gezählt hatte. Es war ein Mittwoch. Fu erschoß einen nach dem anderen, ohne auf ihre entsetzten Schreie und ihr Flehen zu achten, mit einer .38, die er gegen Überfälle bei sich trug. Und er sah aus, als habe er plötzlich begriffen, worauf es im Leben ankommt. Draußen drängten sich die Nachbarn, Sirenen gellten. Scharfschützen rannten über die Straße. Fu öffnete die Tür des Take Away, bevor jemand sie aushebelte. Seine Augen schimmerten. Er bewegte sich wie ein winziges Reptil, barfüßig durch Blutlachen und Knochensplitter, und er machte ein seltsames knirschendes Geräusch in seiner Kehle.

Fu grüßte Lila, als man ihn durch den Hauseingang abführte. Sein Mund war eine Kurve, und seine Ohren waren feuerrot. Fu sagte zu Paul im Vorübergehen, daß sie sich den Rest von der Hühnerbrühe, das Gemüse, was sie eben haben wollten, nehmen könnten. Auch Leber für Prue. Sie sollten es nur schnell tun und nicht in die Gesichter der Toten schauen.

Gesichter? fragte Paul, der Prue im Arm hielt. Paul starrte Fu an. Fu zuckte die Achseln. Seine Füße waren blutig. Die Geister säßen in blauen Regenmänteln um die Tische, mit dem Mond und dem vielen Schnee, und der Tag hätte begonnen, wie er endete. Schlecht, murmelte Fu. Da sei ein Geruch von Jasmin, was sehr ungewöhnlich war für ein so miserables Land im Monat März. Ob Paul den Jasmin auch gerochen hätte? Nein? Alles sei verkehrt hier. Von Anfang an. Und Fu verbeugte sich vor Lila, vor Prue und Paul.

Stunden danach, es war früh am Morgen und es schneite, kletterten sie vom Hof durch ein angelehntes Fenster. Luis glaubte, einen Vogel kreisend im Raum zu sehen, und er paßte auf, nicht auf die Kreidestriche auf dem Boden zu treten. Lila hockte sich hin, sie sah sich alles genau an, sprach dann einen gedämpften Fluch. Prue, die ihnen gefolgt war, obwohl ihr vor Schwäche die Beine wegknickten, blieb draußen vor dem Fenster. Ein unbeweglicher Schatten. Auf ihr getigertes, spärliches Fell rieselten die Schneeflocken.

Paul sammelte die Essensreste ein. Einmal vernahm er ein Zwitschern und spürte die Schwinge eines Vogels, Federn, die seine Wange streiften. Die Hühnerbrühe war gut. Sie teilten sie mit den Nachbarn. Lila brachte Gemüse und die Soßen zu Rose Meyer; nur Prue mochte die Leber nicht. Sie fraß nichts davon. Noch Tage später, im April, fauchte sie, wenn sie an der versiegelten Tür des Take Away vorüberstrich, und hielt Zwiesprache mit ihrer Schwanzspitze.

Die Bulldogge sang fortan jeden Abend ein merkwürdiges Lied. Im Hof unter der kaputten Neonröhre, wo Fu früher die leeren Kisten gestapelt hatte. In wolkenlosen Nächten spazierten die Geister einträchtig über die Feuerleiter, begleitet vom Geheul des großen schwermütigen Hundes, der neben dem Altglascontainer auf und ab trottete.

Zuerst erschien der Großonkel, nach ihm die beiden Schwestern, die sich an den Haaren zogen. Dahinter Fus Frau, mit ihrem Parfüm von Jasmin und dem häßlichen Loch in der Stirn. Zuletzt die kopflose Schwiegermutter. Sie jammerte unablässig, und die Schmetterlinge auf ihrem bestickten, wattierten Seidenblouson flatterten aufgeschreckt um sie herum. Die Regenmäntel der Geister waren so blau wie das chinesische Meer, und ihre Münder mit den strahlendweißen Haifischzähnen grinsten.

Als das Wetter umschlug, kurz bevor Luis anfing, seine Gefühle in einen Haufen dunkler Fragen, in Unmut und Skrupel zu verwandeln und liebeskrank wurde, stach Lila sich mit einer Silbernadel. Zufällig, während sie an einem ihrer alten Samtkleider eine Blume annähte. Lila schrie auf, die Nadel brach ab. Von der Minute an vergaß Fus ermordete Verwandtschaft bei ihren mitternächtlichen Ausflügen, Lila und Paul mit Blicken und Klopfen zu erschrecken. Fu sahen sie nie wieder, aber sie vermißten ihn. Denn er war sanft und mitfühlend gewesen. Ein vorsichtiger kleiner Mann, betäubt vom Geruch des Jasmin, entschlossen genug, einmal das Richtige zu tun.

Aber was war richtig? Tomás hätte sicher eine Antwort gewußt. Doch Tomás war kein Mörder; er war nur ein Mann, der zu spät kam und darum allein lag. Er war auf eine Mine getreten, die explodierte. War hinterrücks erschossen worden. In einem Lager krepiert. Irgendetwas in der Art. Und alle seine Fragen waren unbeantwortet geblieben. In seiner Gleichung hatte er die Angst vergessen. Ein tödlicher Fehler, der immer dann passiert, wenn man zu lange an dem Ring am Finger dreht und Wünsche ausspricht, die sich nicht erfüllen werden. Weil man ungeschickt ist, vergeßlich, zu hochmütig, oder auf Beweisen besteht und den Mund öffnet und laut ruft, und dann jemanden küßt, der es nicht verdient.

Paul lief, und je länger er lief, um so größer wurde sein Verlangen, niemals mehr irgendwen zu umarmen und ein Trost zu sein, ein guter Koch oder der Grund für Luis' Lügen. Sie hatten ihn betrogen, er war nur nicht früher darauf gekommen. Und nun durfte er nicht stehenbleiben. Mußte weiter.

Er war dabei, seinen Namen zu vergessen. Paul löste sich auf. Verrückt. Es gefiel ihm. Er hörte ein Lied. Das Lied der Bulldogge? Fus Lied? Oder hörte er Lila singen, die falsch sang, mit einer lustigen, ein wenig herrischen Stimme?

Er beschleunigte seinen Lauf und dachte an Tomás. Vorwärts über den Schotter, über Pfade, Drahtverhau und zerbrochene Zäune. Unter einer Brücke hindurch. Paul atmete flach, er hörte seinen Herzschlag und Töne, die aus seinem Mund kamen. Vergnügte, ihm unbekannte Töne. Sie ließen ihn herumwirbeln, und er schrie zornig auf.

Paul rief Lilas Namen. Unter der Brücke war ein Echo. *Lila.* Es klang, als riefe ein Kind. Wie in einem namenlosen Schrecken. Undeutlich, dann klar. Die Stimme kam aus einem fernen Land, von weit her.

Luis, rief Paul. Luis!

Wer hatte gerufen? Luis. Niemand, den er kannte. Te quiero, flüsterte Paul. Du bist mein Freund. Ich liebe dich. Hatte Tomás einen Freund gehabt?

Montag. Das Licht war matt und stumpf. Bald würde es wieder regnen. Die Sonne war nur eine Täuschung, und alles, was Paul sah, atemlos, vornübergebeugt, so sehr um sein Gleichgewicht bemüht, daß ihm übel wurde und er glaubte, sein Blutdruck sei in Sekundenschnelle auf Null gesunken, war ein Luftbild, eine Spiegelung. Wie konnte man jemanden daran hindern, einem Probleme zu machen, wenn man selbst sich nichts sehnlicher wünschte, als ein langer grüner Schatten auf seiner Schulter zu sein? Paul hatte Lila gefragt. Aber Lila hatte eine Salsadrehung geübt, die höllisch schwierig war, dabei eine Mohrrübe geschrubbt und ihm nicht geantwortet.

Probleme, sagte sie nach einer Weile, rieb sich die Hände mit Zitrone ab, nachdem sie Sardinen in die Pfanne geworfen hatte und die winzigen Fische mit der Gabel traktierte.

Lila hielt ihr Haar im Nacken zusammen, sie seufzte. Sie tanzte vor dem Herd und zählte die Schritte. Paul beobachtete sie und hoffte inständig, sie möge ihn nicht darum bitten, die verfluchte Drehung mit ihr zu probieren, denn sie kriegten sie nie hin. Es war, als wollte man Schnecken kochen. Ziemlich mühsam und unerfreulich, und meist endete es mit Streitereien. Er ist ein Sack voller Probleme, murmelte Lila, und du solltest vergessen, war er zu dir sagt. Sie blinkte ihn aufmunternd an. Die Drehung. Was meinst du? fragte sie. Nein? Oh. Und Augenblicke später: Hör einfach nicht hin. Es ist bloß ein Zaubertrick. Glaub mir.

Und Lila zog scharf die Luft ein und schnaubte. Wickelte eine Strähne Haar um ihren Finger, steckte sich eine der aschblonden Locken in den Mund.

Niemand zwingt mich, es zu tun, sagte sie zu sich selbst und trat gegen ein Tischbein. Nun? Was ist, Paul? fragte sie. Sie zerpflückte eine Sardine in der Pfanne, schnupperte daran, biß dann aber genußvoll ein Stück von der Selleriestange ab, an der Paul säbelte. Ihr runder Bauch wölbte sich unter dem Kleid, das in der Taille gerafft war und kniff, und sie strich sich über die Hüften. Unschuldig, als öffnete sie eine Schublade, in der Gespenster und ein Schwarm Zaunkönige steckten.

Das kann er gut. Paul flüsterte. Er küßte Lilas Ellenbogen.

Prue war auf den Stuhl gesprungen. Drückte ihren Kopf gegen Pauls Brust und leckte sein Kinn.

Was? fragte Lila angriffslustig. Dich in grüne Schatten verwandeln? Tricksen? Und zu Prue: Kleine fette Katzen braten? Klar kann er. Lila lachte.

Sie hatte plötzlich weiche Knie, und ihre Haut juckte.

Ich kann nicht glauben, daß du so dumm bist! rief sie. Spießte ein Stück Knoblauch und einen öltriefenden Fisch auf und schwenkte die Gabel vor Prues Nase hin und her.

Kommt ein Vogel durchs Fenster? fragte sie. Und Lila machte *Ssch,* und Prue mauzte.

Hörst du mir zu? frage Paul. Zerhackte ärgerlich den Sellerie.

Luis würde Schlangen essen, wenn du's von ihm verlangst, sagte sie.

Er würde seine Mutter anlügen. Paul lächelte.

Hat er eine? fragte Lila, und Prue fing einen Tanz um die Sardine an.

Er schmuggelt Motten in deine Kleider, sagte Paul. Er

beschützt dich. Paul nickte. Er *haßte* die Selleriestange!

Unsinn, sagte Lila. Ihre Stimme klang leise und streng. Ihre nackten Arme hatten eine Gänsehaut, und dort, wo sie sich mit Zitrone abgerieben hatte, bekam sie eine nässende rote Stelle. An der Handwurzel und am rechten kleinen Finger.

Er kann nicht mal Prue beschützen! sagte sie verächtlich.

Er ist sehr schön, flüsterte Paul. Er liebt dich!

Aber ja, sagte Prue, verschlang die Sardine mit einem ungeduldigen Mau. Und genau das ist sein Problem.

Lila wusch sich die Hände. Die Seife roch nach Flieder, und sie wusch und wusch und seufzte. Sie dachte an Schatten, an ein Grün, das in dem Moment durch die Jalousien fiel, als Prue eine zweite Sardine aus der Pfanne angelte und eine dünne braune Spinne sich von der Zimmerdecke herabfädelte. Sie zuckte zusammen. Paul wußte, daß es ihr nie gelingen würde, Luis' Herz ganz zu gewinnen. Auch wenn Luis ihren Namen flüsterte, oder den von Paul. Im Wechsel, je nachdem. Da Luis sich jedoch nicht entscheiden konnte, flüsterte er seinen eigenen Namen. Das war, was sie sich niemals hatten träumen lassen.

Ich wollte ihn die ganze Zeit über, sagte Lila und schaute Prue zu, die Knoblauch und Gräten herunterwürgte.

Ich wollte nichts anderes, echote die Katze.

Lila musterte die Fische in der Pfanne, die sie zum Abkühlen auf den Küchentisch gestellt hatte, und dann Prue. Prue gähnte. Gleich würde sie die Augen aufreißen und schnurren und in ihrer Sprache eine Geschichte erzählen. Geschichten vom Hunger, von Verrat und Schläue. Lila war die Art Frau, für die Luis seine Mutter anlügen würde.

Tatsächlich? Woher weißt du das? fragte Paul. Aber da hörte Prue die Bulldogge singen, unten vorm Container, und Prue sprang davon. Ließ Paul zurück, mit Luis, der, wäre er eine Maus, nicht einen Tag im Bett gelegen und gelogen hätte. War Luis nicht auch eine Makrele? Ziemlich groß und sperrig und saftig, aber immerhin eine Makrele! Prue mauzte. Nahm ihren Platz auf der Fensterbank ein und starrte unverwandt hinunter in den Hof.

Was wußte man? Genaugenommen gar nichts. Man wußte nicht einmal, wo der Himmel anfing und wie eine Taube blinzelte, die dreist gegen die Scheiben schiß. Paul lief. Er umrundete Pfützen, Öllachen, Berge von Autoreifen. Möwen stolzierten auf Baumstümpfen und glotzten ihn an.

Er durchquerte Brachland und verlassenes Schienengelände, lief an Gärten vorüber, an deren Rändern Tollkirschen wuchsen. Reihen von Zwiebeln und Vergißmeinnicht begrenzten die Beete. Da war ein Weidengehölz. Rechts davon eine unbefestigte Straße. Paul schlug die Arme um sich. Seine Augen waren naß. Er schwitzte. Sein Puls raste. Paul spürte eine solche Lust, ein solches Entzücken in sich und gleichzeitig eine Gefahr, die ihn lähmte. Wohin? dachte er. Nur weiter. Gern hätte er jemanden geschlagen. Jetzt sofort, so heftig, daß seine Fingerknöchel blau würden. (Er würde Luis nie schlagen. Nie! Er war gegen Gewalt. Obwohl, bei Luis? Rose Meyer wäre ganz entschieden dafür! O ja.) Seine Schuhe waren dreckverkrustet, unter den Sohlen klebten Lehmbrocken und Federn. Tomás, dachte Paul. Warum fiel ihm stets sein Großvater ein, wenn er nicht weiter wußte?

Paul lief. Der Rücken tat ihm weh, der Bauch, die Füße. Denk darüber nach. Worüber? Über den Himmel. Die Lügen. Über das Zerteilen einer Melone. Über Luis? Paul war wie ein offenes Haus, durch das Tiere ein und aus gingen und der Regen. Ein Haus, umgeben von Sand und trockenen Büscheln Gras, auf einem Hügel. Vögel nisteten in den Brombeerstreben; nachts war es im Innern so finster, daß man all seinen Mut zusammennehmen mußte, um nicht vor der eigenen Stimme zu erschrecken. Paul hieb mit der flachen Hand durch die Luft. Er lachte. Blieb keuchend stehen und blickte sich um. Am Ende der Straße, dort, wo eben von Westen ein schimmerndes Licht durch die Allee, die zur Stadt zurückführte, herüberkam, lag der Große See. Ein Wald schloß sich an, ein Naturschutzgebiet.

Wie wäre es, wenn die Welt in diesem einen Augenblick den Geschmack von Honig und Dohlengefieder annehmen würde? Ein bißchen ungewöhnlich, nun ja. Den Geschmack von Eifersucht, von Schlaf und Eisenkraut? Nur durch die Bewegung, die Paul machte, als er sich bückte. Mit einer erschöpften Gebärde, schwankend über einem Abfallhaufen? So rücksichtslos, daß es ihm schon wieder gefiel (wann war er je rücksichtslos gewesen?), und mit einer Sanftheit, die Luis aufstöhnen ließ, während er Pauls Namen rief. Aber das war immer nur ein Aufschub; diese Küsse; dieses flehentliche Nennen eines Namens. Paul. Oder Lila. Paul. Das war nie die Wahrheit, denn Luis hielt sich mit der Wahrheit nicht auf. Kein Gedanke. Luis aß Schlangen, und er würde selbst den Wind vögeln, wenn der Wind sich zu ihm legte und ihm versicherte, er sei der schönste Mann, der ihm je begegnet war. Trotz der tiefen Falten in seinem Gesicht und der Überholspur, auf der Luis einen Crash nach dem anderen verursachte und so viele teure Autos zu Schrott fuhr, bis sein Vater es aufgab, ihm einen seiner Wagen zu leihen, und auf Vollkasko verzichtete. Das war nicht einmal eine Möglichkeit, nicht mal ein Vielleicht. Und es war besser, sich nicht daran zu erinnern.

Liebst du mich? fragte Paul die Luft. Spuckte in den Abfallhaufen. Der Große See. Er war nah dran. Sollte er hinüberlaufen? Zu Rose?

Paul strich sich durchs Haar. Berührte seine Stirn, die Augen. Er krümmte sich. Seine Mutter hatte ihn auf den Mund geküßt, wenn sie böse wurde und er ihr Scherereien machte. Großäugig wie sie und verstockt, mit seinem Zweifel, seiner Nachdenklichkeit und der dunklen, wundersam ernsten Stimme, die gleichförmig und beherrscht klang. Sie küßte ihn nachlässig, nie schrie sie ihn an. Sagte: Wo soll ich denn nur hin mit dir? Nur das. Mehr sagte sie nicht. Sie hielt ihn im Arm, sie rauchte. Ihre goldenen Armreifen klimperten; ihr Blick glitt über ihn hinweg, aus dem Zimmer, in dem sie eingesperrt saßen und nie eine Geburtstagsparty feierten und in dem sie nicht ein einziges Mal Besuch empfingen. Jedenfalls konnte Paul sich nicht erinnern. Der Blick seiner Mutter war furchtlos vor Kälte und traurigen Gedanken.

Ein Segelflugzeug beschrieb eine Schleife über einem der Bootshäuser am hinteren rechten Ufer des Großen Sees. Er würde weiterlaufen. Paul atmete hastig. Fort und fort laufen, einfach aus purer Freude. Aus Liebe, oder weil die Schwerkraft und der Mond, unter dem Luis im Traum die Arme um Lila legte, es so wollten. Roses Haut war rauh gewesen, und auf ihrer Zunge waren Reste von Würfelzucker. Weißer Zucker, an dem er sich verschluckte, als Rose sich ihm entgegenstreckte.

Paul schaute in Richtung des Großen Sees. Er sah Rose barfuß vor den drei Stufen des Wohnwagens stehen, im Gras. Sie sagte etwas zu ihm, was er nicht verstand. Ihre grauen Augen, für die Lila zu Fuß den langen Weg von der Magnolienstraße bis zum Campingplatz ging, manchmal sogar zweimal am Tag, spiegelten ihr Verlangen und die Hitze, die sie beide an jenem Nachmittag träge und gefühllos gemacht hatte. Aus eben diesem Grund hatten sie miteinander geschlafen. Der Hitze wegen. Aus Gefühllosigkeit. War das wahr? Paul verneigte sich.

Rose, sagte er. Rose. Es war eine ruckartige kleine Bewegung, linkisch und grob. Das Segelflugzeug geriet hinter eine Wolke. Er hatte nicht die leiseste Ahnung, welchen Weg er wählen sollte.

Zu Rose würde er nicht gehen. Paul musterte den Himmel. Seine Hände waren kalt, und er war kurz davor, die Sonne und alles, was ihn auf die andere Seite des Zauns gebracht hatte, zu vergessen und umzukehren. Er sah Lila in ihrem mit rosa Blumen bedruckten Kleid auf dem Bett liegen. Prue mauzte, verteilte ihr Gewicht geschickt auf Lilas Bauch und das Kissen, das Lila unter ihren Hintern gestopft hatte. Prues staubiges graues Fell, das langsam nachwuchs, glitzerte im trügerisch weichen Vorfrühlingslicht. Auf den Fensterscheiben waren Schlieren, die Spuren von Regentropfen. Sie putzten die Fenster nie. Es war sehr still im Zimmer. Luis, sein blondes Gesicht. Luis lehnte neben dem Spiegel an der Wand, vor der Lila mit Prue lag, sich zu ihm umdrehte, ihn anlächelte und ihm zuflüsterte. Luis' Nacken war entzündet, die vielen Salben, die er benutzte, halfen nichts, er fühlte sich schrecklich, ständig fühlte er sich so, und sein Mund war feindselig. Ein großer, weicher, offener Mund, der Wörter ausstieß. Gefährliche Wörter, dachte Paul. Sie verrieten Luis und brachten andere dazu, Dinge preiszugeben, Übel ins Haus zu holen und sich beim Schwimmtraining in einen Aligator zu verwandeln. Und das nur, damit Luis seine wilde Hingabe mit Lila teilen konnte. In einem quadratischen Zimmer, in dem eine Katze schlief. Ein sicheres Zimmer mit feuchten Ecken und einem bunten japanischen Fisch, der unter der Decke schwebte. Der Frühling wehte herein und Nachtfalter, und der Wind erstickte Lilas und Luis' Flüstern.

Da war die Bootsanlegestelle. Paul überquerte die notdürftig geteerte Straße. Sonne hockte in einem Winkel über dem Wasser. Auf einem umgekippten Kahn, der im Schilf faulte, döste ein Blesshuhn.

Paul bog bei den Parkplätzen auf einen kiesbestreuten Pfad ab. Er lief am Kiosk vorüber, ließ den Campingplatz hinter sich. Paul bemerkte den Reiher, noch ehe er einen Flügelschlag hörte. Der Vogel flog ruhig auf, er schien keine Eile zu haben. Er folgte Paul.

Unter dem Himmel, der sich bezog, bewegten sich Paul und der Reiher – es war ein junger Graureiher, zerzaust, klein für einen Vogel seiner Art – wie in einem magnetischen Feld. Für alles gab es Gründe, und nicht immer konnte man sicher sein, auch das Richtige zu tun. Und sollte man Unheil nicht möglichst ausweichen und den Schatten eines Mannes ignorieren, der einem den bloßen Gedanken an ein sicheres Versteck nahm, bei Sonnenaufgang, wenn man zu viel und zu schnell getrunken hatte?

Der Graureiher krächzte. Paul sah auf. Er hatte das Gefühl, die Schwinge des Reihers hätte seine Schulter berührt. Im selben Moment stolperte er und fiel. Blieb liegen, mitten auf dem Pfad, die Hände schützend über seinem Kopf. Er wußte, er würde nie wieder aufstehen können. Nie wieder. Aber er stand auf. Zitternd, und es regnete. Es war kalt und dunkel; ein gewöhnlicher Tag.

Rose Meyer geht allein

Rose! rief der Junge. Die Stimme klang schüchtern. Aber sie war eine Spur zu laut, sie hatte einen Unterton, der Angst verriet und den Wunsch nach Wahrheit, nach Diskussionen über Rohkost, Surfbretter und Ska-Musik, und sie verhieß nichts Gutes.

Hallo. Rose. Der Junge pfiff. Rief und pfiff.

Er steigerte sich. Die Pfiffe wurden schriller.

Niemand mochte ihn. Dabei war er so tapfer, so von Redezwang und jeglicher Gewissensnot geplagt, er konnte kaum laufen vor Empörung und war dem Chaos auf der Spur, dem Nichts, das sich ihm überall in der Weg stellte, die Aussicht versperrte.

Hallo Rose hallo Rose, leierte die Stimme.

Warum antwortete die Frau ihm nicht?

Ich muß mit dem Rauchen aufhören, dachte Rose Meyer und fuhr fort, sich die Nägel zu lackieren. Es war um die Mittagszeit, zwölf Uhr. Etwas darüber. Halb eins? Rose kaute an einem Pfefferminzblatt, linste nach den Zigaretten, die sie mit nach draußen genommen hatte. Reiner Selbstmord, wenig korrekt.

Sie seufzte, streckte die muskulösen Beine. Der kleine Schreier – aus Vernachlässigung abstinent und ehrlich betroffen, weil hoffnungslos, Rose nickte grimmig, schüttelte das Fläschchen mit dem bronzefarbenen Lack – würde ihr in spätestens fünf Minuten deswegen in den Ohren liegen und sein schwachsinniges Sprüchlein stottern. Verwöhntes Balg. Es übte täglich, hielt nie den Mund. Ob man es anschrie oder nicht, ihm einen Witz erzählte, die Zukunft voraussagte, irgendein kümmerliches, gänzlich absurdes Schicksal, was ihn – ein Fehler!, Rose Meyer hatte ihn nur einmal begangen – noch anhänglicher werden ließ. Verflucht. Der Bengel war eine üble Klette. Rose spürte einen Groll und diese Hitze, ihre Wangen bekamen hektische dunkelrote Flecken, schon wieder. Sie fing an zu hecheln, sie keuchte. Das Fläschchen Nagellack kippte um. Die zähe Flüssigkeit tropfte auf Roses Knöchel. Schweiß brach aus ihren Poren. Eine unvorsichtige Berührung, ein Griff, und sie zerriß. Sie teilte sich in der Mitte und aß ihr Herz. Ihr

Magen drehte sich um. Der Nagellack. Zum Teufel. Später, oh –.

Sie roch scharf unter den Armen, und über ihrem Kopf bildete sich eine Wolke aus Staub und Libellen.

Werd nicht hysterisch, flüsterte Rose. Die Anfälle kamen jetzt häufiger, hielten länger an, und jedesmal fühlte sie sich hilfloser. Wo war das Feuerzeug? Rose wußte, sie würde aufatmen, sich entspannen und ihr Herz ausspucken, wenn sie den ersten Zug machte, den Rauch einsog – wunderbar, eine Erleichterung, das Feuerzeug, schnell – und den Jungen und die Libellen, die gegen ihr Rückgrat stießen, über ihre Wirbelsäule krochen, zu Hunderten fielen sie auf Rose herunter, gleich mitverschluckte. *Nikotinzombie.*

Ein schrecklicher Junge. Rose war nicht mit ihm verwandt und nicht für ihn verantwortlich. Hoffentlich brachte er sich um. Möglichst bald. Sofort bitte. Hier vor ihren Augen. Alohá! Nur zu. Viel Vergnügen. Vielleicht half sie ihm dabei? Er aß nur Zeug, das kein Mensch auf Dauer vertragen, geschweige verdauen konnte, und er hatte zu viele weiße Blutkörperchen, und sein Verstand war gleich null. Im Keller. Null minus null. Tiefer ging's nicht. Skandalös, wie blöd einer sein konnte. Rose hatte vor langer Zeit damit aufgehört, Grünschnäbel und Verrückte zu adoptieren und sich von ihren Geschichten, dem Elend, das sie nicht für sich behalten konnten, den Tag versauen zu lassen. Sie war keine Nummer in einem Telefonbuch. Ihr Gepäck wog zentnerschwer. Kein Gedanke, daß sie sich noch einen terroristischen Säugling aufs Kreuz binden ließ.

Halt das Maul, Quatschkopf. Wer wollte sein ganzes Leben lang gut sein? Ha. Woher kamen bloß die blutunterlaufenen Male auf ihren Oberarmen? Wie Schmetterlingsflügel. Rose schnüffelte unter ihrer Achsel. Sie mußte hineingehen und sich waschen. Wo blieb Lila? Sie waren verabredet. Bohnen und Fenchel dünsteten im Topf. Lila wollte Lammkoteletts mitbringen. Und Prue. Sie hatten es gestern vereinbart. Rose schnaubte. Die Wolke über ihrem

Kopf verzog sich, und wenn sie auf die Libellen trat, würde sie es knirschen hören.

Ich wünschte, du kämst, sagte Rose Meyer laut. Komm. Was tust du. Warum bist du nicht hier?

Rose beugte sich vor, griff nach dem Fläschchen, das neben einen Stein gerollt war. Schraubte es zu. Sie mußte noch mal von vorn anfangen. Na, die erste Schicht taugte. Glück gehabt. Wozu überhaupt die Schmiererei? Sie hatte keine Anziehungskraft, auf niemanden. Rose wußte es. Manchmal deprimierte es sie. Es war ungerecht. Sie wäre so gern leichtsinnig gewesen. Jemand sollte ihren Namen nennen und dann zu weinen beginnen. Endlos und geduldig, nur weinen. Stundenlang. Völlig unlogisch, aber ein Gedanke, der sie mit den Zehen wackeln ließ. Sie rupfte einen Grashalm, wickelte ihn um den Finger.

Hatte je irgendwer um sie geweint und wäre dabei fast an ihrem Namen erstickt? Rose versuchte sich zu erinnern, es fiel ihr niemand ein. Blödsinn. Sie saß unbequem. Das Alter ließ sie jetzt mitunter ihr Spiegelbild sehen, in einer Fensterscheibe, in Prues Augen, und sie amüsierte sich über die schemenhafte Gestalt, die aus einem Schatten heraustrat, nicht sehr groß, unauffällig, sich rasch entfernte, um ihr nicht die Chance zu geben, sie zu fragen, warum sie, verdammt, sag's mir, nicht in die andere Richtung laufe, auf sie zu. Warum saß sie hier?

Die Treppe, drei metallene kurze Stufen, war schmal, und Roses Hintern wurde von Jahr zu Jahr dicker. Der liebe Gott, wer auch immer, hatte ihr zwar perfekte Wangenknochen geschenkt, umwerfend, fand sie, o ja, und starke Knöchel, und sie war von einer schwebenden Existenz (die Existenz, uuhuu, hatte Lila erfunden, sag es, bitte sag es mir, ich liebe dich, Lila!), doch ihr Hintern gefiel ihr nicht. Nein, er gefiel Rose nicht. Hatte ihr noch nie gefallen. Nicht mal, als sie jung war. Zu breit, zu fett. Unanständig fett. Zuviel Fleisch. Jedenfalls, um es kurz zu machen – was redete sie?, zu wem?, doch wohl nicht zu dem Irrlicht dort drüben? –, paßte ihr Hintern nicht auf diese Treppe. Und auf keinen Stuhl.

Ich sitze und warte, sagte Rose Meyer. *Ich warte, Lila.*

Sie hatte einen Arsch wie ein Flußpferd.

Hör auf damit, Rose. Ich mag nicht hören, wie du über dich sprichst. Lila wurde schnell wütend. Das wurde sie, ja. Und Lila rauchte. Bingo. Sie war nie beleidigt, was man ihr auch sagte, falls man den Mut dazu aufbrachte. Daß sie zum Beispiel ein bißchen anders war als andere Leute (harmlos ausgedrückt) und ihre Handgelenke zu dünn waren. Und daß die Bulldogge, die vor dem Hintereingang des Take Away Wurzeln schlug und sang, seit Fu im Knast hockte, eine Panik- und Beißattacke nach der anderen bekam, denn der Hund fürchtete sich vor Lila. Strenggenommen fürchtete er sich vor Luis. Vor seinem Namen, den das Tier, wenn es noch etwas durchhielt und einer von den Nachbarn es nicht zufällig in der Parklücke im Rückwärtsgang überfuhr, bald akzentfrei winseln könnte.

Na und? Was Besseres hat dem Köter nicht passieren können, als mich kennenzulernen! beschied Lila Rose Meyer hochnäsig, als Rose sie bat, den Hund vielleicht nur einmal die Woche auszuführen, anstatt jeden Tag.

Denkst du, es gefällt ihm nicht? Aber natürlich gefällt es ihm! Lila war empört. Sie war von allen ihren guten und bösen Taten fest überzeugt. Er kann ja gar nicht mehr ohne mich, sagte sie. Sonst kriegt er Verstopfung. Und wird trübsinnig. So konnte man es auch sehen. Arme Bulldogge. Arme Rose.

Gleich würde die arme Rose aufstehen, die drei Stufen hinauf in den Wohnwagen gehen und die Kochplatte abstellen.

Rose Meyer sah auf ihre Knie. Der neue wadenlange Rock, ein feiner, mit Tierkreiszeichen bemalter Stoff, Hanf und Leinen, machte sie nervös. Der Stoff kribbelte auf der Haut; sie sah auf die Zeichen, und immer schaute etwas zurück, lenkte sie ab. Sie lächelte es an, aber es lächelte nie zurück.

Es war so warm, dabei war erst April, komisch; Rose trug nur ihre Turnschuhe, zertretene uralte Dinger, und keine Strümpfe. Sie wedelte mit der Hand. Der Lack trocknete schlecht, sie hatte ihn verdünnen müssen. Rose gab nicht viel auf Kleidung. Den Rock hatte sie gekauft, um Lila eine Freude zu machen. Mitunter traf sie Entscheidungen, die ihrem Temperament völlig widersprachen. Ihre Art, Liebe auszudrücken, endete nicht selten katastrophal. Rose Meyer kannte die wichtigsten Organe in ihrem Körper. Sie kannte Lügen und wußte, was Begierde und schlechte Träume anrichten konnten. Sie verstand etwas von Pflanzen und von Zellkunde.

Rose hatte an einer Abendschule unterrichtet. Das war ewig her. Damals war sie dreißig gewesen, müde und unglücklich. Eine schusselige Person in engen schwarzen Hosen und langen selbstgestrickten Pullovern, die ihren Busen verbargen und fusselten. Sie hatte sich Probleme eingeredet; jede andere Frau hätte lieber freiwillig die Klospülung repariert und nächtelang Böden gewischt, als sie sich einzugestehen oder in den Mund zu nehmen, und das fünfmal am Tag; sie war hektisch gewesen. Und eine gute Läuferin. Damals war sie arm, wirklich bitterarm, sie verdiente nicht viel. Alles verwirrte sie, und sie hatte kein bißchen Hellsichtigkeit besessen, nur Schulden und ihre irritierende Schönheit, von der nichts übriggeblieben war. Sie hatte Männer und Frauen geliebt, sich zweimal verheiratet; hatte mit einem abtrünnigen irischen Priester gelebt, mit einem italienischen Stahlarbeiter, einer Zirkustänzerin, einer polnischen Gräfin, die anschaffen ging, und mit Ginny, die magersüchtig war und viel zu ehrgeizig, um bei ihr zu bleiben. Ginny mochte nichts so sehr wie Geld. Rose hatte keins. Darum ging Ginny irgendwann fort. Ginny roch nach Meer, und sie plapperte wie ein Radio. Sie arbeitete in einem Steakhouse, als Kellnerin. Wenn Rose sich zu erinnern versuchte, sie tat es nicht gern, fiel ihr ein, daß sie ein Monster an Hilflosigkeit gewesen sein mußte. Unerträglich hilflos, kalt und intelligent. Und nur imstande, lautlos zu schreien. Sie war für Ginny nicht die

Richtige gewesen; war es für keine. Für niemanden.

Roses Verlangen war gering, sich Hoffnungen hinzugeben, Bier zu trinken, bis sie in Pfützen von Kummer und Selbstmitleid ersoff und in ihren zwei schrägen Dachzimmern in Amsterdam, am Ende einer dunklen schmutzigen Gracht, auf die Schritte einer Frau horchte, die nie kam, oder erst am anderen Morgen. Hokuspokus. Wer rannte bei Gewitter freiwillig über einen baumlosen Acker? Rose schnitt ihr Haar selbst, sie rieb sich jeden Abend mit süßem Mandelöl ein, der einzige Luxus, den sie sich erlaubte, und benutzte kein Deodorant. Sie war in ihre Falten verliebt, falls man das sein konnte und darüber nicht stumpfsinnig wurde. Was Rose beinahe passiert wäre. Sie war in Lila verliebt. In Lila! Seltsam. Als es geschah, unglücklicherweise, sie hatte es nicht gewollt, an dem Tag, an dem Lila Prue abholen kam – Prue hatte sich verlaufen, oder vielleicht nur genug von Lila gehabt, bei Prue wußte man nie –, stellte Rose fest, daß sie Runzeln bekam. Auf der Oberlippe, genau wie ihre Tante Sophie.

Zieh etwas an, das mir gefällt. Manchmal sagte Lila so etwas. Sagte es leicht dahin. Lila konnte sehr grausam sein.

Du schaust aus – oh. Lila war ein Aas. Ich mag, wenn ich etwas anfassen kann, das mich an dein Lächeln erinnert.

Ah, ja. Wirklich?

Aber das weißt du doch, Rose!

Du boshafte Ziege.

Die Ziege bist du.

Lila, ach Lila. Lila war wählerisch. Obwohl –

Fang nicht wieder mit Luis an! Lilas helle, mädchenhafte Stimme, die unverfroren hochnäsig klingen konnte, flehentlich und böse zugleich, fuhr in Roses Ohr. Roses Hände flatterten.

Tu ich das? hatte Rose gefragt. Sie fragte es unentwegt. Von einer kleinlichen Eifersucht erfüllt, die Lila nicht ausstehen konnte. Aber das gehörte zu ihrem Spiel.

Du nimmst dir, was du willst. Rose knurrte. In Gedanken kniff sie Lila; sie erinnerte sich. Sie sah Prue. Prue nieste, sie lag wie eine Fledermaus zwischen ihnen, auf der schmalen Matratze, am Boden. Die Katze gurrte nach einem Pfauenauge, das sich verirrt hatte und über dem Hängeschrank und der Konsole mit dem Mundwasser, der Ringelblumensalbe, den türkisfarbenen Ohrringen von Tante Sophie und Ginnys Schal, den Rose aufgehoben hatte, hin und her flog.

Du bist, was ich wollte. Von Anfang an.

Es war nicht leicht für Rose, Lila zu erklären, daß ein Augenblick nicht ausreichte, sie zu bitten, bei ihr zu bleiben.

Laß uns miteinander fortgehen, hatte Rose geflüstert. Da kannten sie sich noch nicht gut, Lila und Rose. Was hieß, sie kannten sich nicht gut? Sie waren sich eben erst begegnet! Und trotzdem. Es war eine Explosion. Ein Knall. Furchterregend. Nur ein Blick und Entzücken.

Fortgehen? Aber warum? Ich bin bei dir.

Und Lila stützte sich auf, sie streichelte Prue. Betrachtete Roses Brüste. Sie hatten sich berührt und im gleichen Moment begonnen, sich auszuziehen. Alles war sehr einfach gewesen, sie sprachen mit neugierigen, rauhen Stimmen, als hätten sie schon Liebe miteinander gemacht. Lilas aschblondes Haar, das sie in jenem Sommer im letzten Jahr, an das Rose Meyer dachte, auf der Treppe, vor ihrem Wohnwagen, lange nicht mehr hatte schneiden lassen, fiel über Roses Gesicht. Lila bewegte sich über ihr mit absoluter Sicherheit und der Gewißheit, auch diesmal zu gewinnen. Trotz der Fragen, die Rose stellte, und ihrer Bitten. Dieses *laß uns* –. Geh mit mir fort. Ja, willst du? Trotz Luis. Luis kam später, viel später. Trotz Paul, von dem Rose nichts wußte. Hätte Rose damals von Paul gewußt, von Paul und Luis – Ach, hätte sie nur. Aber warum.

Warum denn nur? Lila verstand nicht.

Lila war gerade erst angekommen, vor nicht einmal einer Viertelstunde, und sollte sich schon entscheiden?

Du bist schlecht. Du liebst mich nicht, hatte Rose gesagt und Lila geküßt, um zurückzunehmen, was sie voraussah, und sie hoffte, Lila würde ihr eine Lüge schenken und ihr nicht weh tun.

Bin ich nicht. Lila antwortete mit feierlichem Ernst. Sie nahm Prue, die erregt fauchte, hob sie hoch, blies ihr ins Ohr, raunte ein Wort, das Prue stoisch überhörte.

Lila legte sich Prue auf den Bauch, hielt sie im Genick fest, schüttelte sie und beugte sich dann zu Rose. Sah sie ohne ein Lächeln an. Prue blinzelte, sie war mit dem Pfauenauge beschäftigt, ihr Gehirn auf Überraschungen programmiert, und sie protestierte. Zog blitzschnell die Krallen über Lilas Schoß, biß in ihren Daumen.

Ich bin, was du niemals wolltest, sagte Lila rauh. Sie gab Prue einen leichten Schlag auf den Hals. Prues Wollust, ihr wütendes Lecken, kümmerte Lila nicht im geringsten.

Sei nicht dumm, sagte Lila zu Rose. Prue miaute. Das Pfauenauge hatte sich in den Fransen von Ginnys Schal verheddert, und die Katze lächelte stur, schluckte an ihrem Speichel. Ihre geschlitzten, jadefunkelnden Augen blickten hochmütig. Ihr Charakter war zweifelhaft, sie war eine Pionierin, und in großer Entfernung wartete die Rettung. Prue mußte nur etwas Geduld aufbringen, für sie ein Leichtes. Lila bekäme die Quittung, soviel war gewiß.

Selbst wenn ich es wollte, und ich will nicht – Lila griff nach Roses Hand, satt und unbekümmert und so erschöpft von ihren Liebkosungen. Halbe Sätze, ihr verwirrendes Stöhnen, dieser sanfte, betäubende Kehllaut. Lila vergaß so schnell. Sie glitt außerhalb von Roses Gedanken, folgte wieder ihrem eigenen Rhythmus. Lila strich über Roses Fingerknöchel, flüsterte. Aber es war ja nicht wahr, ach!

Was denkst du, und Lila gähnte, sie kaute an ihren Haarspitzen, was könnten wir miteinander tun? Wir tun es. Ist das nicht genug?

War es genug? Es war nie genug. Prue wußte es.

Verdammt, sagte Rose Meyer. Sie zog an einem Fädchen am Saum ihres Rockes, kratzte energisch die Spritzer Lack vom Knöchel. Rose ertappte sich, wie sie zum dritten Mal – zehn, fünfzehn Minuten waren vergangen, so lange schon schrie und pfiff der Junge, jetzt war er still – nach dem gelben Sweater starrte, der seit gestern abend auf einem aufgespannten schwarzen Regenschirm trocknete. Es war ein teurer Fummel, hätte zu Ginny gepaßt. Gelb war Ginnys Farbe.

Der Schirm gehörte zu dem beigen Van, und die Frau, die ihn fuhr, schlief auf dem Rücksitz. Eine große knochige Frau, steif vor Abwehr, von dem Herumirren; verrückt nach Sicherheit. Die mußte ihr unterwegs irgendwo abhanden gekommen sein. Eine Frau mit trockenem rissigem Mund und unruhigen Bewegungen. Rose hatte sie flüchtig gesehen, als sie einparkte, kurz darauf zu den Duschen ging. Blicklos, fähig, jedem, der sich ihr näherte, einen Fluch entgegenzuschleudern. Rose hatte ein Gefühl, sie und die Frau seien sich früher schon einmal in die Arme gelaufen, hätten einander gegenüber gestanden, wie aufs Trockene geworfen. Voll halbherziger Träume. Und Nachmittage, mit denen sie nichts anzufangen wußten. Als kämen sie aus einer Stadt, aus einem Land.

Irgend etwas geriet durcheinander. Müdigkeit überfiel Rose. Der Sweater gehörte *Ginny.* Das konnte nicht sein. Nein. Müdigkeit. Der Anfang von einem Abenteuer, von Bedrohung? Da war dieser rebellische Herzschlag, oh. Die Frau hatte sich nicht nach Rose umgeschaut, als sie von der Anmeldung zum geschlossenen Kiosk zurück über den Campingplatz stiefelte, wieder in ihren Wagen stieg. Feucht und glänzend, mit derselben zerbeulten Jeans und der nassen Seidenbluse, die sie ausgewaschen hatte, am Leib. Sie verriegelte die Türen von innen. Ihr Gesicht war hart, ihr Haar kurz, sehr blond und naß. Die Sonne ging gerade unter, die Frau rauchte eine Zigarette, zusammengekauert, mit erhobenen Händen. Gierig inhalierte sie, vom Rauch beschlugen die Scheiben. Sie trank Cola. Musik war zu hören. Ein Tango. Milva. Sie sah aus wie eine Frau, die abgehauen war. Hungrig, ohne Loyalität. Wie eine Leerstelle, süchtig nach Trost und überwältigt, unsagbar erleichtert. So sah die Frau aus. Als habe sie selbst lebenslänglich verlangt, und es war auf Freispruch rausgelaufen. Womit sie nicht gerechnet hatte. Pech. Nun saß sie hier. Auf einem Campingplatz, in der Stadt, in der sie nie zuvor gewesen war und wo sie keine Menschenseele kannte. In einem Sumpfgebiet war sie gestrandet, umzingelt von Wäldern, armseligen Wohnwagen, zwei, drei Buden, die verrammelt waren, einem ausrangierten Bus und einer Telefonzelle. Sie besaß nichts, und niemand würde ihr helfen.

Rose hatte der Frau zugenickt. Und die hatte ihren Gruß erwidert. Lautlos, aber die Frau wollte herausfinden, wozu sie noch fähig war. Sie bemitleidete sich. Es war zum Kotzen. So weit war sie also schon. Wen sollte sie fortan umarmen? Wen sollte sie bitten, sie zu lieben, wo nun alles zu Ende war?

Die Frau schlief. Rose Meyer sah zu dem Van, atmete fest und tief aus.

Besser, sie schaute nicht dorthin, nicht auf den Schirm. Rose war fertig mit Sex. Sie war nicht nett. Früher war sie nett gewesen, doch es hatte sich nicht ausgezahlt. Immer verließ man sie, und das passierte meist im Juni; sie konnte die Uhr danach stellen. Sie begehrte nichts, bat nie um Verzeihung, wen auch?, und sie fühlte sich zu alt, um sich Geheimnisse auszudenken. Geheimnisse steckten in Koffern, hinter Kellertüren, in den Köpfen einfältiger Mädchen, wie Lila eines war, die sich weigerte, erwachsen zu werden. Sie steckten in alter Wäsche, im Dotter eines aufgeschlagenen Eis, und sie klebten unter Pauls Schuhen, in seinen Mundwinkeln, wenn er von Tomás sprach, seinem Großvater, von dem er nur den Namen wußte. Rose wollte nicht an die Folgen denken müssen, die ihre unschuldige Frage nach der Wahrheit auslöste. Paul bestritt, daß es eine gab. Wahrheit und Geheimnis gehörten nicht zusammen, so wie Rose und der gelbe Sweater zwei völlig verschiedene Dinge waren. Obwohl – sie war müde, zu schwach. Sie lebte ganz gut hier, auf dem Campingplatz. Was gab es sonst noch? Nicht viel. Rose hatte Krampfadern, zu schmale graue, spöttische Augen, ein kaputtes Kreuz, Senkfüße, ein Erbe ihrer holländischen Mutter, und sie war halsstarrig und manchmal ohne Selbstachtung, süchtig nach Würfelzucker und furchtbar normal.

Wie hatte Lila sich in sie verlieben können? Rätselhaft. Lila war so sensibel, und Rose war es nicht. Oder verhielt es sich umgekehrt? Und warum konnte Rose nicht aufhören, nach dem Regenschirm zu schauen und sich krank zu fühlen? Krank vor Ungeduld, weil Lila und Prue nicht kamen. Rose Meyer besaß die Treue eines Kamels, das man verprügeln konnte, bis es schielte.

Ich fasse es nicht, sagte Lila jedesmal, wenn Rose in ihrer Vergangenheit kramte und von früher erzählte. Von Ginny, oder von Enrico, dem Italiener, der Kommunist war (Rose hatte ihn bei einem Belcanto-Festival in Rotterdam getroffen), was ihn nicht daran hinderte, Rose zu beklauen und sie mit leerem Magen und einem Stapel Flugblätter sitzenzulassen. Enrico war verheiratet. Vater von vier Kindern. Davon hatte er ihr kein Sterbenswörtchen gesagt. Rose erfuhr es nur zufällig. Der Parteisekretär schneite eines Tages bei ihr herein, sie war längst mit der polnischen Gräfin liiert, auch so ein trüber Fall, und bat um Geld für Enricos Überführung nach Neapel, wo seine Eltern lebten. Enrico hatte in einer Pizzeria gekellnert, die Arbeit im Stahlwerk hatte er aufgegeben, denn er war musikalisch und für die Schinderei auf Dauer zu zart, zu liebeswütig. Seine Lungen waren angegriffen. Enrico war bei einer Messerstecherei auf dem Männerklo der Pizzeria unterlegen. Er und ein Kollege aus der Lombardei hatten sich um den SSC Neapel gestritten, dann um die Camorra, um Cicciolina und schließlich um Enricos Frau. Die Angelegenheit war heikel, der Parteisekretär wand sich. Ob Rose nicht –? Nein? Aber die Kinder. Die Frau. Maria.

Maria? fragte die polnische Gräfin, die auf diese Weise von der Existenz Enricos hörte und nicht gern zweigleisig fuhr. Maria? echote Rose. Maria hatte in die Registrierkasse des Eisenwarenladens gelangt, in dem sie putzte. War in flagranti erwischt worden. Nun mußte sie, nein, sie wollte zurück. Zuerst nach Neapel, und dann ... Lenin wußte, wohin. Der Parteisekretär zuckte die Achseln. Noch dazu mit Enricos Leiche!

Kein schöner Gedanke, das mußte Rose zugeben. Porco miseria. Sie hatten schon überall gesammelt, bei den holländischen, auch bei den griechischen und italienischen Genossen. Rose sei doch Internationalistin, hätte ihr Bett mit Enrico geteilt. *Bella Ciao,* nächtelang; sie hätte Streikaufrufe getippt –?

Die polnische Gräfin schmiß den Parteisekretär raus. Fing ein Theater an und beendete es, nach zwei Zugaben, erst am übernächsten Tag.

Erzähl es mir nicht, sagte Lila, die Roses Geschichten, waren sie erfunden?, lauschte, mit geneigtem Kopf.

Aber ich erfinde nichts. Ich schwöre es, beteuerte Rose, Prue neben sich. Prue verspeiste einen Hering. Ein Bestechungsversuch, den die Katze gnädig akzeptierte, denn sie mißtraute allem, was sich nicht fressen ließ, und endloses Reden machte sie tückisch und kratzbürstig. Rose war eine phantastische Geschichtenerzählerin, Prue ließ mit sich handeln – zumal wenn Hering dabei heraussprang. Schwierig zu entscheiden, ob Rose log oder nicht. Prue glaubte, sie log. Lila glaubte es nicht. Prue und Lila konnten sich nie einigen.

Rose stand auf, sie streckte sich. Blinzelte nach dem Sweater. Der Schreihals hielt die Klappe? Ungewöhnlich. Rose ging die Stufen hinauf in ihren Wohnwagen. Das Gemüse war verkocht. Sie hob den Deckel vom Topf. Stellte das Gas ab. Sie nahm eine halbierte Fenchelknolle, drückte sie aus und tat sie sich, heiß, wie sie war, in den Mund.

Eine Fliege summte. Früher hatte Rose Rommé gespielt, sie hatte viel getrunken und sich selbst betrogen. Wer mit ihr spielte, wußte nicht, daß er verlieren würde. Rose sorgte dafür. Rose hatte mit offenem Mund geküßt und sich dabei Geständnisse ausgedacht. Wer bei ihr landen wollte, in jenen frühen eisigen Tagen, als sie schwierig war – eine perfekte Imitation von Barbara, deren Platten sie alle besaß und stundenlang hören konnte, *Göttingen* ... Rose summte, lutschte an dem Fenchel (das Lied konnte sie auswendig) –, mußte so tun, als sei er in sie verliebt. Mußte sie anlügen und ihr Trost spenden und sie glauben machen, sie sei ein Muster auf seiner Haut, ein Jahresring, ein erster oder letzter Gedanke – und bei genauerem Hinsehen einen zweiten Blick nicht wert. Hatte sie je zweimal hingesehen? Was hatte sie gesehen? Rose war fertig mit Sex. Das eine Mal mit Paul zählte nicht. Unwichtig. Sie hatte nie wieder daran gedacht. Rose fischte eine Zwiebel aus dem Topf und ein paar Bohnen.

Lila, sagte Rose Meyer. Lila, Lila. Ach, herrjeh.

Barbara? hatte Lila gefragt. Wer ist das? Da fingen die Unterschiede an. Wer war Barbara? Wer war Rose? Und das Stück Fenchel auf ihrer Zunge, wäßrig, ohne Salz: wie zog man Fenchel? In einem hellen Glashaus, in einem Garten, aus Samen? Rose hatte es nie probiert. Und wer, bitte, war die Frau in dem beigen Van?

Rose! schrie der Junge.

Oh, warum, warum? dachte Rose Meyer. Er hüpfte vor dem halb heruntergelassenen Rolladen des Kiosks auf und nieder, in der Sonne.

Ich dachte, du bist tot, rief Rose, knallte den Deckel auf den Topf, schaute aus der Tür des Wohnwagens – es war ein alter Bauwagen aus Holz, sie hatte ihn bei einer Auktion ersteigert – und sie winkte. Unwirsch, aber sie winkte. Der Junge tauchte in ihrem Blickfeld auf, zappelnd und lächelnd, ganz außer Atem. Sein geschorener spitzer Kopf mit den grün gefärbten Schläfenhaaren erinnerte Rose Meyer jedesmal, wenn sie ihn sah – und wenn er ungebeten vor ihr herumturnte, ihr den letzten Nerv raubte, und das konnte er, phantasievoll und unberechenbar, wie er war –, an einen Spaghettikürbis, der zu lange auf dem Kompost gelegen hatte.

Tot? Wie kommst du darauf? fragte der Junge.

Er grinste. Sein Grinsen war entwaffnend. Du hast geraucht, sagte er. Ich weiß es. Verdirbt das Karma.

Ich bring dich um, dachte Rose. Sie stand auf der obersten Treppenstufe, lauschte dem Summen der Fliegen über der Spüle. Wie konnte sie je so abgebrannt gewesen sein und sich ausgerechnet diesen Ort als Ziel gewählt haben? Sie war nicht seßhaft. Darum hatte sie den Bauwagen gekauft. Kurz bevor sie ernsthaft daran gedacht hatte, Ginny ein Kraut ins Essen zu mischen oder ihr den Hals umzudrehen. Ginny war ein Vampir, ein blasses aggressives Geschöpf, das Sonnenblumenkerne knabberte und nie ihre Wäsche wusch.

Rose, lachte der Junge. Rose, wollen wir reden?

Er kannte die Antwort. Rose wollte nicht mit ihm reden. Aber meist kriegte er sie doch rum. Sie fand ihn kindisch und großmäulig, und seine kühlen grauen Augen mit den gebogenen Wimpern, um die andere ihn beneideten und die sie dazu brachten, ihn wenigstens mit ein bißchen Nachsicht zu betrachten, bewirkten bei Rose nur heftigen Abscheu. Das war ganz einfach nicht fair. Er hatte ihr so viel zu sagen! Allen, seinem Mathelehrer, dem Rottweiler aus der Kneipe am Eck, Sid, Malcolm, Captain Kirk, dem großen Manitu, sämtlichen Fleischfressern, Schweinen, Bonzen hatte er etwas zu sagen. Von morgens bis abends. Rund um die Piazza. Vollgas. Die Welt war gut, der Mensch war es auch, oder besser, die Idee war es, die er, der Junge, von der Welt hatte, vom globalen Harakiri, das einzig vom Fressen, vom Tierfressen ausgelöst wurde. Gut gut gut. Und das mußte raus, das Gutsein. Denn wenn es drinblieb, halali. Fuck. Krebs war die Folge. Ozon, Elektrosmog, BSE, Saddam und der ganze Kack mit Gott, den Muftis und dem Faschopack, mit dem er sich widerwillig prügelte, bei der Zementfabrik und auf den Bahngleisen. Er hatte so seine eigene Theorie. Später würde er darüber schreiben. Oder zur PKK gehen, in die Berge. Nach Kurdistan. Auch in Mexiko brauchten sie kleine zähe Yetis wie ihn. Er hatte sich schon auf eine Liste setzen lassen. War nie verkehrt, es zu tun, und die Soligruppe, die sich einmal wöchentlich bei Oma Bieber in dem Schuppen bei Doc 4 versammelte, wo die Berber verkehrten, wartete nur auf ihn.

Wollen wir reden?

Der Junge hieß Tim, er war Veganer. Tim schrie. Klecks, die getüpfelte, unglaublich häßliche große Ratte, baumelte von seiner Schulter. Klecks machte sich über eine Tomate her, die Tim ihr hinhielt.

Rose sah den Jungen an, aus einer sicheren Entfernung, sie runzelte die Stirn. Sah auf ihre Fingernägel und dann zu dem Van und dem Sweater.

Rede mit Klecks, sagte Rose Meyer.

Ein Wunder, daß die Ratte noch bei ihm war, dachte sie. Knotete er nachts ihren Schwanz um seinen Ringfinger, damit sie ihm nicht weglaufen konnte? Gab er ihr Pillen, süßen Honigsaft, schlief mit ihr auf dem Holodeck?

Du bist schlechter Laune, sagte der Junge. Geht's dir mies, ja?

Aber nein. Rose war bester Laune.

Vielleicht kann ich dir helfen? fragte Tim und rückte näher. Du wirst sehen, wenn wir reden, wird's dir gleich besser gehen, lachte er.

Großer Gott. So viel Glaube an den Furunkel, der Tims Zunge war, erschütterte Rose.

Tu's nicht, sagte sie. Du weißt doch, ich bin gern für mich. Laß es. Sei freundlich und verschwinde.

Etwas Dümmeres hätte sie nicht sagen können. Rose seufzte. Ich warte auf eine Freundin, knurrte sie. Und auf ihre Katze. Wir wollen zusammen essen.

Problem für Klecks, fügte Rose mit kaum unterdrückter Bosheit hinzu.

Die Katze? fragte Tim. Ich sehe kein Problem. Klecks mag Katzen.

So war er. Tim. Unwiderstehlich gut, ignorant und dämlich.

Sie sagt, sie haßt mich, flüsterte Tim. Sein Adamsapfel stach hervor, der Junge schluckte ein-, zweimal, er räusperte sich.

Wer? fragte Rose.

Der Anblick des Regenschirms ließ ihr Herz höher schlagen. Sie hätte tagelang durch die Wüste rennen, einem Präriehund hinterher, und sich vorstellen mögen, sie sei eine Wolke oder ein Wasserloch.

Ich habe versucht, sie anzurufen. Vorhin. Sie will nicht mit mir reden, sagte der Junge verlegen.

Du solltest eine Weile den Mund halten und sie in

Ruhe lassen. Mag sein, sie kommt wieder.

Rose verschränkte die Arme, lehnte sich in den Türrahmen, von dem die Farbe abblätterte. Sie hatte den Rahmen blau gestrichen, ein strahlendes Himmelblau. Aber der Regen und die ständigen Wetterumschwünge hatten ihre Malkunst zunichte gemacht. Der Bauwagen war schlecht isoliert. Anfangs hatte Rose pausenlos gefroren. Sie besaß nur einen Radiator. Das Gas bekam sie vom Campingplatz. Und Licht hatte sie, wenigstens etwas. Ihre Wäsche brachte sie zum Waschsalon, manchmal auch zu Lila, der es nichts ausmachte, Roses Kleider mit zu Luis' Jeans, seinen Muskel- und T-Shirts, den Boxershorts, Second-Hand-Hemdchen, die er über- und untereinander trug, den zahllosen Tüchern und Stirnbändern in die Trommel zu stecken. Wenn Luis sich auswickelte, sich hervorschälte aus all dem Zeug, das er anhatte, mußte Lila an einen Tuareg denken, sie fand das unglaublich und erotisch, und Rose hätte ihm dafür jedesmal die Fresse polieren können, so haßte sie ihn. Luis plünderte Rot-Kreuz-Säcke, Rose war sich sicher. Er bekam Stütze, wenn überhaupt.

Deine Freundin läßt dich warten, sagte Tim.

Sie ist spät dran. Rose nickte. Geh jetzt, sagte sie. Du mußt aufräumen, denke ich. Den Boden wischen, ja? Dein Onkel gibt dir das Geld nicht umsonst.

Ach, der Kiosk, sagte Tim wegwerfend. Er hüpfte.

Viel Arbeit, sagte Rose.

Dieser Scheißkerl, mein Onkel. Er ist ein Ausbeuter. Rose, weißt du das?!

Du hast es mir erzählt. Rose schielte nach dem gelben Sweater.

Er frißt Rindfleisch. Der Junge spuckte aus. Kannst du dir das vorstellen? fragte er, und sein Mund öffnete sich, er hatte einen hübschen weichen Mund, er keuchte, dann lächelte er.

Sein Gehirn ist voller Löcher, sagte Tim. Er fährt einen Jaguar. Er joggt. Wird ihm nicht viel nutzen, schätze ich. Klecks würde ihn nicht anrühren. Warum die freiwillig sein Ding –? Die *lutschen* es. Rose!

Tim, sagte Rose Meyer. Sie betrachtete ihn wie ein Teeblatt, aus dem sie die Zukunft las. Gelb war eine ekelhafte Farbe.

Frauen sind Scheiße, sagte der Junge.

Tim! Rose wischte sich die Nase und gähnte. Gelb erinnerte sie an Brei, an Hühnerkacke.

Tut mir leid. Ja. Okay? Es tut mir leid. Du nicht. Du bist nicht so. Na, du weißt schon. Du bist anders. Du lutschst nicht. Echt fett. Du nicht! Du bist wie Oma Bieber. Oder wie Klecks. Tim stöhnte. Wahrheit mußte ausgesprochen werden.

Danke. Rose drückte sich fester in den Türrahmen. Mit Oma Bieber, der stadtbekannten Betrügerin, den Jackpot zu teilen, das war selbst für Rose ein herbes Kompliment.

Versteh mich richtig. Der Junge zitterte. Er hätte gern auf der Bühne gespielt, oder fotografiert. Er hatte viele Ideen und eine Meinung von sich, aber er war faul und nur darauf aus, zu reden und sich unbeliebt zu machen.

Tim, sagte Rose Meyer. Tim, verschwinde.

Hast du eine Nervenkrise? fragte der Junge. Klecks, auf seiner Schulter, starrte Rose hinterlistig an.

Wenn, ist es mir egal, sagte Tim. Ich bin nur gekommen, um dich zu fragen, was ich tun soll. Ich rufe an, und sie sagt –

Der Kiosk, sagte Rose.

Später, sagte Tim. Ich bin noch den ganzen Tag hier. Es gibt kein Wasser. Denk mal. Hattest du Wasser? Irgendwas ist mit der Leitung. Ist kein Druck drauf. Wo soll ich jetzt das Scheißwasser herkriegen?

Faule Ausreden, sagte Rose. Versuch's noch mal.

Ich will nicht mit dir streiten, Rose.

Tim schob beide Hände unter sein T-Shirt. Er sah unschuldig und klein aus, und genauso wollte er aussehen. Wie ein Quittenbaum, willkürlich in eine Landschaft gestellt, und niemand war da, der ihn beschützte.

Was ist, wenn ich in sie verliebt bin, und sie ist es nicht?, flüsterte der Junge. Es macht mich krank, Rose. Wirklich. Es macht mich krank.

Sein feinknochiges, sanftes Gesicht war kreideweiß. Er aß praktisch nie, nur rohes Gemüse und Obst, und er wirkte, als habe er Krämpfe. Was natürlich nur ein Trick war. Tim konnte einfach nicht stillstehen. Das war alles.

Verliebt in sie, und sie ist es nicht. Rose wiederholte die Worte. Sie gab sich Mühe, ernst zu bleiben und ihre Stimme bedeutungsvoll und unwiderstehlich klingen zu lassen, wie Oma Bieber nach zehn Korn und geglücktem Taschendiebstahl (unter Anwendung von K.O.-Tropfen). Tim war ein tyrannisches Arschloch, und er hatte nichts zu tun. Kann ich rüberkommen? schrie es in Rose.

Nein. Keine Idee, warum du in sie – Rose sah Klecks an.

Warum? Nur wegen des gelben Sweaters? fuhr es ihr durch den Kopf. Wegen Ginny? Aber das mit Ginny war doch so lange her. Und sie ist es nicht gewesen. *Ist es nicht.* Lila, Ginny. Keine von beiden ist es je gewesen. Niemals.

Ich weiß nicht, Tim. Frag die Ratte. Iß einen Kohlrabi.

Oh, Rose! Der Junge ächzte empört.

Was ist mit dem Wasser? Rose Meyer verzog den Mund. Tim wußte nicht, wie es war, eine Wolke zu sein, die sich über einem Präriehund, über einem schwarzen Regenschirm ausschüttete, und sie würde einen Dreck tun und es ihm verraten.

Was soll ich tun? Darf ich hierbleiben? fragte der Junge. Ich stör dich nicht. Ich setz mich auf die Treppe, bis deine Freundin kommt.

Sie hat ihre Katze dabei, sagte Rose undeutlich.

Tim hörte nicht, er lächelte.

Vielleicht stellen sie das Wasser wieder an, murmelte er.

Klecks sprang von seiner Schulter, als der Junge sich auf die Kiesel setzte, mit dem Rücken zu Rose. Tim zog sein T-Shirt hoch, die Ratte purzelte über seine Beine, ihre Knopfaugen glühten, und er streichelte ihren Kopf, knüllte einen Zipfel seines Shirts, zog ihn über Klecks und hüllte sie ein. Die Ratte pfiff und schniefte, und Tim holte ein Karottenstäbchen hinter seinem Ohr hervor, biß davon ab und gab Klecks den Rest.

Komm zu mir, sagte der Junge. Setz dich. Auf die Treppe.

Er hat seine Lektion gelernt, dachte Rose. Sie löste sich aus dem Türrahmen. Was auch immer geschah, wer seine Träume auffing, ihn verriet, über ein Schachbrett schob, Frieden oder Krieg, er teilte die Welt in Apfel und Salat, in Bekömmliches, das Klecks vertrug, und Unverdauliches. Rose wollte lachen, aber es gelang ihr nicht. Sie kam die Stufen herunter, setzte sich.

Magst du mich? fragte Tim.

Rose antwortete nicht. Ratten waren Allesfresser. Eines Tages würde Tim aufwachen und feststellen, daß ein Stück von seinem großen Zeh fehlte, sein Daumen, ein Ohrläppchen, ein Nagel, der Schirm seiner Baseballmütze, doch dann war es zu spät. Klecks würde noch den Onkel fressen, anschließend in seinem Jaguar davonfahren.

Klecks hat Abitur. Tim sah Rose von der Seite an, er nickte. Seine Locken, färbte er sie mit Lebensmittelfarbe?, hingen über seine hohlen Wangen. Was tat er den ganzen Tag? Log er, spielte sein Puls verrückt? War er ein Hehler, ein Dieb, handelte er mit Drogen? Rose wußte es nicht.

Keiner weiß, was den Schweinen gerade einfällt. Ist denen doch egal. Daß sie das Wasser abstellen und so, sagte er.

Sag es freundlich, Tim, sagte Rose. Schwein gefällt mir nicht.

Du hast Nerven. Der Junge wippte mit den Knien, er kicherte. Es war ein liebevolles, nachsichtiges Kichern. Du bist einfach zu gut, Rose. Darum mag ich dich. Du bist wie ich. Wußtest du das nicht? fragte Tim.

Rose schwieg.

Das war ein Kompliment. Rose! Das war geil. Hörst du? Sag ich nicht jedem.

Sagst du nur Klecks.

Na ja. Klecks. Da ist doch ein Unterschied, oder? Klecks ist ne Ratte. Du bist Rose.

Der Junge beugte den Kopf. Seine Stimme war heiser und sein Blick lustig und ernst zugleich.

Wenn du mich magst, rauchst du eine Zigarette mit mir, sagte Rose Meyer. Sie gab sich einen Ruck. Wieviel Uhr war es? Zwei? Lila, wo bleibt ihr? Rose nahm eine Handvoll Kiesel, warf sie nach dem Regenschirm, aber sie traf nicht. Kiesel hatte sie vor Ewigkeiten in Zandvoort aufgesammelt, am Strand. Mit Ginny. Dämliche Ginny. Konnte nie die Bettlaken zusammenlegen, so wie Rose es tat, und bei Bienenstichen schwoll sie fürchterlich an, kriegte Asthma. Ginnys Küsse waren klebrig, sie batikte, heulte ohne Grund, zerriß die Lohnschecks fremder Leute. Ginny mochte es, für unberechenbar und kaltherzig gehalten zu werden, und erst dann geriet sie in Fahrt. Wenn es ihr gelungen war, Rose zur Verzweiflung zu bringen, weil sie die Aktien verscherbelt hatte, die Rose von Tante Sophie geerbt hatte. Und rasch verlor, dank Ginny. Ginny wollte ihr eigenes Haus, eins, zu dem Rose keinen Schlüssel hatte.

Ich rauche nie, sagte Tim, als Rose die Zigarette anzündete und ihm hinhielt. Warum fragst du mich?

Ihre Handrücken berührten sich flüchtig, aber der Junge zuckte nicht zurück. Du solltest es lassen, sagte er höflich. Es macht dich häßlich und alt.

Findest du? fragte Rose. Es interssiert mich nicht, für alt oder häßlich gehalten zu werden. Sie betonte die Worte sarkastisch.

Andere schon. Der Junge grub mit den Fingern die Aufschläge seiner viel zu weiten, unförmigen Hosen unter die Steine. Er hatte eine Schürfwunde am rechten Ellenbogen, und auf sein fleckiges weißes T-Shirt war vorn ein Totenkopf gedruckt und hinten eine geballte Faust, die einen Kreis sprengte.

Schwierigkeiten, dachte Rose. Sie rauchte. Tim roch nach Heu. Er war klein und beweglich, wie Quecksilber, und seine Sehnsucht, daß irgend jemand ihn mochte, war groß. Klecks fiepte.

Gib ihr Belladonna, sagte Rose und hustete. Der Rauch brannte in ihrer Lunge. Gib ihr einen Fischkopf, sagte sie.

Klecks mag nur Pizza und Magermilch. Ihre *Lieblingsspeisen.*

Tim nahm Rose die Zigarette aus dem Mund, warf sie neben sich und drückte sie aus. Es war eine spontane Geste, freundlich und bestimmt.

Du stirbst, wenn du nicht damit aufhörst, sagte der Junge. Er zog Klecks, die strampelte, unter seinem T-Shirt hervor, setzte sie Rose in den Schoß.

Sie mag dich. Er nickte. Sie mag dich. Warum mußt du rauchen? fragte er. Du solltest Zitronen essen, schlug Tim vor. Und deine Einstellung ändern. Klecks wäre sehr dafür.

Die Ratte schnupperte, rutschte in den Falten von Roses Rock hin und her, sie stellte die Öhrchen auf, äugte. Schlug die Zähne in Tims Unterarm, und er schrie überrascht auf.

Rose lachte schallend. Sie versetzte ihm einen Stoß, der ihn zusammenknicken ließ, sie lachte. Über die Zitronen, den gelben Sweater, über Ginny, die verlorenen Aktien, wieso waren sie ihr eingefallen? Die Frechheit des Jungen, mit der er ihr soeben die Zigarette weggenommen hatte. Rose prustete. Auch die Ratte schien zu lachen. Sie war dürr und wirkte trübsinnig, als habe sie eine Allergie, sie schaute Rose an, zwinkerte, o ja, sie *zwinkerte,* und schoß einen Pfeil mitten durch Roses Herz. Diese unwahrscheinliche Kombination aus Verdrehtheit, Kummer und Zärtlichkeit.

Wie konntest du das tun? flüsterte Rose der Ratte zu.

Für dich, flüsterte Klecks. Nur für dich habe ich es getan.

Du verrückter süßer Scheißkerl, sagte Rose laut. Kümmere dich um dich selbst.

Aber ich kümmere mich, sagte Tim, und als Rose ihn, noch immer kichernd und glucksend, musterte, wußte sie, daß er bislang nie ungeduldig gewesen war. Jedenfalls nicht wirklich, und er hatte nie auf jemanden warten müssen. Was er suchte, hatte er auch gefunden. Er war niemals einem Gespenst in die Quere gekommen, bis auf Klecks. Aber Klecks war eine halbe Portion; über kurz oder lang würde sie in der Mülltonne landen. Klecks hatte nur drei Pfoten, sie war am Bauch gepierct, und für Rose war es immer wieder erstaunlich und höchst bedrohlich festzustellen, wohin Liebe, egal für wen und für was man sich entschied, einen bringen konnte. Ihr kurzes trauriges Leben hatte die Ratte in einem Versuchslabor verbracht, aus dem Tim – *ich bin Tim, guten Tag, bestimmt möchtest du wissen, wer ich bin, ja, sag?, ich seh's dir an* – sie befreit hatte. Zusammen mit anderen Jungen, die auf Eisendeckeln trommelten, elektrische Sägen zum Kreischen brachten und ältere Frauen, zu denen sie sich für die Dauer eines Atemzugs hingezogen fühlten, mit Fragen und ihrer Ungeduld belästigten.

Klecks befreit. Nun ja. Rose wollte nicht wissen, wie er es getan hatte. Was es auch bedeutete. Tim konnte nicht aufhören, fing er erst einmal damit an, über Befreiung zu reden, über Klecks, seine Mutter, das Universum. Über Rose, ihren Wohnwagen, Zitronen, Anarchie im allgemeinen ... Quark ohne Ende. Quack quack quack.

Sei mir nicht böse, hörte Rose den Jungen neben sich sagen. Und schlag mich nicht. Klecks verträgt es nicht, wenn jemand grob zu mir ist. Ich bin traurig. Ich weiß nicht, was ich tun soll. Sie sagt, sie –

Oh, Tim, sagte Rose Meyer, Tim.

Sie legte ihren Arm um seinen Nacken, berührte den fünfzackigen schwarzen Stern am Bauch der Ratte, die auf den Kieselsteinen einen Purzelbaum und dann eine Rolle vor- und rückwärts vollführte. Mit nur drei Pfoten, dachte Rose und konnte gar nicht hinsehen. Sie sollten Eintritt nehmen. Die Frau, die jetzt schlief, würde die erste Zuschauerin sein.

Rose und Tim starrten auf Klecks. Klecks pfiff und putzte sich. Tim lächelte.

Warum? dachte Rose. Der Junge war nicht normal. Tims Onkel gehörte der Kiosk, den Tim an diesem Tag saubermachen sollte, denn bald begann die Saison. Der Onkel hatte keine Lust, seinen Neffen, diesen Spinner, mehr als nötig um sich zu haben. Er besaß einige Spielhallen und einen Puff unten am Fluß, er war Geschäftsmann, hatte Bluthochdruck und einen geplatzten Wechsel bei der Bank.

Auf keinen Fall hatte er Zeit, sich mit einem durchgeknallten Neunzehnjährigen abzugeben, für den er den Vormund spielen mußte. Bescheuerte Halbwaise, die sich einen Skorpion über der linken Augenbraue hatte tätowieren lassen, Fingernägel kaute, zweimal durchs Abitur gefallen war.

Scheiß Geld, sagte der Onkel. Oder hau ab. Verpiß dich. Stör mich nicht, Idi! Und sieh zu, daß die Ratte wegkommt. Widerlich. Ich garantier für nix. Busy, Junge. Mach dich busy, und raus. Abflug! Tschüß. Glotz nicht wie'n Bimbo. Gönn dir mal 'n Schnitzel.

Du magst mich nicht, sagte der Junge, wühlte in den Kieseln und zerrte an seinen Hosen.

Nein, antwortete Rose aufrichtig. Nicht sehr.

Sie hatte Hunger, und die Hitze kam zurück. Gleich würde es wieder soweit sein. Oh, bitte, nicht.

Aber manchmal – manchmal schon. Jetzt, sagte sie. Jetzt mag ich dich.

Beruhige dich, dachte Rose. Ihre Stirn war schweißnaß. Sie spürte die Libellen, hörte ihren Flügelschlag, ein ohrenbetäubendes Summen.

Siehst du den Regenschirm? fragte Tim.

Seit gestern, sagte Rose. Wer, denkst du, ist die Frau? fragte sie.

Die in dem Van?

Ja. Rose nickte. Laß es vorübergehen, dachte sie. Laß es nicht geschehen. Ihre Zunge war pelzig. Die Nähe des Jungen war unerträglich.

Ich weiß nicht. Sie gefällt dir? Tim zog an seinen Locken.

Er schaute Rose offen und gerade an. Legte seine Hand auf ihre Stirn.

Ich weiß, was mit dir ist, sagte Tim. Es macht mir nichts. Es ist normal.

Rose schluckte.

Ich schwitze, flüsterte sie.

Und? fragte der Junge. Er zuckte die Achseln.

Sie gefällt mir, ja, murmelte Rose. Sie erstickte an ihrer eigenen Stimme.

Geh weg. Bitte. Mir ist übel. Sieh mich nicht an. Dreh den Kopf weg.

Ich schau dich nicht an, sagte der Junge, und er schloß die Augen. Seine Hand lag auf Roses Stirn. Rose hechelte. Tim fing an zu trommeln. Lautlos, er schlug auf seine Knie, auf die Treppenstufe. Mit einer Hand trommelte und schlug er, mit der anderen rieb er Roses Stirn, rieb ihre Schläfen, den Kopf.

Er hatte große kräftige Hände, sie waren schwielig und rochen nach Teer, nach Klecks. Tränen brannten in Roses Augen. Sie mußte etwas essen. Sofort. Sie war so hungrig. Wellen liefen durch ihren Körper, sie schwankte, und der Geruch, den sie verströmte, ließ sie erschauern.

Der Junge griff nach ihr, er hielt sie fest, entschlossen, sie nicht eher loszulassen, bis sie sich beruhigt hatte, das Hecheln nachließ, für das Rose sich schämte. Das spürte Tim. Es war, als tanzten sie. In einer trockenen Luft, am Rande eines Sees, über den ein Trupp Pelikane hereinbrach, lärmend und unheilvoll. Und Licht, eine orange kalte Sonne, die sie trennte, Rose und den Jungen. Wie ein Keil fuhr die Sonne zwischen sie und versank.

Danke, sagte Rose.

Wofür? fragte Tim.

Sie schwiegen.

Danke, daß du hier bist. Bei mir.

Rose biß sich auf die Zunge. Wann hatte sie das zum letzten Mal gesagt?

Vergiß es. Ist schon okay. Tim trommelte. Er tat, als wäre nichts geschehen. Geht's dir besser? fragte er.

Besser. Rose atmete flach, sie lächelte.

Frag sie, sagte Tim.

Er wußte es, oh, mein Gott! Rose schnappte nach Luft.

Geh rüber und frag sie. Von allein sagt sie's dir nicht. Schätz ich. Tim strich über seine Schenkel, nahm Roses Handgelenk, er fühlte ihren Pulsschlag, und er dachte, er hätte gern einen Turm gebaut. Schon als Kind, mit fünf, so weit reichte seine Erinnerung (in dem Jahr ging seine Mutter fort), hatte er es sich gewünscht. Einen großen dunklen

Turm aus roten, viereckigen, ungefugten Steinen, für die man keinen Mörtel braucht. Innen war es vollkommen finster. Er mochte Finsternis. Sie erregte seine Aufmerksamkeit, wie auffrischender Wind ihn erregte, oder der Geruch von Rose, der Geruch von Eisen, von Fell oder Lack. Ein Turm, in dem Schlangen hausten, ein Leguan, Erdferkel, und was es sonst noch so gab, was so herumkreuchte, nagte, schniefte und häßlich war.

Aber was war häßlich? Sein Onkel. Und der Dreckskiosk! Suse, die blöde Raver-Schlampe, die nicht mit ihm reden wollte. Die war *häßlich,* und wie. Er hatte keine Ahnung, ob das Viehzeug, das er in den Turm sperren würde, sich auch vertragen würde, denn in Biologie war er jämmerlich. Die Mischung, auf die er es abgesehen hatte, war nicht schlecht. Leguane faszinierten ihn. Sein Onkel hatte einen Tobsuchtsanfall bekommen, als er einmal einen anschleppte, einen winzigen Leguan, bildschön, und der Arsch hatte das Tier im Klo ersäuft und runtergespült. So war es auch den Schlangen ergangen, den Hamstern und Springmäusen. Tim hatte seinem Onkel hinterher jedesmal die Reifen durchstochen und den Pitbull mit dem Feuerlöscher aus dem Handschuhfach des Jaguar einbalsamiert. War ein ganzes Stück Arbeit gewesen, eine Sauerei, aber der Hund war ätzend. Ein gemeingefährliches Luder, und er hatte der Menschheit damit nur eine echte Plage vom Hals geschafft und den Pitbull, soviel war drin, noch am gleichen Tag anständig beerdigt. Im Ölofen des Puffs.

So ein Turm wäre genau das richtige. Irgendwo auf einer Insel, wo es ringsum nur Himmel gab, Agaven, vielleicht ein bißchen Geröll. Vorm Eingang ein Buddha aus Terrakotta. Tim fand Buddhismus aufregend. Genau wie Rai. Irgendwann würde er sich damit beschäftigen, mit Laotse, gehörte der dazu?, mit Sháb Hasani, den hatten die Muftis gekillt, mit Bakunin und dem Dalai Lama. Im Puff, während der Pausen, sahen sie immer *Dallas* und *Raumschiff Enterprise,* uralte Folgen auf Video. Das war schon die halbe Miete. Fast so wie Buddhismus, zumindest was Kirk und Mister Spock, den Vulkanier, anging. Die waren vom

Dalai nicht mehr weit entfernt, bloß ein kurzes Beamen.

Tim hielt Roses Hand. Er hielt sie leicht und vorsichtig, wie etwas Kostbares, das ihm nicht gehörte und das er nicht verlieren wollte. Rose war geheimnisvoll; ihre Aura war purpurrot. Das sagte Tim ihr nicht. Wär ihm nie eingefallen. Rose verachtete Esoterik (sie würde früh genug darauf kommen). Tim wollte auf gar keinen Fall ein Schwachkopf sein. Er war ein Schwachkopf, na und? Ihre Freundin hatte er ein paarmal gesehen, flüchtig, und es wäre besser, sie blieb, wo sie war. Jetzt, in diesem Moment, wäre es wunderbar, sie würde überhaupt nie auftauchen. Mit ihrer Katze. Prue. Wieso hieß eine Katze Prue? Wie sprach man das aus? Prü? Die Ideen der Frauen. Geil. Völlig gaga.

Der Tag war so friedlich, warm, und in der Luft stand eine Schrift, ein paar Zeichen. Der Junge versuchte sie zu entziffern, zwecklos. Sie sagt, ruf ja nicht an. Geh weg. Komm morgen wieder. Übermorgen. In zwei Monaten, wenn meine Mutter geschieden ist ... Was stand da? Am Himmel, und er konnte es nicht lesen?

Rose, sagte der Junge. Sie sagt, sie –

Und Tim fing an zu reden, er redete und redete mit sich, sehr leise. Er bewunderte den Tag, Klecks, bewunderte seinen Eigensinn, einen Käfer, der über Roses Turnschuhe krabbelte, die Sommersprossen auf ihrem Handrücken, die Farbe ihrer Fingernägel. Schau, der Vogel, sagte der Junge, und er warf den Kopf herum. Er stieß Rose an. Da. Siehst du?

Rose antwortete nicht.

Der Vogel, sagte der Junge verwirrt.

Wo? Rose war eingenickt. Sie öffnete die Augen, erschrocken. Aber alles, was sie sah, war der gelbe Sweater, und Lila und Prue waren noch immer nicht gekommen. Sie saß hier mit dem Jungen, er hielt ihre Hand. War sie verrückt?

Wenn Liebe mit im Spiel ist, wird es gefährlich, sagte sie und schlug Tims Hand weg.

Du mußt gehen, sagte Rose Meyer. Schau, ob es Wasser gibt. Fang mit dem Kiosk an. Ich will nicht, daß dein Onkel kommt und herumbrüllt. Ich mag ihn nicht.

Magst du mich? fragte Tim zweifelnd und ließ Roses Hand los. Sag es. Er bettelte.

Ja, sagte Rose. Gut, daß du bei mir warst. Bei mir bist, verbesserte sie sich.

Frag sie, sagte Tim. Er stand auf.

Kleine Nervtüte, sagte Rose. Sie lächelte.

Alles, was du willst, sagte Tim.

Du bist es nicht. Rose gähnte. Dich will ich nicht, sagte sie, blies über ihre Nägel.

Du hast einen Wunsch frei. Tim nickte.

Sei gut und guck, ob du irgendwo meine Freundin siehst.

Wie heißt sie? fragte der Junge. Er dachte an Ginger Ale und Bohnen, an das Mädchen Suse, das nicht mit ihm sprechen wollte. Sollte er sie noch einmal anrufen? Würde sie gleich wieder auflegen? Sollte er vor ihrem Haus Feuer legen?

Lila. Sie heißt Lila, rief Rose, denn Tim war bereits über den halben Platz gelaufen, mit Klecks, die sich auf seiner Schulter festkrallte. Kurz vor dem Kiosk wandte Tim sich um. Er hüpfte auf der Stelle, grinste.

Lila? rief Tim. Die Sonne blendete ihn. Er lief zu dem Van.

Geh allen aus dem Weg, die dich glücklich machen wollen, dachte Rose. Was tat er? Tim. Mierda. *Tim klopfte gegen die Windschutzscheibe.*

Wenn ich sie treffe, grüß ich sie von dir, rief der Junge, warf Klecks in die Luft, fing sie geschickt auf, und Rose bekam einen Adrenalinstoß. Über ihr schrie ein Vogel. Es war derselbe, den Tim gesehen hatte, nachdem Rose sich beruhigt und die Libellen, die zwischen ihren Zähnen wie Popcorn knackten, verscheucht hatte.

Der Vogel flog über den Campingplatz, in weiten Kreisen. Als suchte er einen Baum, der hoch genug war, um darauf zu landen. Sein Kopf war weiß, er hatte einen kurzen, herabhängenden Nackenschopf und einen breiten schwarzen Streif über dem Auge. Der Vogel stieß einen keckernden Laut aus. War er zahm? Rose schnalzte mit der Zunge, sie lockte ihn. Vielleicht hatte er einen verletzten Flügel. War von einem Luftgewehr getroffen worden. Vielleicht hatte ein Hund ihn gejagt. Wo war Tim? Aus dem Kiosk dröhnte Ice-T.

Der Vogel flog über den Bauwagen und hinüber zu dem Regenschirm. Er krächzte. Umkreiste den Van, fiel dann jäh herab, neben eine Coladose.

Das Gesicht der Frau erschien hinter dem Lenkrad. Sie war aus dem Fond nach vorn auf den Fahrersitz geklettert und starrte ausdruckslos nach dem Vogel, der mit etwas beschäftigt zu sein schien, das wie ihr gelber Sweater aussah. Aber sie war noch nicht soweit zu kapieren, was vor sich ging. War das ihr Regenschirm? Wo kam der her? Wieso hatte sie ihn mitgenommen?

Die Frau in dem Van schrie *Hau ab,* sie drückte die Autotür auf. Gangsta Rap. Na, genau richtig für eine Heuchlerin in ihrer Verfassung. Sie war Calamity Jane. Auf ihrem Steckbrief stand *ist bewaffnet.* Ihr letzter Lover war bei der Military Police gewesen, ein baumlanger Lügner und Keyboard-Spieler. Er stammte aus Cincinnati, verschob an den Wochenenden Amphetamine. Sie hatte ein Faible für Dreckskerle, elendig. Ihre Mutter hatte sie gewarnt.

Gab es hier Ratten, am hellichten Tag? Die Frau fühlte sich bleischwer, sie war benommen und todmüde. Sie schrie aufgeregt *Verdammt* und fiel fast vom Sitz und aus dem Wagen. Dieser ekelhafte Traum. Eine große Ratte schwang an den Pfoten um die Antenne, wie bei einer billigen Zirkusnummer, und da war der Vogel. Sie hatte vergessen, Make-up mitzunehmen, ihre Haut schuppte; alles war so schnell gegangen. Und das Benzin im Tank reichte nur noch für zwanzig Kilometer. Sie mußte irgendwo einen vollen Kanister haben. Mit der Automatik stimmte was nicht, und die Heizung war defekt. Wo war sie? Was machte der idiotische Vogel mit ihrem Sweater!

Warum ist es so heiß? flüsterte die Frau. Es war doch erst April. Jemand rief.

Ginny, rief eine Stimme.

Ich bin Ines, schrie die Frau. Ginny. Was war das für ein Name. So hießen nur Huren. Sie flippte gleich aus. Ihr Sweater!

Gib ihn her! Die Frau klatschte in die Hände. Um Himmels willen, wo war sie? Der Rücken tat ihr weh.

Sie war zwei Tage lang gefahren, ohne zu wissen, wohin. Hauptsache weg. Alles, was sie seither gegessen hatte, war eine Lasagne, die ihr Dummkopf von einem Ehemann halb aufgetaut auf dem Küchentisch gelassen hatte, bevor sie ihm das stumpfe Gemüseschälmesser in den Oberschenkel gerammt hatte. Ein törichter Versuch, es ihm heimzuzahlen. Damit nicht genug. Er hatte sie gewürgt, verständlich, sie nahm es ihm nicht übel. Er war ein Sadist, und sie hatte nie etwas anderes von ihm erwartet Es war seine Art, eine Diskussion zu führen. So waren sie immer miteinander umgegangen, ziemlich leidenschaftlich. Sie prügelten sich in jeder freien Minute. Der Military Dealer konnte bei dem fake nicht mithalten. Er gab den Joker. Fatal nur, daß sie ihrem angetrauten Langeweiler diesmal noch die Flasche mit dem Salatöl über den Schädel gezogen hatte. Und da war er nun einmal ins Hintertreffen geraten, mit dem Messer in seinem Bein, das sie hatte rausziehen wollen. Sie war kein Unmensch. Doch er brüllte und brüllte. Während er durch die Küche humpelte – auf Strümpfen, er trug seine üblichen löchrigen Socken –, war ihr in den Sinn gekommen, daß das Leben unberechenbar war und es nicht gut mit ihr meinte. Diese Nummer war zu hart gewesen. Sie hatte sich im Spiegel gesehen, mit den Würgemalen am Hals. Sie hatte Tränensäcke, und ihre Augen waren vom vielen Weinen geschwollen. In der japanischen Computerfirma, in der sie arbeitete, hockten nur Debile. Kerle, die in gebrauchte Schlüpfer wichsten und Schnitzeljagden durch die Büroflure veranstalteten, sich im Internet, als Lesben getarnt, rumtrieben und mit ihren Dates prahlten. Ein infantiler Haufen. Unterbelichtet. Das war's also gewesen. Schönen Dank auch. Sie kam über *Ziel* nie hinaus. Und jetzt rief eine Stimme *Ginny*.

War das ein Graureiher? Sie hatte noch 110 gewählt. Hätte nicht jede getan, bei der Lusche. Sie hätte die Sache anständig zu Ende bringen und dann den Leichenwagen rufen sollen. Solange sie denken konnte, sehnte sie sich nach ganz einfachen Dingen. Nach Anstand, Freundlichkeit, klarer Hühnerbrühe, kaltem Wasser, einem Lied von Johnny Cash aus dem Radio und dem üblichen *Ich liebe dich* nach einem vergnügten harmlosen Fick. Nichts davon hatte sie bekommen, und den Saphir hatte sie sich selbst kaufen müssen. Wer konnte das ertragen? War sie ein Zombie?

Sie konnte nie in einem schulterfreien Top zu einer Party gehen, denn auf ihren Armen waren Bißspuren und Flecken von allem möglichen. Und jetzt war Schluß damit. Was sie wollte, war Vertrauen. Sie mußte nicht mehr bestraft werden; sie hatte für den Rest ihres Lebens genug davon.

Ines, murmelte die Frau mißmutig. Hallo, ich bin Ines, sagte sie fröhlich. Sie gab sich Mühe.

Es klappt, dachte sie. Sag deinen Namen, und jemand wird dir antworten. Sie winkte der Stimme, die Ginny gerufen hatte. Ginny, Ginny, sagte die Frau. Ihr Sweater war weg. Kein Verlust. Er hatte ihr sowieso nicht gefallen. Er war ausgeleiert und das Gelb war abscheulich. Sie kam sich darin immer wie eine Hornisse vor. Auch der Vogel war verschwunden, fortgeflogen. Nur ihr Regenschirm lag verkehrt herum auf dem sandigen Boden, und an seinem Griff klebten eine Nacktschnecke und eine graue Feder. Die Frau tippte den Schirm mit der Spitze ihres Cowboystiefels an. Sie reckte sich. Ihre Augen waren verquollen, auf ihrer Nase pellte sich die Haut. Sie brauchte dringend eine Gesichtsmaske. Aloe und grüner Tee. Sicher kein Problem, das hier irgendwo aufzutreiben. Sie kicherte bei dem Gedanken.

Sie sah sich um. Der Platz war sonnig und leer. Ice-T jammerte noch immer. Ein Junge schleppte einen Plastikeimer, aus dem Wasser schwappte, und einen Schrubber.

Er war kahlköpfig, er hüpfte und stolperte über seine karierten Hosen, die um seine Hüften schlotterten, und auf seiner Schulter klemmte eine Ratte. Scheußlich. Fing so ihr neues Leben an, mit einer Ratte, dem Geplärre von Ice-T?

Die Frau, die Ginny gerufen hatte, saß vor einem morschen Bauwagen, der nach einem neuen Farbanstrich lechzte.

Hallo. Ines steuerte auf den Bauwagen und die Figur davor zu. Sie lief schwerfällig, und sie fröstelte.

Ich sehe furchtbar aus. Heute ist nicht mein bester Tag, sagte sie und reichte Rose Meyer die Hand. Gibt es in der Nähe eine Tankstelle? fragte sie. Vielleicht ein Lokal. Eine Pizzeria. Mc Donalds –? Ich habe seit drei Tagen nichts gegessen.

Rose nickte. Ihre Hand war kalt, klebrig wie die der Frau.

Sie ließen sich im gleichen Augenblick los, hektisch und argwöhnisch.

Wer ist Ginny? fragte die Frau. Ihr Lächeln war breit, und sie roch nach Unglück.

Jemand, den ich kenne, sagte Rose.

Sie war keine Spur verlegen. Ihr Herz öffnete sich; Rose unterdrückte ein Stöhnen.

Hoffentlich ist das ein Kompliment, seufzte die Frau, und Rose sah auf ihren Hals. Sie fühlte sich wie eine Hecke, staubig in der Hitze des letzten Junitags. Wenn Lila und Prue nicht bald kamen, würden sie Rose nicht so schnell wiedersehen.

Ich habe Gemüse gekocht, flüsterte Rose Meyer. Sie räusperte sich. Nicht viel, aber es reicht für uns beide, sagte sie.

Ginny? fragte die Frau. Sie hielt die Hände im Nacken verschränkt, ihre Jeans waren eng, die dünne lachsfarbene Seidenbluse war zerknittert. Sie stellte einen Fuß auf die Treppe, Rose zwang sich, still sitzen zu bleiben. Würde die Frau sich zu ihr hinunterbeugen? Sie wettete um ihren Herzschlag, um den Präriehund, sogar um Lila und Prue!, daß die Frau gar nicht anders konnte, *als* –.

Ein Zugeständnis, bitte, dachte Rose. Nur eine Drehung, ein Ausatmen, ein winzigkleines Zeichen.

Ich mochte Ginny. Roses Stimme war kühl.

Sie war Ihre Freundin?

Eine Verrückte. Sie wollte nur Eindruck schinden. Rose lächelte.

Also eine Freundin, ja? fragte die Frau, beugte sich, sie zögerte, war sie schüchtern?, zu Rose hinab. Sie richtete sich sofort wieder auf, rieb sich die Hände.

Wie man es nimmt, sagte Rose Meyer trocken.

Ich verstehe. Die Frau betrachtete ihre Stiefelspitzen, holte tief Luft.

Du wirst mich verraten, dachte Rose. Verrat war ihr Schicksal. Lila verriet sie, Prue tat es. Paul hatte mit ihr geschlafen, weil er das mit Luis nicht mehr ertrug und weil er Rose nah sein wollte, wie Lila ihr nah war. Bedenkenlos und zerstreut nah. Sie waren rücksichtslos. Alle waren es. Und Rose war es auch. Nur Luis hielt sich fern von ihr, und er wußte, warum. Er war Ginny zu ähnlich: er war wie der Fallwind, und die Temperatur seiner Haut glich der von Fu. Wenn sie bei ihnen bliebe, würde sie den Mond bald nur noch aus ihrem Zellenfenster sehen.

Ich bin Programmiererin, sagte die Frau. Sie? Was tun Sie?

Nichts. Rose lachte. Oder sagen wir – nicht viel. Ich lebe hier. Ich heiße Rose. Früher habe ich unterrichtet. Rose verstummte. Ich bin zu alt, um. Sie krächzte. Sie fühlte sich beschämt. Und dann fühlte sie sich glücklich, o weh.

Nicht sehr alt, Rose, erwiderte die Frau. Sie war zu allem bereit. Die Braut, die Rose hieß und sie Ginny nannte, gefiel ihr. Sie saß da, regungslos, und ihre Augen leuchteten. Sie hatte winzige helle Flecken auf dem Nasenrücken und muschelförmige Ohren. Ihre Nägel waren lackiert. Komisch, es wirkte irgendwie frech. Und es paßte nicht zu ihr.

Wir könnten zusammen Essen gehen, schlug die Frau vor. Danach tanke ich. Ich lade Sie ein, sagte sie. Hatte sie Geld? Zur Not mußte Rose zahlen. Sie würde schon einen

Dreh finden, dachte die Frau. Wozu sich mit so unerotischen Überlegungen wie Geld aufhalten?

Ginny ist die, die irgendwo ihren Kühlschrank mit Essig auswischt und eine Heidenangst hat, stimmt's? fragte die Frau. Sie hat drei Kinder und vor niemandem Respekt. Ich kenne Ginny. Sie würde liebend gern ihren Kopf in den Backofen stecken. Sie ist tot.

Wir könnten es versuchen, murmelte Rose Meyer, als sie in den Van einstieg.

Warum nicht, sagte die Frau und ließ den Motor an.

Ines, sagte sie knapp. Ihr Hyänenlachen wirkte ansteckend.

Rose, sagte Rose Meyer.

Sie stießen mit den Köpfen aneinander.

Freut mich. Ich lache gern. Ines zwinkerte.

Schön. Rose gluckste.

Keine Verabredung für heute? fragte Ines.

Du bist die Verabredung.

Ich bin unordentlich und vergeßlich, sagte Ines. Meine Mutter lebt in Brüssel. Ich steh auf schwarze Kerle, und du gefällst mir. Übrigens – bin ich solo.

Ines wendete den Van. Sie drückte den Radioknopf. AFN. Johnny Cash sang *I walk the line.* Und das war mehr, als sie erwartet hatte.

Lila geht mit Prue. Tim ist dabei

Prue fauchte. Die Katze saß geduckt in der alten bunten Reisetasche auf Lilas Schoß. Sie war zu einem knurrenden Balg geschrumpft, zu Eiweiß und ein paar Knochen, sie war so panisch, als habe sie nacheinander Lakritz, einen Kaugummi, ein Pfund Heuschrecken gefressen. (Heuschrecken bekamen Prue nicht, sie machten Geräusche und schmeckten nach nichts.)

Warum war es dunkel? Prue rumorte. Sie wollten doch nur spazierengehen; ihre übliche Runde. Ohne Luis, der die Zeit vergaß, sicher irgendwo rumhing, bei *Jorge,* im Planetarium, um Paul aufzustöbern, vielleicht auch am See. Auf Luis zu warten, war dumm. Genausogut konnte man darauf hoffen, einen Werwolf zu treffen, der früh um fünf wie Johnny Depp aussah und fließend chinesisch sprach.

Luis wußte nie, wie spät es war. Seine letzte Swatch, ein limitiertes Stück, gehörte seinem Dealer, er hatte sie gegen Opium und seinen Arsch eingetauscht. Peanuts. Der Dealer war eine Wanze, ein wirkliches Schwein. Er hatte Luis lange gequält und ihm, nachdem er mit ihm fertig war, zwischen die Beine getreten. Als spezielles Dankeschön. Der Dealer war eine Rechenmaschine; Kleingeld brauchte man für den Bus. Ein Kurier aus Kolumbien fuhr einen Lexus. Mit Chauffeur, darunter tat er es nicht. Luis haßte Uhren. Er hatte nicht einmal angerufen und abgesagt, aber daran war Lila gewöhnt. Luis interessierte sich nicht für irgendeinen Menschen, er war sich selbst völlig gleichgültig. Er war kein bißchen interessiert, nur an sexueller Erfahrung, was eine total verlorene Sache war, denn davon hatte er mehr als genug, mehr als andere Männer.

Es spielte keine Rolle, was Luis Lila erzählte. Daß man manchmal sein Zuhause, hatte Luis je eins gehabt?, aufgeben und tagelang im Freien schlafen mußte. Auf einer Weide, wo Stiere glotzten und bei Nebel über einen hinwegtrampelten. Daß man tausend Kilometer trampen mußte. Lag das am Wetter? Am Juckreiz, an innerer Notwendigkeit? Hatte die indianische Kinderfrau mit Luis' Mutter geschlafen, hatte er dabei zuschauen müssen? Einfach so. Trampen, nur um ein Mädchen wiederzusehen, dessen Namen man vergessen hatte und dessen Vater einen mit der Schrotflinte über die Plaza jagte, zum Gespött der Guardia Civil.

Luis erzählte. Blabla. Daß man dies tat und das. Er vergaß es sofort wieder. Luis redete, entzückt und wie besinnungslos, er hörte nie damit auf. Luis war eine Zielscheibe, seine eigenen Worte trafen ihn an der Stelle, wo er am verwundbarsten war, und kaum hatte er sie ausgesprochen, verkrochen sie sich, und später erinnerte er sich nicht mehr an sie. Lila fragte ihn etwas, fragte nach einer Begebenheit, einem Ort, sie behielt, was man ihr sagte, ihr Gedächtnis war phänomenal (Rose fand es unheimlich, denn man konnte Lila nicht betrügen), aber Luis starrte sie nur mißtrauisch an. Unmöglich, nein, das hatte er ihr nie gesagt, nie erzählt, er war nie in Andalusien gewesen, auch nicht in Bogota.

São Paulo? Fribourg?! Sag mir nicht, wo ich gewesen sein könnte, flüsterte er. Red mir nichts ein. Das denkst du dir aus. Ich war nie dort. Hörst du. Nie. Du hast zuviel Phantasie, Lila. Und Lila verstummte. Sein Leugnen, sein Erschrecken über ihr Erinnerungsvermögen berührten sie unangenehm. Sie vertraute Luis nicht. War es möglich, daß er log? Konnte er in Bogota gewesen sein und doch wieder nicht?

Luis sprach spanisch, sein Lächeln war hinreißend. Wenn er Lila küßte, flüsterte er in einer Sprache, die sie nicht verstand. Warum vergaß er die Zeit, ihre Verabredungen?

Prue vergaß nie etwas, doch jetzt war sie kurz davor, sich wie ein Tofuschnitzel zu fühlen, fad, muffig und kalt. Die Portion Glück, die Prue darstellte, wenn sie Thunfischsoße aufleckte, Paul beobachtete, der Brot schnitt und ihr Zärtlichkeiten zuraunte, oder mit Lila zusammen war, wurde ein gemeines böses Scheusal. Prue, wie sie wirklich war. Prue rabiat. Die Katze unterschied einen Nasenstüber von einem Kuß, Heringsschwänze von Mäuserippen; Pfefferminz betörte sie, auch geschmolzener Käse, und eine normale Juninacht, in der das Themometer auf fünfundzwanzig Grad stieg – selten, aber hin und wieder kam es vor –, verbrachte sie dösend unter den Efeuranken im Hof, neben der verrosteten Tiefkühltruhe aus Fus Take Away. Manchmal, bei Gewitter, sprang sie in die Truhe, die offen war. Dann stellte Prue sich vor, der Regen, der die Autos wusch, sei aus Eiscreme, aus Sesamflocken oder aus Haselnußbiskuit. Und die Bulldogge würde zu singen aufhören, zu ihr herüberkommen, sie anblaffen, damit sie ihr mit der Pfote eins überziehen konnte. Prue war gefühlvoll. Die Bulldogge war fett und nicht sehr schnell. Ihr Kiefer knirschte, wenn sie zuschnappte, und sie roch nach Anisshampoo.

Man müßte nur versuchen, im Dunkeln durch etwas Weiches zu gehen. Prues Ohren zuckten. Paul wußte es. Aber Paul war nicht hier. Prue gurrte empört. In die Tasche kam Schwung. Ein Calypso. Die Katze warf sich hin und her. Kratzte und schrie. Grasmücken sausten draußen herum. Es gab Sonne, einen Rest von salziger Mayonnaise neben einem Gulli, Pfützen und Kellerverschläge, deren Schlösser aufgebrochen waren, weil jemand, der auf einen Fernseher scharf war, auf eine Kiste mit Uzis, dagegengedonnert war, und der Hausmeister war kein Selbstmörder. Es gab Sterne, Tauben, die Dämmerung, Wind. Lilas Kleid bauschte sich, die blonden Haare an ihren Beinen kitzelten Prue. Die Katze rieb beim Spazierengehen ihre Nase an Lilas Knöchel. Lila sagte, Prue, gib acht. Bleib hier. Dicht bei mir. Nicht in den Rinnstein!

Prue, Prue, zwitscherte Lila. Süße Schwarte. Mein Apfel, Hexe. Meine Himbeere. Blödsinniges Zeug sagte Lila, warf ihr Tuch über Prue, rollte eine Spule über den Gehsteig, jonglierte mit einer Paketschnur, damit Prue, sie war alt und bequem, ihre Reflexe übte. Zur Belohnung zog Lila dann einen Cracker hervor, ein Schimpfwort (aus dem Stegreif), das nie so gemeint war, und zwei, drei getrocknete Shrimps. Gräßliche Überraschungen warteten auf Prue.

Lila sagte: *Paul*, in einem fort. Paul, Paul. Ja. Hatte sich was mit Paul. Wo war er? Luis, sagte sie. Gab einem Junkie Geld (sie tat es nie, wenn Rose neben ihr ging), stritt sich in der Passage mit einem der privaten Sheriffs, der eine

Ladendiebin im Schwitzkasten hielt. Lila war so hitzig, und wenn sie wollte, hatte sie den bösen Blick.

Prue klagte. Es war hoffnungslos. Prue steckte wie eine Wurst ohne Pelle im Reißverschluß. Lilas spitze Knie bohrten sich in ihre Flanken. Lila stieß tiefe gurgelnde Schluchzer aus, während sie an der Cola light nuckelte und die Tasche schaukelte. Prue bäumte sich auf. Lilas Schluchzer waren abscheulich. Sie erinnerten die Katze an Musik – Prue war in einem früheren Leben Posaunistin gewesen –, erinnerten an silberne Folie, aus der Paul Kügelchen drehte, mit denen er im Sommer die Fliegen an der Fensterscheibe bombardierte.

Paul? Die Katze miaute. Sein Geruch fehlte Prue, der Geruch von Tubarosen, Nivea und Anchovis, die er mochte und mit ihr teilte. Lila roch nach kalter Asche, nach Schlaf und Wut. Wenn Paul in ihrer Nähe war, roch sie nie so. Ihr Mascara hatte sich aufgelöst, ihre hochhackigen Sandaletten scheuerten, sie hatte sie neu gekauft, eine Nummer zu klein, und sie heulte. Es war äußerst widerwärtig. Lila wischte sich mit dem Tempo über die Augen, klopfte Prue sacht auf den Kopf und murmelte *still.*

Im Kino war es kühl, der Saal war riesig groß und leer. Lilas Knie, auf denen Prue sich schupperte, zitterten. Lilas Strumpfhose kniff im Schritt. Sie fror, das war eine Krankheit bei ihr. Sie hatte nie genug Kraft, sich für irgend etwas, für irgend jemanden zu entscheiden. Sie war schlampig, hielt sich selbst so lange hin, belog sich, obwohl sie es besser wissen mußte, bis der Totenkopf, den sie im Traum auf einen Zaunpfahl gespießt hatte, lebendig wurde und das Telefonbuch auswendig aufsagte. Lila träumte häufig chaotische, absurde Dinge, makabre Geschichten; ach, wäre sie doch Malerin geworden. Was hatte es für einen Sinn, daß sie hier saß? dachte Lila. In der Nachmittagsvorstellung, mit einem Tütchen Veilchenpastillen, mit Prue und einer Packung Taschentücher? Ihr Leben war eine Kette von Mißverständnissen. Die neuen Schuhe waren ein Beschiß, Rose wartete auf sie, sie ließ sie im Stich. Sie hatte ihre Augenbrauen nicht gezupft, und Luis gehörte in die Notaufnahme.

Paul, dachte Lila. Er war vorhin fast lautlos gegangen. Lila hatte im Bett gelegen und sich aufgeführt, als seien sie schon geschieden, als sei er Fantomas, der sich in der Hausnummer geirrt hatte, und nicht der Mann, in den sie seit zwölf Jahren verliebt war. Das war verflucht noch mal eine Leistung, bei ihrer unsteten Gemütslage, ihrer fehlerhaften Orthographie. Paul war das einzige, was sie vorweisen konnte. Lila war fast Analphabetin, seelisch betrachtet. Ihr Alphabet fing mit *L* an. L wie Luis. Wie Lila. War da noch ein anderer Buchstabe? P. Paul. Prue. Und das R. Rose, das Schlußlicht. Unglückliche Rose. Bestürzend.

Lila hatte sich die Karten gelegt, aber dabei kam nie etwas Gescheites heraus, und wo sie hinschaute, bemerkte sie Schatten und Verdruß. Alle ihre Sicherungen brannten ständig durch. Rose liebte sie aufrichtig, gnadenlos liebte sie Lila, sie war einsam; Lila schämte sich jedesmal, wenn sie mit ihr schlief. Ihre Schwester Crissi hatte ihr geschrieben. Wozu? Schade um das Papier. Sie hatten seit sechs Jahren nicht mehr miteinander gesprochen. Und Paul hatte genug von ihr. Er war fort, verschwunden. Lila hatte gewußt, daß das eines Tages passieren würde. Er konnte den Verkehr zum Stillstand bringen; seine Küsse waren sanft und unschuldig, sie dauerten einen Tag und eine Nacht, und wenn sie wollte, zwei Nächte und drei Tage. Er *liebte* sie, ohne je etwas für sich zu wollen, er betete sie an, und er vergaß nie, ihr Wörter zu sagen, die sie stolzer und aufrichtiger machten, sie dazu verführten, sie selbst zu sein.

Rose wollte, daß Lila zu Rose, zu einem Teil von ihr wurde. Paul ließ sie sein, was sie war. Eine ungeschickte, verrückte Person. Ein Kobold. Eine, die in Träumen wohnte, endlos im Bett lag und ihre Katze drangsalierte. Mit Paul war das Verlangen ein großer seltener Vogel; mit Luis war es nackt, die reinste Hexerei. Es war schamlos, erregend, wie Wind; Wind, der einen in einer geschützten warmen Ecke überraschte.

Sie würde den Brief ihrer Schwester nicht beantworten. Lilas Schwester Crissi war eine Reisende in Sachen Flirt.

Robust und ein wenig schlicht gestrickt, fiel sie immer auf die Füße. In ihrem Kopf tickerte ein Automat, der Geldscheine ausspuckte. Crissi bevorzugte ältere, alleinstehende Kerle mit Toupet und durchsichtigen Neigungen. Sie gabelte sie bei Vernissagen, manchmal im Foyer eines teuren Hotels auf, und sie wechselten mit den Jahreszeiten. Früher war Crissi Hosteß gewesen, bis sie es mit Eishockey probierte; sie hatte sogar einen Fanclub gegründet. Sie wettete bei Pferderennen, hortete dicke Pullover aus Samt von Donna Karan und vögelte, was ihr unterkam. Crissi war sehr unternehmungslustig. Sie litt an Höhenangst und hatte eine Psychose. Sie verliebte sich regelmäßig in schwule Kinderärzte. Ihr Freund Luigi, der Geld wusch und einen Rennstallbesitzer schmierte, bei dem Crissi, als sie zwanzig war, jobbte, hatte ihr eine Bar eingerichtet. Luigi und dem Rennheini kam die Steuerbehörde in die Quere, sie flogen auf. Luigi seilte sich ab – nach Barbados?, irgendein exotischer Ort war es gewesen –, und Crissi gründete bald darauf einen Partyservice. In der Phase trug sie ausschließlich Wollkostüme in abstoßenden Farben mit geometrischen Mustern, unterzog sich einer Faltenklopftherapie. Zuletzt stieg sie auf Badeessenzen und Massage um. Da nahm sie schon morgens Pillen, blockierte stundenlang die Leitung der Telefonseelsorge. Mehr wußte Lila nicht von Crissi. Doch – sie hatte sich die Nase operieren lassen. Und sie hatte einen eisernen Willen. Lila besaß weder den athletischen Körperbau ihrer Schwester noch ihre ausgeprägte Gier.

Mit wem war ihre Mutter noch ausgegangen? Mit dem Dolmetscher von der Royal Navy? Ihre Mutter hatte einen Hang zum Militär. Unifomierte späte Knaben ließen sie schier zusammenbrechen, sie lief ihnen planlos hinterher. Lilas ganze Kindheit hindurch hagelte es Kommandos. Im Haus wimmelte es von Soldaten, sie gaben sich die Klinke in die Hand. Ihre Mutter verstand allerdings von Strategie rein gar nichts. Tränenselig verlor sie am Ende jedesmal haushoch. Bei jedem Scharmützel, das sie anzettelte – und nicht einmal zur Intrigantin taugte sie –, gab sie zum bösen Schluß, der nie auf sich warten ließ, klein bei.

Crissi war gut acht Jahre älter als Lila; sie hatten sich nichts zu sagen. Sie waren so verschieden, daß es lächerlich war, sie für Schwestern zu halten. Die Hebamme hatte Crissi bei der Geburt vertauscht. Lila glaubte fest daran. Sie würde ihr nicht antworten. Lieber schrieb sie an Prue.

Warum war Paul fortgegangen? Und wohin? Paul war egoistisch. Er redete von seinem toten Großvater, aus dem längst eine Tomatenpflanze wuchs, oder Lorbeer. Er war eine Milchstraße, seine Seele war wie Blattlauch, wie ein Diamant, scharf und klar. Sie liebte ihn so. Sie liebte Luis. Liebte Prue und auch Rose. Komplikationen. Andere liebten überhaupt nie, nichts, niemanden, nada, sie, Lila, konnte sich vor Liebe kaum retten, und irgendwann kam sie bestimmt wegen Körperverletzung vor Gericht!

Lila war in einem herzlosen Alter. Sie war zu alt, um sich zu belügen. Zumindest erzählte sie das Rose. Und Rose erzählte es ihr, die gleiche Geschichte. Sie logen beide zum Steinerweichen.

Manchmal fühlte sich Lila, als hinge sie kopfüber in einem Tulpenbaum, ohne Unterwäsche. Alle, mit denen sie je geschlafen hatte, standen drumherum, unterhielten sich. Sagten ihr unanständige Wörter. Lauter nette Schweinereien, die gar nicht *so gemeint* waren. Sie machten ihr Komplimente, redeten ihr zu. Nur Luis fehlte. Er war nie da, nie zur richtigen Zeit. Lila rief ihn, aber er hörte nicht. Luis erschien, lautlos – seine Art zu gehen war behutsam, feminin –, wenn sie ihn fast vergessen hatte. Wenn sie bügelte, ihm in Gedanken – natürlich wollte sie es nicht! oder doch? – die Haut versengte, ihn in ihre Eintöpfe raspelte, die sie widerwillig und zerstreut kochte. Ysop fehlte, eine Prise Ysop. Wo kriegte sie die jetzt um Mitternacht her?

Nimm Luis, sagte Paul dann. Ich wette, er kommt gleich. Es ist ja noch früh. Er blätterte eine Seite in seinem Sternenatlas um.

Zu bitter, sagte Lila.

Luis? gähnte Paul.

Hm. Lila rührte verbissen im Topf.

Luis streunte immer im unpassendsten Moment vorbei, aufreizend frostig und voller Grasflecken, so als habe er sich beim Frisbee verspätet, war einem Mädchen gefolgt, dem Sonnenuntergang. Seine Entschuldigungen, warum er nicht angerufen hatte, waren ein Witz, wenig glaubwürdig. Luis entschuldigte sich nie für irgend etwas. Daß Lila ihn darum bat, und sie bat und bat, verbuchte er unter so-bin-ich-nun-mal-ihr-erwartet-zuviel-von-mir-Lila. Hatte er Gedächtnislücken? Möglich. Luis war nicht kreditwürdig. Sich mit ihm zu befreunden, entbehrte nicht der Komik. Er war Chilene, ein halber, und Lilas Beschwörungsformel. Warum mußte er auch noch pünktlich sein?

Lila beschimpfte Prue, stritt sich mit Paul, sie hatte Kopfweh, Menstruation, hatte sich beim Salsaüben den Fuß vertreten – Luis schob sich durch die Tür. Stand unerwartet vor ihnen (sie schlossen nie ab), sehr aufrecht, mit durchgedrückten Schultern, er wirkte steif, stolz und entschlossen genug, sich zu verteidigen, und er lächelte. Sein Lächeln war freundlich, distanziert. Seine großen dunklen Augen blickten hochmütig, sie waren feucht, ratlos und leer. Was man auch in ihnen sah, Luis erfüllte es prompt.

Ihr Zwei? fragte er statt einer Begrüßung, zu der er sich nicht aufraffen konnte, und er ließ Lila und Paul (instinktiv wußten sie, worauf er aus war) sofort wissen, ohne es auszusprechen, daß die Verweildauer des Menschen begrenzt und er kostbar war. Luis hatte ein Semester Philosophie an der Universität Genf studiert. Oder war es in Bogota gewesen? Er würde es ihnen augenblicklich besorgen, sich dabei nicht von der Stelle rühren.

Aus Gründen der Hygiene, ja? fragte Rose Meyer.

Weil er sie begehrte, Paul und Lila, weil er nun einmal hier war. Unverhofft. Störte er?

Rose dachte schlecht von Luis. Weil die Traurigkeit groß und Luis unvernünftig war, betrunken von dem Lächeln, das er ihnen schenkte. Er liebte sie schlafwandlerisch, verteilte seine Liebkosungen gerecht. Viel mehr als sein Lächeln hatte Luis nicht vorzuweisen. Was er auch zu sein vorgab, und er war nie nur Luis, war Wünschelrutengänger, Barkeeper, Fahrradkurier, ein Süßholz, mit genau dem richtigen passenden Ding, *lady be good,* Lächeln war sein Bargeld. Er war betörend und von einem zerstörerischen, großmäuligen, unschuldigen Wesen. Zauberlehrling, nannte ihn Rose. Genau die Mixtur, die du verdienst, Lila!

Luis sprach stets sehr leise, sehr gewählt. Er fühlte sich schuldig, und alles, was er wollte, war, sich in Sicherheit zu bringen. Aber vor wem, und warum? Lila glaubte, er sei eine Pflanze. Kreatürlich.

Du hast die falschen Hormone, sagte Rose, wenn Lila, die von der Idee fasziniert war, Luis könnte nicht einfach nur schlecht sein, nein, da sei noch etwas anderes, Poesie, Yin und Yang, Rose vorschwärmte. Rose fand Luis Scheiße. Schlicht und ergreifend. Er ist nichts weiter als ein Abstauber. Er kassiert. Klar? sagte sie. Schmeiß ihn raus. Luis beklaut dich. Er klaut dir das Hirn. Er küßt dich, um die Welt um dich herum besser beobachten zu können. Luis vergleicht dich mit allen anderen, die er vorher geküßt hat. Am Ende wirst du die Verliererin sei.

Er hat keine Bedürfnisse, erwiderte Lila erregt.

Du bist ganz sicher nicht sein Bedürfnis, lachte Rose.

Wer ist es denn? Paul? fragte Lila.

Ein Abstauber und ein Vampir. Genau wie Ginny. Rose grinste. Sie ignorierte Lilas Frage. Luis war nicht ihr Thema. Lila seinen Namen aussprechen zu hören, machte Rose nervös, und sie wünschte sich, Lila könnte ihre Fassung, um die sie beständig rang, wiedergewinnen und ihn vergessen. Lila redete über Luis, man hätte glauben können, sie sagte ein Mantra auf, und Roses Haut wurde rissig, Rose wurde zynisch, sie war auf der Hut. Sie beschloß, Lila nicht zu retten. Lila wollte Luis retten. Aber sie sollte sich die Folgen überlegen und ihre Logik im Gleichgewicht halten. Lila war so unlogisch!

Luis fiel. Wer hob ihn auf? Lila rief ihn. So war es, seit sie sich kannten. Seit dem Tag, an dem er Prue mit seinem Mountainbike beinahe die Pfote zerquetscht hätte. Luis raste blind die Magnolienstraße entlang, über den Bürgersteig. An der Ecke bei der *Blauen Welle,* drei Häuser vor dem Take Away von Fu, war eine Kanzlei. Über dem Supermarkt, in dem Lila Regale eingeräumt, Salami abgewogen und gescheuert hatte, bevor Paul sie aus dem Laden weggeholt hatte. Die Straßen waren braun vom Regen, denn es goß unentwegt. Ein sintflutartiger Sommerregen nach einem Gewitter. Luis war viel zu spät dran, er mußte zu dem Anwalt, eine Nachricht abgeben. Er hatte gerade erst angefangen, als Kurier zu arbeiten, er war noch nicht lange in der Stadt.

Die Katze! dachte Luis. Adíos y buena suerte. Scheiße. Prue inspizierte einen Gulli, und da war eine geplatzte McDonald's-Tüte an der Parkuhr ... Lila, die Wäschelitze und alte Knöpfe im Schaufenster eines Trödlers beguckte, fuhr herum. Prue kreischte. Luis bremste, fuhr ein S. Er wußte die Hausnummer nicht, es blitzte. Schwaden von feuchter Luft waberten. Luis schlingerte. Sprang vom Sattel, gab seinem Rad einen Stoß. Er stürzte, schlug auf den Asphalt. Versuchte noch abzurollen. Das Mountainbike knallte gegen einen Altglascontainer.

Wieso rennt ihr bei dem Regen draußen herum? stöhnte Luis. Er hatte eine Schürfwunde über der Nase, blutete am Ohr und an den Händen.

Prue, stammelte Lila.

Prue war unter ein parkendes Auto geflüchtet. Luis' flehentlicher Blick, sein Keuchen, sein schmerzverzerrtes Gesicht. Irgend etwas war mit seiner Schulter. Eine Prellung? Der Blick, mehr als sein Keuchen, bewirkte, daß Lila sich sofort in ihn verliebte. Ein peinigendes Schuldgefühl stürzte sich auf sie (der Mann hatte unglaubliche Augen), schnürte ihr den Hals zu. Es war erregend, sie schämte sich. Er war so hilflos, verletzt. Sie hatte nie an einem Erste-Hilfe-Kurs teilgenommen. Was tun? Sie kniete sich neben ihn. Der Mann wimmerte. Er hatte sich für Prue geopfert. Lahmarschige, neugierige Prue. Eine Glücksfee.

Wäre sie nur mit der Bulldogge gegangen, dachte Lila. Wär der Mensch, der sich vor ihr krümmte, nicht so glimpflich davongekommen. Die paar Kratzer. Das nächste Mal.

Es war einen Versuch wert. Liebe Bulldogge, dachte Lila. Liebe Prue.

Glück gehabt, sagte sie.

Wie? stöhnte Luis.

Meine Katze ist halbtot vor Angst, zischte Lila.

Vielleicht sollte sie es mit einer Partnervermittlung versuchen? Sie könnte ihre Schwester fragen. Die war Unternehmerin. Fragen, wie man Bilanzen frisierte und mit leichtem Gepäck reiste. Lila sah Luis an.

Kannst du aufstehen? fragte sie ungnädig. Der Kerl war ein Angeber. Er nickte. Machte aber keine Anstalten, es zu tun. Seine Hände sahen fürchterlich aus. Hatte sie zu Haus Verbandszeug? Sie mußte zu einer Apotheke. Jetzt gleich.

Augenblick noch. Sie sah seine nackten kräftigen Arme, den muskulösen Hals, seinen Mund, die fleischigen Ohren, die hohe breite Stirn mit den blonden Locken, und sie kicherte. Er war schön. Falls man auf Statuen abfuhr. Er war der Regen. Braun, demütig, verletzt und umwerfend cool. Langsam, Mister hundertfünfzig Prozent. Er hatte Augen wie eine Elster. Cool. So, so. Gefiel ihr das? Sie wußte es nicht. Abwarten, dachte Lila. Sein Körper erinnerte sie an Marmortorsi in staubtrockenen Museen, wo immer eine Neonleuchte knisterte und übelgelaunte Invaliden in der Nase popelten. Seine tiefbraunen Augen klagten sie an. Du bist schuld, sagten sie. Es war eindeutig. Sie war schuld. Wer sonst? Irgendwie kam ihr das bekannt vor. Offenbar mochte er es, jemanden für Zufälle verantwortlich zu machen. Ein unverschämt günstiger Zufall.

Prue? rief Lila.

Hilf mir, flüsterte der Mann im Rinnstein neben dem Glascontainer. Oh, bitte, tu es.

Das war es, worauf Lila gewartet hatte. Die Melodie stimmte. Er hatte eine weiche, belegte Stimme. Seine Traurigkeit überschwemmte sie. Würde er genau in dem Ton zu ihr sprechen, wenn er sie liebte? Würde er sie anlügen? Sicher würde er es tun. Er wartete nur darauf.

Ich heiße Luis, sagte Luis halblaut.

Irrte sie sich, oder hatte er Tränen in den Augen? Seine

Haut war am Hals entzündet, und als Lila sich neben ihn kniete, um die Wunde an seiner Nasenwurzel eingehend zu begutachten, sich vorstellte, was sie bald alles von ihm fordern und auch bekommen würde (Lila zweifelte nie an ihrer Zauberkraft), legte er rasch eine Hand auf die schuppige Stelle über seinem Kehlkopf. Die Hand war hart, kindlich und voller Schwielen, mit kurzen, eckigen, sauber gefeilten Nägeln. Der Daumen war wohl einmal gebrochen, der Bruch schlecht verheilt, der Knochen war verwachsen und bildete einen Höcker, und an seinem Handgelenk hatte er Narben von Schnitten.

Luis, wiederholte er.

Lila, sagte Lila. Sie ahmte seine Stimme nach, diesen verführerischen Singsang. Ich kenne niemanden, lockte die Stimme. Wie heißt deine Katze? fragte er. Er schrie leise auf, als er sich bewegte. Wo ist sie? stöhnte er leise.

Lila küßte ihn. Es war ihr ganz unmöglich, es zu lassen oder wegzugehen, den Stümper seinem Schicksal, falls er eins hatte, hinterherhinken zu sehen. Seine Zunge berührte ihre Mundwinkel, er biß sie, leckte ihre Lippen, und er flüsterte ein Wort. Flüsterte zwei Worte. *Te quiero.* War das spanisch?

Du fällst auf jeden rein, sagte Rose am Abend, als es weiter und weiter regnete und Luis es sich längst in Lilas und Pauls Bett bequem gemacht hatte, mit einem dicken Verband und einem Schmerzmittel.

Du wirst dir wünschen, ihm nie begegnet zu sein. Rose fütterte Prue und lachte. Aber da war es bereits zu spät.

Der Tag, *Luis-Prue-Unfalltag,* war in Lilas Kalender mit Silberstift schraffiert. (Luis wußte noch nichts von Lilas sentimentalen Einfällen, aber bald würde ihm klarwerden, was er bislang versäumt hatte, er würde Radieschen und sogar rote Zwiebeln essen, um wieder nüchtern zu werden, und beschließen, sie nicht anzurühren.)

Wer hat Mut? las Paul, als er am folgenden Abend – Luis war, hola, ihr zwei, verschwunden – den Tisch abräumte und den Kalender unter Kartoffelschalen, Wattebäuschen mit Nagellackentferner und fettigem Einwickelpapier fand. Paul las den Satz zweimal, er zögerte. Er nahm einen Löffel Honig aus dem Glas, das Prue vorbehalten war, und sah sein Spiegelbild im Zifferblatt seiner Uhr. Es war ein Unfall, dachte Paul. Er hatte immer angenommen, daß er Lila niemals verlieren würde, doch nun wußte er nicht mehr, was er glauben sollte. Er setzte sich an den Tisch, zeichnete rasch einen Engel, ein feistes lustiges Cupidoferkel neben *Wer hat Mut?*

Du spionierst? fragte Lila erstaunt. Sie war unbemerkt in die Küche gekommen, um das Fenster zu schließen, das im Wind schlug, der stark und kühl war, zu kühl für August. Sie beugte sich über Paul. Hübsch, sagte Lila.

Die Zeichnung war originell. Das Ferkel – Ist das ein Engel? fragte sie – ritt auf einem Buchstaben, einem umgekippten L, und blies in eine Tröte. Aus der Tröte quollen winzige Katzen, Tränen, Noten und eine splitternackte Frau, die haarklein wie Lila aussah und auf einem Kopfkissen segelte. In eine Sprechblase hatte Paul *Vorwärts und nicht* geschrieben. Das letzte Wort fehlte.

Denkst du an etwas Bestimmtes? fragte Lila. Sie schwiegen, schauten sich nicht an. Paul schmiegte sein Gesicht in die Handkuhle und wippte mit dem Fuß.

Wir sollten verreisen. Gleich morgen. In die Pyrenäen, sagte Lila trotzig. Angelte über Pauls Kopf nach ihrem Kalender, riß die Seite heraus, zerknüllte sie und steckte sie sich in den Mund. Paul seufzte.

Du kannst zeichnen, und ich weiß nichts davon, sagte Lila hohl. Sie verschluckte sich und hustete.

Tomás, sagte Paul.

Luis, nuschelte Lila.

Wer ist das? Kenne ich ihn? Paul lächelte.

Tomás? fragte Lila. Was hatte der mit ihrem Kalender, mit Luis und dem Unfall zu tun?

Spuck es aus. Paul hielt die Hand auf. Sei nicht albern, befahl er. Seine scheue leise Stimme hatte einen beklommenen Unterton, den Lila nicht an ihm kannte, und er war sichtlich neben der Spur.

Er war sehr begabt. Ich hab's wohl von ihm. Paul drehte an den Ringen an seinen Fingern, stand vom Stuhl auf und nahm sich einen zweiten Löffel Honig.

Tomás. Aus dem Reich der Tiefkühltruhe! Der spanische Barrikadengruftie, der schnöde Frau und Kind im Stich gelassen hatte, abgeschwirrt war, olé, führte seinem Enkel den Kuli übers Papier?

Verkauf Staubsauger, sagte Lila trocken. Lila konnte die Tomás-Story, die Paul variierte und ständig neu erfand, vor- und rückwärts beten.

Ich vermute, er kannte Durruti, sagte Paul. Er war ja bei der FAI.

Soso. Warum tat er ihr das an? Lila verzog den Mund. Kein Grund, mich nackt zu malen, sagte sie ungeduldig. Die Moral der Anarchisten war doch zweifelhaft. Durruti wusch seine Socken selbst. Er rauchte nicht, mit Alkohol säuberte er den Lauf seines Gewehrs vom Blut der Falangisten, und er war treu wie Prue, bevor sie herausgefunden hatte, wie sie durch ein Narzissenbeet purzelt. Bei Vollmond, in eine Aalhaut gewickelt.

Und die Pyrenäen? Fahren wir? fragte Lila. Sie knabberte an Pauls Ohr. Sie mußte sich auf die Zehenspitzen stellen, um ihre Arme um seine Schultern legen zu können. Er war so lang und mager, sein Haar fiel über ihr Gesicht. Paul suchte die Zimmerdecke nach etwas Freundlichem ab, er antwortete nicht.

Sie waren nie in die Pyrenäen gefahren, und Lila hatte den Tag mit Luis abgehakt. Er war irgendein erschrockener Mann auf dem Gehsteig, dessen Schatten der Regen weggespült hatte. Aber da sie Katastrophen nie auswich und Luis höflich und sehr blaß am nächsten Tag sein Rad durch die Wohnungstür schob, als käme er nur vom Einkaufen zurück, eine Sprotte für Prue aus seinem Rucksack auspackte, Paul würdevoll auf die Stirn und dann abrupt auf den Mund küßte, sie anglitzerte, um Kaffee bat, dachte Lila, sie dürfte nicht abergläubisch und keine Spielverderberin sein. Prue bescherte Lila die schönsten Erlebnisse. Oft glichen sie Überfällen. Manchmal war das Wünschen so stark in Lila. Zuerst war da ein Wunsch, gleich darauf haute Prue ab, verlief sich, wie damals bei Rose, geriet um Haaresbreite unter Luis' Vorderrad, und Lila zog flugs ein Kaninchen unter ihrem Kleid hervor. Vielleicht war Prue die Inkarnation von Tomás!

Prue war so wenig französisch, wie die Sätze spanisch waren, die Luis Lila zuflüsterte und die sie in ihren Träumen fehlerfrei nachsprechen konnte. Lila fühlte sich, wann immer Luis es gut mit sich meinte und seine Stimme, verschwörerisch und suggestiv, sie umarmte, von ihm beschützt. Unsinnig, denn er log so offensichtlich, daß es für Rose ein Rätsel blieb, warum Lila und Paul ihn mochten und warum Lila ihre Hingabe so brutal zur Schau stellte. Luis war wie Dynamit. Und eigentlich, wenn man es recht betrachtete, war er ein Risiko und ein Dieb. Eine Nullnummer. Zero.

Mit Prue war die ganze Welt rund und blau, nur eine Frage von Feuchtigkeit, Botanik und gefülltem Freßnapf, nie eine von Verlust, oder gymnastischen Übungen, die Luis als Liebe ausgab. Prue war eine Speckschwarte und die Sonne. Sie war die Maria in der Schulaufführung; Lila hatte sie nie spielen dürfen. Lila mußte jede Weihnacht den Stern mimen, und wenn es hoch kam, ein Schaf. Prue war fett, listenreich und das Beste, was je Lilas Weg gekreuzt hatte. Paul ausgenommen.

Wann gehst du fort, Msabu? Prue miaute. Sie platzte aus der Tasche, ihr dicker pelziger Kopf bummerte gegen Lilas Brust. Die Katze leckte wütend Lilas Hals. Prue hatte genug. Dinge widerfuhren ihr, die mehr als ungerecht waren. Lügen und Betrug. Tagtäglich. Dinge, für die Prue absolut nichts konnte. Regen pladderte, Prue trieb sich rum, bekam Schnupfen; ein Spatz, auf den sie es abgesehen hatte, war zu schnell. Prue sprang zu, fraß statt des Vogels Löwenzahn, würgte erbittert an einem Stein, den sie in ihrer Gier, und weil sie nicht mehr gut sah, mit runterschluckte. Die Bulldogge klaute die Hackfleischbällchen, die Fu für Prue hingestellt hatte. Lichter blendeten sie, und zwischen den Dachsparren orgelte ein junger roter Kater.

Prue bemerkte stets, daß etwas Ungewöhnliches geschah. Aber die verwegene Idee, alles um sich herum in Spatzen und Hackfleischbällchen einzuteilen – und was blieb Prue anderes übrig? –, gurgelte durch den Ausguß, wenn Lila *Luis* schluchzte. Oder *Paul.* Ein kläglicher Kanon. Häufig gerieten Lila die Namen durcheinander, und das gefiel weder Paul noch Luis. Sie machten Lila dann Vorwürfe. Knallten die Türen, redeten nächtelang mit heiseren, gereizten Stimmen, tranken zuviel grünen Tee, bettelten, ließen den Toast verbrennen, die Milch, ihre Gefühle. Prue blieb nach diesen Intermezzi jedesmal verwirrt zurück, bearbeitete ihr Zeckenhalsband mit der Pfote und fand sich, sie wußte nie, wie ihr geschah, eingezwängt und bis zum Hals zugebunden in einer zerschlissenen Nylonreisetasche wieder, die Pauls kleptomane Mutter für ihre diversen Raubzüge in Supermärkten und Aral-Tankstellen benutzt hatte.

Ich verstehe nicht, was so schrecklich daran sein soll, daß du in der Tasche sitzt, heulte Lila, zog den Reißverschluß auf, legte sich die Katze wie ein Baby auf den Schoß. Sie kniff Prue am Schwanz, rieb sich die Ellenbogen und flüsterte *Ssch.* Sei still. Der Film ist gleich zu Ende.

Eben bat Meryl Streep ihren schwarzen Diener Farah auf dem Bahnsteig von Nairobi – der Zug fuhr jeden Moment ab –, zum Abschied laut ihren Namen zu sagen. Lila weinte hemmungslos. Tränen tropften auf Prues Fell. Der Film war rasend! Meryl Streep. Hach. Die Streep war ein Gewinn. Hatte sie etwas mit Farah? Warum saß sie hier? dachte Lila. Sie schlug Prue unsanft aufs Hinterteil, drückte die Katze in die Tasche. Prue, zischelte Lila. Mach bitte keinen Ärger! Warum war nicht Lila in Nairobi? Oder in Mombasa? Sie hatte keine Ahnung, wie es da aussah. Vermutlich elend, und sicher tobte irgendein Krieg.

Meryl Streep glimmte Farah an, sie schäumte wie eine Diätcola, und Lila stellte sich vor, daß sie, Meryl-Lila, eine syphiliskranke dänische Baronin, ruiniert und am Ende, ihr Geliebter war tot, Löwen wälzten sich auf seinem Grab, in ein eisigkaltes Land zurückkehren mußte, um bis zum Abwinken – die Lokomotive pfiff – Schneeflocken und Salvarsanspritzen zu zählen.

Lila hatte mit Luis nach Barcelona gehen wollen (Lila war Luis' Krankenschwester. Behauptete Rose. Warum vergaß Lila das bloß, redete ihm Gefühle ein, die er nicht hatte?), in einer Nacht, in der Paul neben ihnen schlief. Luis und Lila hatten lange darüber gesprochen. Dann war Luis taumelnd vor Müdigkeit aufgestanden, weil er pinkeln mußte. Als er zurück ins Bett schlüpfte, Lila überlegte schon, welches von ihren alten Kleidern sie bei ihrem ersten gemeinsamen Spaziergang über die Ramblas anziehen könnte, hatte er sich an Pauls Rücken geschmiegt und war sofort eingeschlafen. So war das mit Mombasa.

Lila konnte sich noch soviel ausdenken und Luis und Paul Schimpfwörter sagen; sie konnte grausame Entscheidungen und Abschiede erfinden, die sie doch nie durchstehen würde. Weder Paul noch Luis dachte je ernsthaft daran, Lila auch nur im Kofferraum ihres Autos, das sie nicht besaßen, irgendwohin mitzunehmen. Geduldig, wie beide trotz aller Unterschiede nun einmal waren, hörten sie ihr freundlich zu. Nickten phlegmatisch, streichelten sie, ließen sich jedoch nie aus den Augen und küßten sich auf den Mund, wenn Lila nicht aufhören wollte, sie mit all dem Quatsch, den sie sich von morgens bis abends ausdachte, zu traktieren. Sie taten es lächelnd, brüderlich, ohne Häme. Es war, als würden sie aufatmen, als könnten sie durch die Berührung, den Geruch ihrer Haut vergessen, wer zwischen ihnen stand. Sie waren eins. Lila war viele. Lila war ein Akkordeon, oft mißtönend. (Paul liebte, was nach Akkordeon klang. Luis war unmusikalisch.)

Nie wollte einer mit ihr fortgehen. Keiner von denen, die sie gekannt hatte, wollte es wirklich. Dabei glaubte Lila an Zauber, und sie vertraute ihrer Intuition. Sie war so schamlos zuversichtlich; wie ein Unkraut säte sie sich immer dort aus, wo einer sie unter Garantie ausriß, sie unterpflügte und über ihre Träume lachte. Noch vor drei Tagen wäre Lila mit Luis barfuß bis zur Stadtgrenze, bis zu den

Sümpfen gelaufen. Bei Schneegraupel, in beißendem Wind. Und weiter, egal, wohin. Auch nach Timbuktu.

Macht doch eine Kebabbude auf, hatte Rose Meyer höhnisch gesagt, als Lila nicht still sein konnte und es ihr erzählte, weil das Wünschen wieder einmal über sie kam. Am Ende hätte sie sich in irgendeiner Favela wiedergefunden, auf einer durchgelegenen Matratze. Froh, überhaupt ein Dach über dem Kopf zu haben. Sie hätte ein unbekanntes höllisches Fieber gehabt und eine Darmentzündung bekommen.

Du darfst es dir aussuchen. Wir sind unter uns, hatte Rose gesagt. Du würdest eine prima Fünf-Dollar-Nutte abgeben, ätzte sie, erwiderte Lilas Blick. Der Kerl behält deinen Paß, ab und an gönnt er dir einen Schluck.

Er trinkt nicht, Rose.

Lila hatte energisch den Kopf geschüttelt und Rose vors Schienbein getreten. Sie wußte, daß Roses verletzter Stolz es nicht zuließ, sie ungeschoren davonkommen zu lassen. Rose war hart im Austeilen, und ihr Gesicht war vor Eifersucht feucht und verzerrt.

Er nicht. Das heißt, wenn er Glück hat und niemanden trifft, der ihn bewundert. Aber du wirst es tun, hatte Rose gesagt und Spucke an ihrem Bein verrieben.

Sie saßen vor dem Wohnwagen, es war ein kühler Tag.

Du wirst rückwärts laufen und dich die Einwanderungsbehörde rauf und runter vögeln. Herrliche Aussichten, Lila! Schick mir eine Ansichtskarte, sobald ihr dort seid. Soll ich dir packen helfen?

Lila war blaß geworden.

Komm mir nicht mit Entschuldigungen, hatte Rose gemurmelt, sich in den Daumen gebissen und Tabakkrümel von ihren Zähnen gewischt.

Er ist ein schmutziges Nichts, und du bist dumm.

Rose sah aus, als wollte sie Lila ohrfeigen.

Schau mich an, höhnte sie, imitierte Luis' Stimme. *Schau mich an.* Äh. Rose hustete. Ihr Blick war boshaft, scharf wie Säure, aber Lila hielt ihm stand. Rose hatte Gedanken gehabt, die keine Frau, die vorgab, einer anderen freundlich zuzuhören, haben sollte. Nicht, wenn sie ihre Freundin war; nicht, wenn mehr zwischen ihnen war.

Barcelona? Wie willst du dorthin kommen? Mit dem Fahrrad? hatte Rose gefragt und sich ein Zigarillo angesteckt, was sie selten tat, denn Zigarillos rauchte sie nur in höchster Not, und meist bekam sie dann Schwindelanfälle oder ein Ekzem auf der Oberlippe. Ihr Haß war groß, größer als ihr Begehren, größer als ihre Sucht zu rauchen, Gewürzgurken einzulegen oder die Schulterpolster in Lilas Morgenrock anzunähen.

Luis lügt, wenn er den Mund aufmacht. Er wird mit dir nirgendwohin gehen, hatte Rose gesagt. Glaub mir.

Sie hatte Lila unter die Achseln gefaßt, ihr Kleid hochgehoben und den Kopf zwischen Lilas Beine gesteckt. So waren sie sitzen geblieben, benommen und voneinander enttäuscht.

Luis log. Rose hatte recht. Natürlich hatte sie recht. Aber Luis log aus Liebe. Er war wie Schnee, der in der Hand schmilzt, und er hatte sehr schöne Schultern. Ich bin dein Mädchen, pflegte er zu sagen. Im Bett weinte und flehte er um Gnade, während Lila an seinen Brustwarzen saugte, seine Hände festhielt und er unter ihr klagte und lachte und sich in ihr bewegte. Er konnte es gut. Er war wie ein Stachel, wie eine traurige Marimba.

Luis war eine ungestüme Bewegung, immer war er so. Melodramatisch und gefährlich, und Lila sehnte sich nach Berührung, nach einem dunklen Wissen, einer anderen Art von Erfahrung, als Rose und Paul sie besaßen, die sich entschieden hatten, in sich selbst zu wohnen, die niemals logen und Lila keine Rätsel aufgaben. Luis wohnte nirgendwo.

Auf der Leinwand erschien ein Küstenstreifen. Die alte Frau, die zwei Reihen vor Lila und Prue saß, japste.

Umwerfend, nicht? rief sie. Sie wuchtete sich herum. Ihr birnenförmiger Hut war quittegelb. Die Alte zirpte, sie schaufelte Hustenbonbons in ihren Mund und schnappte nach Luft.

Ich habe den Film schon viermal gesehen, schrie sie Lila an. Offenbar war sie schwerhörig.

Morgen wieder. Ist das Ihre Katze? schrie die Frau. Ich hab gleich gewußt, daß sie's nicht lange aushalten wird. Gleich beim Reinkommen. Wir standen zusammen an der Kasse. Ich war hinter Ihnen. Wissen Sie?

Warum tun Sie das Tier in so'ne Tasche? Stellen Sie sich das mal umgekehrt vor.

Ich kann Prue nicht allein lassen, sagte Lila. Sie ist schon vierzehn und nimmt alles furchtbar übel. Kinonachmittage, an denen Lila heulte, nahm Prue besonders übel. Aber wer fragte Prue?

Mag sie den Film? fragte die Alte. Sie sprach nun leiser, mehr zu sich, und sie fummelte an ihrem Hut und krächzte vor sich hin. Sie hatte Lila wieder den Rücken zugekehrt. Ihr Regenmantel war aus Knautschlack, ihre Füße baumelten über der Lehne des Klappstuhls, und sie bohrte genüßlich ein Loch in ihre Strümpfe.

Nicht sehr, sagte Lila wahrheitsgemäß. Kino ödete Prue an.

Ich bin Witwe, schnaufte die Frau. Sie redete zu der Leinwand, winkte Lila mit ihrem Hut.

Ich auch, sagte Lila.

Bißchen jung dafür, oder? fragte die Frau. Ich hab noch ein Hustenbonbon. Mögen Sie? Zuhause mag ich's nicht mehr. Schmecken scheußlich, um die Wahrheit zu sagen. Aber hier gönn ich sie mir. Muß sein.

Witwe, hm. Wie man es nimmt. Davor war ich Bigamistin.

Wie? juchzte die Alte.

Sie setzte sich auf, nahm die Füße von der Lehne, wandte sich um, gickerte und starrte zu Lila herüber.

Und beide sind tot? Na, mit Ihnen möcht ich nicht tauschen. Die Frau lachte kurzatmig. Ich habe jetzt einen Kanarienvogel, sagte sie rauh. Kann Ihnen nur dazu raten.

Und listig, mit einem letzten Blick auf die Streep, die nun todesmutig von ihrem Plumeau aus in eine Winterlandschaft hinein starb, fragte sie: Würden Sie Robert Redford nehmen?

Sie? fragte Lila. Sie pustete die leere Tüte Veilchenpastillen auf. Die Tüte platzte.

Wenn was anderes nicht drin ist. Aber immer.

Der hat sich liften lassen, sagte Lila.

Stört mich nicht, sagte die alte Frau.

Einer kam, ein anderer ging. Leuten, von denen man lange nichts hört, geht's gut, war einer von Luis' saublöden Sprüchen. Er klaute sie im Vorübergehen. Wieso fiel ihr das jetzt ein? dachte Lila. Würde sie Paul wiedersehen, würde er zurückkommen? Und Luis? Sie war nur vier Stunden von Paul getrennt, und schon vermißte sie ihn schmerzlich. Luis war ein solcher Reinfall, verrückt und immer anderer Meinung als sie, er gehörte nirgendwohin, und am liebsten hätte sie ihn einzementiert, in Beton gegossen, eine Straße über ihm gebaut, eine Hecke aus Stechapfel daneben gepflanzt. Mit Luis saß sie in der Falle. Mit ihm würde sie es nie schaffen. Was wollte sie überhaupt von Luis? Er war ein Unglück.

Die winzige Narbe an Lilas Kinn juckte. Prue schnurrte unter dem Klappstuhl. Sie war von Lilas Schoß gesprungen, strafte Lila und die Reisetasche, die süßlich roch, mit Verachtung. Prue knabberte an einem verschrumpelten Rice Krispies, beschnupperte die eingetrockneten Flecken auf dem Boden zwischen den Stuhlbeinen.

Lila hatte es zuerst mit Tabletten versucht. Da war sie neun gewesen, ihre Schwester schminkte sich im Zimmer nebenan. Ihr Mutter war fort. Manchmal kam sie Tage später, manchmal nach einer Woche zurück. Crissi kümmerte sich nicht darum. Sie hatte eigene Ideen. Die eine Idee war Geld. Die andere, wie man problemlos an Geld rankam. Crissi nahm LSD, überlegte, ob sie Ägyptologie studieren sollte. Sie brachte Männer zur Verzweiflung, nachts lungerten sie vor der baumhohen Fliederhecke vorm Hauseingang herum, riefen nach ihr, *Süße, Süße,* und ihre kleine Schwester war für Crissi so wichtig wie eine Fliege.

Die Tabletten hatte Lila, um ganz sicherzugehen, in

Milch aufgelöst. Sie mixte noch etwas Hustensaft, ein paar Aspirin, Brom und Pfefferminzöl dazu, rührte das Gebräu um und trank es. (Es war mehr als ein Liter.) Doch es tat sich nichts; sie hatte die falsche Schachtel erwischt. Die mit dem Vitamin C. Halbtot vor Enttäuschung suchte Lila im Nähkästchen nach der grobzackigen goldenen Schere, die ihre Mutter bei einem Preisausschreiben gewonnen hatte. Bevor Lilas Mutter Constanze mit dem Weglaufen anfing, hatte sie Kostümbildnerin werden wollen. Sie kam nie über die Schwelle eines drittklassigen Ateliers hinaus, traf nie die richtigen Leute. Jeder wimmelte sie ab, und schließlich half sie sich, indem sie speckige ausgeleierte Uniformhosen ausbesserte, Röcke säumte, Blusen nähte, um dabei in einem Wirbel von Flüchen, Klagen, aufregenden kurzen Dates zu verschwinden. Sie nahm zuviel Codein, beobachtete sich feindlich, und sie begriff nicht, daß sie langsam starb. Constanze hatte Asthma und einen Knoten in der Brust.

Lila fand die Schere. Sie kniete auf dem Teppich, ihr war schlecht vor Wut. Sie mußte aufstoßen, weil sie zu hastig getrunken hatte. Lila fühlte sich wie Staub auf einer Kehrschaufel. Sie war das einsamste Kind, das man sich denken konnte. In ihrer Phantasie lag sie wachsbleich und mit einem Strick um den Hals in einem Möhrenfeld. Eine Katze flegelte sich auf ihrem Bauch, der dick und aufgebläht war, und Lila wußte, sie würde den Tag nicht überleben. Sie hörte Crissi im Flur telefonieren. Lila lauschte, denn sie war eine Spionin. Sie bemitleidete sich und Crissi wollüstig. Obwohl sie erst neun Jahre alt war, war ihr klar, daß bei ihnen zu Hause absolut nichts stimmte, daß sie anders waren als alle anderen in der Gegend. Niemand grüßte sie auf der Straße. Und keine der Frauen aus den Nachbarhäusern lud ihre Mutter je ein, die Avonberaterin kennenzulernen und selbstgemachten sauren Heringssalat in bunte Schüsseln aus Plastik zu füllen. Sie waren Außenseiterinnen, und selbst der Spaniel wechselte den Gehsteig, wenn Lila auf ihn zulief, um ihn zu streicheln.

Lila, mit der Schere bewaffnet, sah nach dem Schwan, der vom Fluß herüber in ihren Garten flog. Damals bewohnten Crissi, Lila und ihre Mutter ein großes kaltes Haus in einem Ort, wo Rhododendron blühte und wo es neblig war. Die Tage waren alle gleich stumm, feucht und traurig. Lila war sich selbst überlassen, sie hatte oft Fieber und keine Freundinnen.

Lila richtete sich hastig auf. Der Schwan! dachte sie. Sie stolperte über die Teppichkante, knallte über einen Hocker, fiel und stach sich mit der Schere das Kinn auf. Lila schrie. Sie blutete. Crissi fegte ins Zimmer, mit einem Snickersriegel und einer Schale Hagebuttentee, wüst bemalt und fuchsteufelswild, weil Lilas gellende Schreie ihr *ich warte auf dich, kannst du mir Geld leihen?, aber ich mach's dir, ja, doch, wie immer, um zehn im Hell's Drive* unterbrochen hatten, und sie wohl oder übel nachschauen mußte, was los war.

Lila, verdammte Kröte! rief Crissi. Die Kröte zuckte, ihr Kinn, ihr Mund und ihre Nase waren blutverschmiert. Sie strampelte, tobte auf dem Teppich. Crissi zwang Lila, Salzwasser zu schlucken, bis sie sich übergab. Danach war alles genauso, wie Lila es schon kannte. Constanze blieb fort, war sie an dem Tag überhaupt aufgetaucht?, Lila erinnerte sich nicht. Der Riß am Kinn wurde mit vier Stichen genäht, Lila bekam schulfrei und eine Tetanusinjektion, und ihre Schwester telefonierte. Money, Herzchen, sagte Crissi, wenn Lila sie fragte, was sie stundenlang zu erzählen habe.

Das Haus, in dem Crissi wie aufgezogen redete, im Flur, mit dem Gesicht zur Tür, um die Autos zu beobachten, die im Schrittempo an der Fliederhecke vorüberfuhren, war zugig, man konnte es nicht heizen. Der Kamin war verrußt, voll mit Blättern und toten Siebenschläfern. Constanze hatte nicht das Geld und nicht die Kraft, jemanden kommen zu lassen, der sich darum kümmerte. In der Küche gab es keinen richtigen Herd. Die vielen Zimmer waren leer, die Wände nur gekalkt, die Parkettböden unversiegelt und rissig. Lilas Onkel, Constanzes Bruder, hatte in dem Haus gelebt, bevor er nach Kanada gegangen war. Sie wollten nicht lange bleiben, das Haus war eine Notlösung, Constanze erfand laufend Entschuldigungen, ihre Töchter dort einzusperren, und irgendwann hatten sie vergessen, warum sie in dem verkommenen Kasten gelandet waren. Wenn Lila daran zurückdachte, hörte sie stets ein Telefon klingeln; sie hörte das Summen von Bienen, die in den Obstbäumen schwärmten. Holzäpfel wuchsen vor der Terrasse, auf der Crissi in heißen Augustnächten mit ihren Freunden schlief.

Lila erinnerte sich an den Fluß, der schmutzig und nicht sehr tief war, an Mücken, Tränen, an pappige Hamburger und kümmerlichen Blattsalat, Löwenzahn und Kresse aus dem Garten. Als Kind war Lila dünn wie Spargel. Crissi und ihre Mutter, sowieso auf Diät, aßen nie, jedenfalls nichts Warmes, und ein Kind, so sah es Constanze, hatte zwar das Recht, wütend zu sein und sich umzubringen, falls ihm danach war, aber keinen Anspruch auf anständige Mahlzeiten, auf Anwesenheit, Nähe oder Gefühle. Lilas Selbstmordversuch, sollte es denn einer gewesen sein, wurde weder von Crissi noch von Lilas Mutter je erwähnt.

Du bist eine süße kleine Idiotin, sagte Constanze oft zu Lila. Wo hab ich dich nur her? Mir ein Rätsel. Warum bist du so dünn? Arme hübsche Ziege. Eine Verliererin. Typisch. War zuviel Zeit dazwischen. Zwischen dir und Crissi. Hätte nicht sein müssen. Na ja. Komm und gib mir einen Kuß.

Constanze starb einige Jahre später an Krebs, da war Lila fünfzehn, und Crissi machte sich mit Luigi davon.

Seit der Geschichte mit den Brausetabletten schlief Lila viel, sie hatte es sich angewöhnt. Sie vertraute niemandem wirklich. Sie hatte dieses seltsame Lächeln im Gesicht, als wüßte sie nicht, wer an einem langen dunklen Nachmittag zu ihr kommen würde, um ihr zu sagen, daß er sie liebte. Lila hatte noch mehrmals versucht, Reißaus zu nehmen und sich irgendwohin zu befördern, wo keiner mit ihr rechnete. Sie blieb eine Dilettantin. Es gelang ihr nicht, sich zu töten. Darin ähnelte sie Luis. Sie waren beide jämmerliche Versager, nur daß Lila Phantasie hatte (und Paul!), Luis hatte kriminelle Energie. Lila glaubte, sie könnte die Sonne berühren. Ihre Haut war so empfindlich. Ihre Augen hatten die gleiche Farbe wie die von Rose, grau. Liebten sie sich darum, Rose und Lila? Und waren sie leichtsinnig genug, diese Liebe zu überleben, ohne ein Gefühl von Schuld und Rachsucht?

Ich wär' nie mit dem nach Afrika! sagte die alte Frau.

Sie blickte sich nach Lila um, wickelte den Regenmantel um ihre Hüften, erhob sich würdevoll und etwas umständlich und rollte ihre Strümpfe hoch.

Sie hätte Farah nehmen sollen, sagte Lila.

Prue mauzte unter dem Klappstuhl. Im Kino gingen die Lichter an.

Den Neger? Die Frau kicherte.

Er war immer bei ihr. Er schlief vor ihrer Tür. Lila nickte. Prue, sagte sie warnend. Prue? Wo bist du? Kommst du?

Auf Dauer lästig. Immer einer vor der Tür? Macht man die Tür auf, fällt man drüber. Nee.

Er hat ihr gesagt, wie sie heißt. Er hat ihren Namen genannt, sagte Lila.

Aber nur einmal. Bißchen dürftig, nicht? Gleich darauf war auch schon Schluß. Die Alte zerbiß krachend ihr letztes Hustenbonbon. So eine traut sich doch nie, sagte sie.

Sie fächelte sich Luft zu. Mit dem Hut, der wie eine Birne ausschaute. Er hätte ihr das Herz gebrochen, sagte sie. Andere Kultur. Da weiß man nie. Immer nur Hallo und Weiber. Dann lieber den Löwen!

Den Löwen? fragte Lila.

Ausgestopft und im Klo. Kann man saubermachen. Alles andere stört bloß. Schönen Tag noch, sagte die alte Frau.

Morgen wieder? rief sie.

Sie war bereits beim Ausgang.

Vielleicht, rief Lila ihr nach.

Prue kratzte rhythmisch am Stuhlbein, und Lila packte sie, bugsierte sie in die Nylontasche. Prue keckerte empört.

Mach kein Theater, warnte Lila die Katze. Nur für den Fall, daß uns im Foyer einer sieht. Denk an Thunfisch und rühr dich nicht. Ich zieh auch den Reißverschluß nicht zu.

Prue fauchte.

Sei still. Sonst brate ich dich.

Lila warf sich die Tasche über die Schulter. Sie mußten zu Rose. Großer Gott. Sie hatte sie ganz vergessen. Ob Paul bei ihr war? Bestimmt. Vielleicht war auch Luis da, und sie saßen auf der Treppe, und Luis tat oder sagte irgend etwas Nettes, um Paul zu gefallen und Rose nicht gegen sich aufzubringen. Luis war so ein Schmeichler, seine Augen starrten eine Frau, manchmal sogar einen Mann, so lange an, mit einer selbstvergessenen Intensität, daß selbst eine Kellerassel errötet wäre und Hunde zu winseln anfingen, sich hinwarfen, ihre empfindlichste Stelle preisgaben.

Auf der Straße taumelten die Junkies vor Ali Akbars Dönerbude. Ali, der Gurken schnitt, eine hauchdünn gerollte Kräuterzigarette im Mund, schrie ihnen Flüche zu. Der Cassettenrecorder dudelte. Die schräge Musik ließ die Junkies zappeln, als wären sie kurz vor einem Kollaps. Sie schlürften Joghurt; zwei Mädchen beschimpften sich. Ein Dealer kam über die Straße. Er lief weich und federnd, und sofort nistete eine eisige Furcht in den Gesichtern der Mädchen. Sie hörten auf zu atmen und lächelten schief und ein klein wenig verheißungsvoll, als wären sie mutig. Es war windstill und sehr warm. Weiße zerrissene Wolken schwebten am Himmel. Der Verkehr staute sich, und bei der Ampelanlage schrillte ein Alarmsignal aus einem offenen fahrerlosen Taxi, das auf der Busspur parkte.

Tante Toni, heute in Flamingorosa, küßte den Asphalt. Ihre fünf winzigen Köter, sie schauten aus wie halbierte Meerschweinchen, fast haarlos, kläfften, zerrten an ihren Leinen. Tante Toni, eine große, mächtig fette Person, grüßte, das gehörte zu ihrem Programm, zuerst den Himmel. Sie hatte irrsinnige Angst vor Tauben und Ufos! Sie warf Kußhände, schlug sich wie ein Baum über den Gehsteig, wo sie die Arme ausbreitete, sich in ihrem zerlumpten Kaftan hin und her wälzte und die Produktion von Volvos, ihre Stromrechnung und die Verdauung ihrer Lieblinge beklagte. Tante Toni glaubte, sie sei eine der Jacob Sisters. Sie trat jeden Tag mindestens fünfmal auf; zur Musik aus Ali Akbars Recorder. Ali, dem es nie gelungen war, Tante Toni zu verjagen, stellte ihr nach ihren Auftritten jedesmal ein Glas mit Buttermilch und gehackten Nüssen auf den Tresen. Und früh am Morgen, wenn er seine Dönerbude schloß, gab er ihr Weißbrot und Hackreste für ihre Hunde. Rose kannte Tante Toni aus der Suppenküche; sie war harmlos, nur ein Kummer, wie Rose es ausdrückte. Paul hatte ihr ein Paar ausrangierte Fußballschuhe geschenkt. Zufällig hatten sie die gleiche Schuhgröße. Aus Dankbarkeit verfolgte Tante Toni Paul daraufhin eine ganze Woche lang und legte eines Nachts unten im Hof vor Lilas und Pauls Wohnung eine Operette hin. Eine phantastische Solonummer, mit Orchester und Publikum, das aus Fu, seinem Anhang, der Bulldogge, Prue, Paul, Lila, den fünf Meerschweinchen, der übrigen Nachbarschaft und einer Polizeistreife bestand.

Bevor Tante Toni sich fürs Trebegehen entschieden hatte, war sie Generalin bei der Heilsarmee. Sie kannte aus der Zeit noch wunderbare englische Lieder und sang sie ohne Rücksicht auf die Ohren ihrer Hunde, scherte sich nicht um Fußtritte, heimtückische Überfälle und Baseballschläger.

Sollten sie den Bus nehmen? Lila fühlte sich klebrig. Konzentrier dich, dachte Lila. Sie hätte gern ihre Strumpfhose ausgezogen. Tanti Toni war heute gut, aber Lila hatte keine Lust, ihr länger zuzusehen.

Ali Akbar rief. Er aß Datteln, bewegte die Hüften und grinste. Ali, murmelte Lila. Sollte sie rasch zu ihm hinüber?

Prue, die aus der Tasche herausblinzelte, nieste. Lila versetzte ihr einen Nasenstüber. Prue zog den Kopf ein. Sie war teuflisch schwer.

Dicke alte Katze, flüsterte Lila liebevoll. Aus dir könnte man drei Portionen machen und hätte noch was zum Einfrieren. Das war gemein. Sie hatte gar nichts zum Einfrieren.

Lila stand auf der Hauptstraße. Sie mußte ihre hochhackigen Stöckel loswerden. Warum hatte sie nicht die flachen Treter aus Krokodil angezogen? Autos hupten.

Wo bekam sie jetzt schnell drei Lammkoteletts her? Es

war zu heiß für April. Eine komische Hitze. Lila neigte den Kopf. Sie nahm die Nadeln aus ihrem Haar. Ihre aschblonden Locken – Rose glaubte, sie könnte ein Vogelnest darunter verstecken, so dicht und fest waren sie – rieselten über ihren Rücken. Ihr Haar war zu trocken, es war ungewaschen, ihre Füße schmerzten, der Film hatte sie mutlos gemacht, noch mutloser, und Rose würde sie mit Vorwürfen empfangen.

Lila gähnte. Die Stadt war häßlich, es gab keinen Grund, warum Lila es hier aushalten sollte. Sie hatte nie etwas gelernt, und schon damals, als sie ankam, vor fünfzehn Jahren, allein, ohne einen Plan, was sie tun könnte, wußte sie, daß es eine falsche Entscheidung war. Die Stadt war viel zu groß, ohne Zentrum, das Klima unbeständig. Im Sommer wimmelte es von Insekten, im Winter war es eiskalt. Es stank aus den Fabrikschornsteinen, und der Smog verdarb die Haut. Lila war in einen Hohlraum gefallen, als sie sich entschied, aus dem Zug zu steigen, um sich umzusehen und die Stadt für sich einzunehmen. Es hätte jede andere Stadt sein können, aber die Weite drumherum, die Nähe zu den Sümpfen und der See hatten Lila imponiert, sie glauben lassen, daß sie das, was sie da vorfand, über kurz oder lang akzeptieren und mögen würde. Sie hatte sich geirrt. Die Stadt blieb ihr gleichgültig, und die Mücken und die Feuchtigkeit an den schwülen Sommerabenden machten sie apathisch. Sie hielt sich von allem fern, sie hatte außer Rose nie eine Freundin in der Stadt gehabt. Sie ging selten aus, und nur in Begleitung von Paul oder Luis.

Eine Zeitlang hatte Lila in einem Kühlhaus geputzt, dann ein paar Monate einem Schwulen beim Abbeizen wurmstichiger Kommoden und Spiegel geholfen, die er Hausfrauen auf Wochenmärkten andrehte. Sie verkaufte am Telefon Säcke Reis, die nicht existierten, an Zahnärzte, und Getränke in einem Pornoshop, zu dem ein Puff gehörte. Aber der Laden machte irgendwann dicht, weil die Konkurrenz auf dem Drogenstrich die Preise ruinierte. Und schließlich war sie in dem Supermarkt gelandet. Sie hatte Paul getroffen. Gleich nachdem er sie das erste Mal am

Band gesehen hatte, es war ein Freitag, kurz vor Kassenschluß, wartete er beim Hinterausgang auf sie. Die Luft war gelb und stickig, und Paul wirkte wie ein Betrunkener. Wie einer, der in der Falle saß, und nur Lila wußte, daß es darauf hinauslief. Man mußte ein Eisen mit Blicken auseinanderbiegen, ohne sich zu strangulieren, oder sich so lange ansehen, bis man den Verstand verlor. Paul hatte *Paul* und nichts weiter gesagt. Paul. Kommst du mit mir?

Lila hatte nicht gelacht. Sie wußte, was der Mann, der zwischen Einkaufswagen und Kartons am Absperrgitter lehnte, von ihr wollte. Er war so unschuldig und verwundert gewesen. Auf dem Schachbrett war er der Turm. Seine Nase war lang, gebogen und scharf, sein Mund schmal und ein wenig aufgeworfen, so als grüble er zuviel, kaue auf Worten herum, die er niemandem verraten wollte. Lila war mit ihm gegangen. Sie hatte ihn angesehen und geliebt. Sie war vernünftiger gewesen, als sie es je für möglich gehalten hätte, und sie hatte es nie bereut.

Wir fahren mit dem Bus, Prue, murmelte Lila.

Ali Akbar winkte. Komm her, winkte er. Willst du ein Döner? Lila schüttelte den Kopf.

Aber deine Katze? Sie ist hungrig, hm? rief Ali Akbar.

Prue, möchtest du? fragte Lila.

Komm schon und sag mir, daß deine Katze mich mag, rief Ali. Lila ging zu der Dönerbude hinüber. Ihr Kleid war zerknittert, an ihrem linken kleinen Zeh spürte sie eine Blase. Prue schlug mit der Pfote nach Lila. Sie versuchte, auf Lilas Schulter zu steigen, und gab einen gurgelnden Laut von sich. Döner war genau das, was Prue jetzt dringend nötig hatte.

Ali, lächelte Lila.

Da bist du, sagte Ali Akbar. Er reichte Lila die Hand. Sie war kräftig und gebräunt und roch noch Brot und Minze.

Prue miaute entzückt. Speichel sammelte sich in ihrer Kehle, und sie schluckte.

Kann ich nein sagen, wenn du mich rufst? sagte Lila.

Ali war Armenier. Er hatte Splitter von einem Bombenanschlag in der Hüfte und in der Brust, und auf einem Ohr war er taub. Ali war stämmig, nicht sehr groß, seine Stimme war jung und aggressiv, sein Pferdeschwanz wippte, er fluchte ständig, denn der Schrecken hatte seine Seele erfaßt, und er hatte sich damit abgefunden. Manchmal kam er zu Lila und Paul in die Magnolienstraße, trank Tee und redete mit Paul über Milchstraßensysteme und Wurmlöcher. Er war Anarchist, wie Paul. Als es Fu noch gab, hatten sie mit Ali und Rose oft bei Fu in der Küche gesessen, Eiswürfel gelutscht und Go gespielt.

Ali, hast du Lammkoteletts für mich? Hast du vielleicht drei Lammkoteletts? fragte Lila. Ich habe Rose versprochen, welche mitzubringen. Aber wir sind zu spät. Rose ist sicher schrecklich wütend.

Ihr wart im Kino? fragte Ali Akbar.

Er streckte die Hand aus, um Prue unterm Kinn zu kraulen. Prue leckte an seinem Finger. Sie schnappte nach dem Stückchen Truthahn, das Ali auf einen Spieß mit Zwiebelringen steckte und ihr hinhielt.

Schöne fette alte Katze, sagte Ali Akbar. Nahm Prue aus Lilas Armen, setzte sie auf den Tresen. Schön wie Lila, sagte er und schnalzte. Schön wie Paul.

Er spuckte den Papyrusstummel aus und drehte sich sofort eine neue Zigarette.

Hast du Paul gesehen? fragte Lila nervös. Sie trank etwas Kefir, beobachtete Prue, die mit erhobenem Schwanz herumtänzelte und ihre Nase an Alis Wange rieb.

Paul? Nein.

Und Luis? fragte Lila. Sie sah Ali Akbar nicht an.

Oohoh, sagte Ali, drückte die Stoptaste am Cassettenrecorder, spulte das Band zurück.

Lila, sagte er leise. Was soviel bedeutete wie, geh zu Rose, vergiß Luis, aber schnell.

Du magst ihn nicht, sagte Lila seufzend.

Es war eine Feststellung. Wer mochte Luis?

Ich mag ihn nicht, sagte Ali Akbar. Er nickte. Seine Augen waren groß, rund, wie Balsam, und er wußte meist, was richtig und was falsch war, doch er behielt es für sich.

Du hast ihn nie gemocht? fragte Lila.

Nie, ja, lachte Ali.

Paul ist fort, sagte Lila müde. Sie bekam Kopfweh.

Er kommt zurück.

Warum sollte er?

Denkst du, er ist solch ein Schwein? Lila. Denk das nicht. Ali blies Prue zwischen die Augen, legte die Hand auf ihren Kopf, sog an seiner Zigarette und zwinkerte.

Ali, der Bus!

Koteletts habe ich nicht. Nimm von dem Truthahn. Ah. Warte! Da ist Lamm. Koteletts. Hab ich vergessen. Die sind für mich, hab ich vorhin besorgt. Ich geb dir davon.

Ali Akbar griff unter den Tresen, in den Kühlschrank. Er holte eine Plastiktüte heraus.

Der Bus, Ali! rief Lila. Sie war schon halb davon. Kehrte um, riß Ali Akbar den Gefrierbeutel aus der Hand.

Danke! schrie sie. Sie rannte mit Prue im Arm und der Reisetasche zu der Haltestelle.

Grüß Rose! rief Ali.

Meine Katze hat dich lieb, schrie Lila. Sie schwenkte Prue, schwenkte die Tasche und den Gefrierbeutel, erwischte gerade noch das Trittbrett und sprang in den Bus.

Sie haben Glück. Das ist meine letzte Tour, sagte der Fahrer. Er trug gelbe Lederhandschuhe ohne Finger und einen Elvis-Sticker am Kragen.

Die Katze hab ich nicht gesehen.

Er grunzte, biß in einen Apfel, machte ein saugendes verschämtes Geräusch und ließ hinter Lila und Prue die Türen zuschnappen. Zum See, murmelte Lila.

Prue, flüsterte sie. Du mußt in die Tasche. Ich kann dich nicht halten.

Da ist ja 'n satter Brocken. Nicht schlecht, sagte der Fahrer. Wollen Sie zur Klinik? fragte er. Er deutete auf Prue. Da müssen Sie sich beeilen. Wird gleich regnen. Schätze, es gibt noch 'n Wolkenbruch. Kommt von Westen. Gewitter. Sieht gar nicht gut aus. Schaun Sie nur.

Der Fahrer spuckte den Stiel und die Kerne aus, und sein eckiges stumpfes Gesicht verzog sich zu einer unheilvollen

Grimasse. Er hatte eine Hasenscharte, einen ganz dünnen Mund, und er war rasiert. Mit Elvis teilte er die Schwimmgürtel um die Hüften und die arglosen blanken Rekrutenaugen. Eine Locke pappte ihm auf der Stirn, wie ein pechschwarzes Fragezeichen.

Ich habe keine Karte für den Automaten, sagte Lila. Tut mir leid. Können Sie wechseln?

Der Bus ruckte an. Lila klammerte sich an den Haltegriff. Prue hing in ihrem Arm. Sie saß halb auf Lilas Hüfte, ruderte mit den Hinterpfoten, stemmte sich gegen einen unsichtbaren Widerstand und äugte schmachtend nach dem Gefrierbeutel, den Lila zwischen ihre Knie geklemmt hatte, um nach dem Portemonnaie zu suchen.

Vergessen Sie's, sagte der Fahrer. Ich lad Sie ein.

Der Bus fuhr um eine Kurve, fädelte sich in die Verkehrsschlange. Der Krach war mörderisch. Es war Rushhour, und wer noch Stütze und Beine hatte, war unterwegs.

Du bist ein Miststück, Prue, sagte Lila zärtlich.

Sie fiel auf den erstbesten Sitz, warf den Gefrierbeutel neben sich. Zog die zappelnde Prue auf ihren Schoß, küßte sie, rieb ihre Pfoten und setzte sie in die Tasche.

Ade, sagte Lila. Bis zum See ist Ruhe, ja?

Die Ausflüge mit Prue hatten es in sich.

Nett von Ihnen. Dankeschön, rief Lila.

Regen. Ich irr mich nie. Ich sag's Ihnen, antwortete der Fahrer, sah durch den Spiegel zu Lila. Wollen nachher grillen. Ich und 'n paar Kumpels. So Schaschlick. 'n bißchen Bohnen mit Speck dabei und Genever. Aufm Balkon. Wird nichts draus. Immer dasselbe. April. Na. Ist Ihre Katze sehr krank? fragte der Fahrer.

Ziemlich, sagte Lila. Sie hat es an der Leber. Und Kreislaufstörungen, ganz schlimm.

Oioi. Ist ja keiner mehr gesund, sagte der Fahrer und nickte. Das kommt vom Leitungswasser. Sie müssen es abkochen. Macht meine Frau nur. Die kocht ab. Für mich und den Hund. Ewig kocht sie ab. Sonst kriegt die 'ne Krise. Er lachte.

Spatzen grillen? Wie wär das, Prue? fragte Lila. Sie kicherte. Riß sich unter der Bank die hochhackigen Stöckel – neu gekauft, wozu? – von den Füßen, stöhnte, bog ihre Zehen und streichelte die Reisetasche, die sie bis auf einen Spalt zugezogen hatte. Es war alles zu spät. Prue jammerte.

Geduld, Prue, flüsterte Lila. Nur noch sechs Stationen. Dann kommt die Klinik. Ich bin wirklich eklig, dachte Lila.

Der Bus tuckerte. Leute stiegen ein und aus. Der Himmel verfinsterte sich. Die Straßen wurden länger, wüster und leerer. Tankstellen waren zu sehen, schäbige, flache Häuser. Wäsche trocknete neben Öltanks. Caravans, Lichtmasten, ein riesiger, Tag und Nacht neonbeleuchteter Getränkemarkt und ein vergammeltes Aerobic-Center fläzten sich in die Landschaft, die früher weit und karg und seltsam schön gewesen war. Herb und offen, mit Kieshalden und wucherndem Baldrian.

Da war schon der Güterbahnhof. Und entfernt der Autobahnzubringer. Der Bus fuhr eine Schleife. Eine Frau schob einen Kinderwagen mit einem Kasten Bier darin. Kaninchen sausten über das fleckige Grün des Kreisels. Über der Ruine der Zementfabrik, die man sah, welchen Weg man auch wählte, um aus der Stadt herauszukommen, leuchtete ein Blitz auf.

Warum konnte die Zeit nicht rückwärts laufen und Lila und Prue wieder in ihr Bett befördern, das doch der Ort ihrer Geheimnisse, ihrer Erfolge war. Makrelen, dachte Prue. Makrelen. Paul, dachte sie. Sie schnurrte.

Konnte die große Wolke, die sich dem Bus bedrohlich näherte, und bald würde sie ihn eingeholt haben, Lila nicht ein einziges Mal noch die Gelegenheit geben, Paul Aufwiedersehen zu sagen? Wolke, Wolke, flüsterte Lila. Er hatte es nicht verdient, daß sie ihn ohne ein Wort hatte gehen lassen, schnippisch und faul, während er sich bemühte, die Tür lautlos zuzuziehen, weil er sie nicht wecken wollte.

Was hatte sie falsch gemacht? dachte Lila. Was hatte Luis falsch gemacht? Hätten sie überhaupt irgend etwas völlig anders und somit vielleicht richtig, aber was war richtig?, machen können? Und mußte denn etwas zu Ende gehen? Weder Paul noch Luis, auch Lila nicht, hatte je von einem Anfang, geschweige denn von einem Ende gesprochen. Sie hatten nie an den Schluß gedacht, trotz des ganzen Durcheinanders der letzten sechzehn Monate. Sie hatten sich nur geküßt, waren leichtsinnig und nicht sehr ehrlich zueinander gewesen, und einem echten Streit waren sie ausgewichen. Und nun hatte Paul sein Ticket für die Geisterbahn abgegeben und war verschwunden. Luis war abgetaucht; Lilas Los war eine Niete. Blieb nur Rose.

Da, ein Kugelblitz! rief der Fahrer und pfiff durch die Zähne.

Wo? fragte Lila matt.

Wenn wir am See sind, müssen Sie rennen, sagte der Fahrer und drehte sich nach Lila um. Glaub nicht, daß Sie's schaffen. Kann jeden Moment losgehen.

Er schaute Lila an, als sei sie ein Schaschlickstäbchen auf dem Rost.

Wir haben es nicht weit. Wir müssen nur über die Straße. Nur ein kurzes Stück. Hinüber zum Campingplatz.

Und die Klinik? Was ist mit der Katze? fragte der Fahrer und sah wieder nach vorn.

Morgen, murmelte Lila. Was wollte der Typ. War sie Priscilla Presley?

Was bedeutete ein Kugelblitz, wo doch Paul fort war. Kugelblitze waren in ihrem Universum so ungefähr dasselbe wie Marsmännchen, Durruti oder Koka. Lila sah aus dem Fenster, aber da war wieder die Wolke, ein Teil von ihr, und links, getrennt durch Betonpfähle und einen Schrottplatz, war das vierspurige Band der Autobahn, die sich durch Gärten, sumpfige Wiesen und graue Hochhäuser fraß. Noch war es heiß. Auf dem Sitz, wo sie den Gefrierbeutel hingepfeffert hatte, bildete sich eine Pfütze. Lila starrte auf die Lammkoteletts. Viel lieber würde sie eine vegetarische Pizza essen, oder Cannelloni mit Spinat gefüllt und gekochte Artischockenherzen, die wie Stroh schmeckten. Hoffentlich pinkelte Prue nicht in die Tasche.

Sie heulte um einen völlig Fremden. Luis war nie mit ihr

zum Salsatanzen gegangen. Lügner. Das nahm Lila ihm wirklich übel. Sie hatte so viel und hart geübt und alle Welt damit nervös gemacht (und sich selbst lächerlich). Angeblich war Luis der beste Salsatänzer zwischen Bogota und Miami Vice. Sagte Rose. Lila hatte Asche in seine Schuhe gestreut, damit er nicht mit einer anderen tanzen ging, und ihn einmal so geschlagen, aus Eifersucht, fasziniert von seinem erschrockenen wilden Schrei. Sie begriff später nicht, wie sie es hatte tun können. Rose, der sie es erzählte – Luis und sie waren allein gewesen, es gab keine Zeugen und er hatte sich auch nicht gewehrt –, war wütend geworden. Sie hatte Lila geraten, lieber staubzusaugen, die Bulldogge zu vierteilen, Himbeeren einzukochen, als solchen Unsinn noch einmal zu machen. Wenn er ausflippt, bringt er dich um, hatte Rose gesagt. Aber das war lachhaft.

Er kann nicht tanzen, Lila, hatte Rose gesagt. Er behauptet es. Schau ihn dir an. Er geht wie jemand, der in der Pfanne verbrannt ist. Wie ein Stück Holz. Er kann nicht mal eine Glühbirne auswechseln, sagte Rose verächtlich. Er kann gar nichts.

Luis tanzte nie mit ihr, nur mit Paul, und auch nur, wenn Lila nicht dabei war. Warum war das so wichtig? Lila hatte Berge von Büchern über Psychologie und Verhaltenslehre gelesen. Im letzten Winter war sie sogar zu einer Selbsthilfegruppe liebeswütiger Frauen gegangen (sie hatte Paul nie etwas davon gesagt, Rose natürlich auch nicht). Doch nur einmal, und danach nie wieder. Es war langweilig und nicht sehr aufschlußreich gewesen. Alle Frauen, die in dem ungeheizten Gemeindesaal saßen, jammerten. Sie nannten sich, um sich aufzumuntern, die Adressen ihrer Friseure, und eine verriet, sie war mit den Nerven völlig am Ende, kurz vor Schluß der Stunde die Telefonnummer des *Dream Team,* das Strip-Poker für Singles und Witwen anbot.

Es gab einen Fehler zwischen Luis und ihr, dachte Lila, während sie ihre Zehen massierte, Prues Atem lauschte und überlegte, ob die Lammkoteletts sich demnächst selbständig machen würden. So wie sie schwitzten und in der Marinade schwammen. Eine Kränkung, die Luis mit Unschuld abtat, Lila mit Sex. Luis zu lieben, war halsbrecherisch; es war wie Halwaessen oder jeden Tag Geburtstag haben. Die Liebe war zweifelhaft, stets blieb nur ein flüchtiges Aroma zurück, das unbestimmte Gefühl von Verrat und Niedergeschlagenheit und der Wunsch, die Gedanken, die sie beide hatten, würden sie nie an der Wurzel packen, sie nie auf sich selbst zurückwerfen – denn da war nichts.

Paul hatte eine Idee. Er hatte viele Ideen. Tomás, den Bürgerkrieg, Milchstraßen, Sonnen. Er probierte ständig neue Gerichte aus, traf sich mit Ali Akbar, besuchte seine anarchistischen Freunde, die Lila übersahen, weil sie ihnen kindisch vorkam und ihre Fingernägel lackiert waren und weil sie laut mit ihrer Katze redete.

Lila hatte niemanden. Außer Prue und Rose. Eine Frau und eine alte Kätzin, und dann war da noch die debile Bulldogge, die ihr lieber nie begegnet wäre. Darum saß Lila hier, in dem Bus. Ohne Ideen, ohne Universum, in einem schwarzen Loch. Verlassen, verraten, belogen. (Lila neigte zu Selbstmitleid. In ihren Träumen war sie eine chinesische Prinzessin, und sie rannte nackt durch die Mandschurei, mit einem Grammatikbuch und Prue, die ihr ganzer Hofstaat war. Alle anderen waren erschossen worden!) Seit Luis bei ihnen war, fühlte sie sich wie ausgewrungen. Mit Rose war das Wünschen leicht, mit Paul ein vielhundertseitiger Roman, den man vor dem Einschlafen las, eine mäßig spannende Schwarte. Das Ende war offen und heiter. Oh, heiter würde es gewiß sein. Wie ein durchlüftetes Zimmer, in dem zwei Rollstühle standen. Ein immerwährend zärtliches, vertrautes Ende rechnete Lila sich aus, das zum Grab führte, zu einem Fußballtraining, in Fus Küche (armer Fu, wo war er jetzt?), zu einsamen Mahlzeiten zu zweit, Gesprächen über Sterne und Revolutionen. Mit Luis war das Wünschen ein Duell. Es war ein verdammter Schokoladenkuchen, gespickt mit Seufzern, Glassplittern und Arsen. Luis war ihr Mädchen, eine kleine süße Schlampe, und er hatte Stolz, aber hatte er den wirklich?, Rose bezweifelte es, und einen Schwanz. Er las nie irgendein Buch, er kam gar nicht erst darauf, es mit einem Buch zu versuchen, er war respektlos, log und zauberte im Vorübergehen. Wenn er mit Lila schlief, flehte er sie jedesmal an, ihm zu verzeihen, und danach tat er dasselbe mit Paul. Niemand hatte Lila erzählt, daß so etwas möglich war. Es war wunderbar, aber sie wünschte sich, er möge verschwinden, sich wieder betrinken, Koka schmuggeln, einen Unfall haben, nur noch eine Nummer unter einem weißen Laken sein.

Paul war fort. Wo war Luis? Warum hatte sie ihn geschlagen? fragte sich Lila. Und warum je mit ihm geschlafen? Sie spürte, wie etwas in ihrem Hals kratzte. Die Lammkoteletts bewegten sich, und in ihrem Magen rumorte es.

Oh, bitte, komm zurück, dachte Lila. Aber wen meinte sie? Rose, flüsterte sie, Rose.

Rose war da. Rose war ihr sicher. Sie wartete auf sie. Rose, Rose, murmelte Lila.

Lila hatte nie etwas gewollt, nichts Besonderes jedenfalls. Nichts, was andere nicht auch wollten. Küssen oder Schwimmengehen, Verwirrtsein und Lachen. In alten Kleidern wühlen, Makrelen enthäuten, am hellichten Tag im Bett liegen, sich Wörter ausdenken, skandalöse, komische Wörter. Aus ihr nicht ganz verständlichen Gründen mußte sie das manchmal tun, so wie sie sich Briefe an Paul und an Luis ausdachte, die sie dann doch nicht schrieb. Sie wollte eine Freundschaft haben. Wollte Rose anschauen, an ihren Fingerspitzen saugen und irgendwo auf einem Feld Fenchelknollen ausgraben. Aus diesen Dingen bestand der Tag. Zugegeben, es war nicht sehr aufregend, und Lila brachte nichts Gescheites zustande. Sie könnte Schnecken wässern, dachte sie, auf einem Eisbrecher durch die Antarktis schippern, könnte wieder putzen gehen, was anderes war nicht drin, sich an die Anatomie verkaufen (die Blase an ihrem Zeh würde gleich platzen, oh, es pochte), oder einen Kurs in Französisch an der Sommerakademie belegen. Die Einschreibgebühr war gering, und sicher half ihr Rose. Lohnte es sich, Französisch zu lernen? Wie weit kam man damit? Bis Barcelona? Meryl-Tanne Blixen sprach englisch, Farah, ihr Diener, auch. Film war eine Lüge, Luis log auf Spanisch noch viel besser als auf Deutsch, falls er nicht den Mund hielt und seine Zunge in sie eindrang und sie ihm die Verantwortung überließ. Prue hatte Rice Krispies gefressen. Würde Prue nicht bekommen, rechnete Lila das Stück Truthahn und die Zwiebelringe von vorhin mit.

Prue? fragte Lila.

Aber Prue antwortete nicht. Sie schlief.

Paul redete über Revolte, er redete über Kokosmilch, die er für seine raffinierten indischen Gerichte brauchte, über Bäume, Taj Mahal und Tomás, seinen Großvater. Er war überwältigt von seinen Gefühlen für Zeit und ferne, unsichtbare Räume, gefangen von Lila und seiner Melancholie; eingesponnen in ein Nichtstun, das ihn ausfüllte und tröstete. Kochen, Lesen, Musik hören, Reden, Liebemachen, nach mehr verlangte es ihn nicht. Es genügte ihm. Das wenige, worauf er sich verstand – und es war nicht wenig, es war sehr viel, dachte Lila –, hütete er. Hütete sich, Prue, Lila, auch Luis und hin und wieder Rose. Paul beschwerte sich nie; er wählte traumwandlerisch, wer hatte ihm das beigebracht?, immer die richtige Seite, auf der er dann sicher stand, sehr groß und freundlich, in seinen braunen Schuhen, mit seinen schmalen langen Händen, an denen Reste von Knoblauchsaft, Kräutern, Zucker und Katzenhaare klebten. Und ständig färbte sich der Himmel, wechselten die Tageszeiten, war eine Stimmung, die ihn betrog, während er mit Luis am Fenster lehnte. Sie waren zu vorsichtig, zu sehr voneinander überzeugt, beide schienen ernst und gleichzeitig leichtsinnig genug, sich nicht zu verletzen.

Lila nickte. Sie sah sie vor sich, Luis und Paul. Sie saßen ihr gegenüber, sie lächelten sie an, und Lila sagte laut, *es ist alles meine Schuld!* Sie fing an zu weinen. Der Bus schaukelte. Die Lammkoteletts schwitzten. Prue keckerte, und Lila öffnete den Reißverschluß der Reisetasche, tippte Prue auf die Nase und strich ihr schluchzend über die Ohren.

Alles meine Schuld, hörte Prue. Das alte Lied, dachte sie. Klappte ein Auge auf, warf sich herum. Sie schnupperte, ächzte, sprang auf Lilas Schoß, warf sich auf den Rücken, streckte die Pfoten und biß in einen Knopf, an dem Lila drehte, wobei sie gurgelte und leise vor sich hin schnurrte. Die Lammkoteletts rochen nach alter Maus in Chili. Verführerisch.

Prue starrte Lila an, ausdruckslos und zugleich höflich und interessiert, wie nur Katzen es verstehen, mit mildem, grenzenlosem Hochmut.

Kotelett, dachte Prue. Kotelett, Kotelett!

Später, schluchzte Lila.

Aber *später* war zu spät; kam nicht infrage. Prue sauste von Lilas Schoß. Stieß ein Zwitschern aus, einen spöttischen kehligen Ton, der nach Elster klang. Sie sprang auf den freien Sitzplatz neben Lila, auf die Lammkoteletts. Zerrte und biß an dem Gefrierbeutel. Ihr Hals war dick, ihr Schwanz schlug hin und her. Prue stöhnte, schmiß den Beutel runter, kugelte hinterher, zerfetzte die Folie mit den Pfoten. Die Tunke floß aus, und es roch überwältigend nach Knoblauch.

Prue! rief Lila.

Du wirst kotzen, rief sie. Aber nun war es egal. Prue fraß, miaute, schluckte. Die alte Maus war köstlich. Wo war Paul? Er mußte in der Nähe sein, dachte Prue. Kein anderer Mensch, den sie kannte, brachte so etwas zustande. Ausgenommen Fu. Doch dem war nicht zu trauen. Briet man in China nicht Katzen, legte sie süß-sauer ein?

Du wirst gleich kotzen, sagte Lila wütend, angelte nach ihren Sandaletten und trat mit dem nackten Fuß nach Prue. Es stank scheußlich. Und sie hatte noch nichts gegessen, nur ein Hörnchen und drei Löffel Kleie und dazu Kamillentee getrunken.

Pauls und Luis' einziger Wunsch war, sich anzusehen, wie Ringe sich um den Mond färben. Sie wirkten glücklich in diesen Augenblicken, eins und unzertrennlich. Ausgelassen, intelligent und konzentriert. Wie füreinander bestimmt. Lila hatte sie oft genug beobachtet. Sie waren verschwunden. Eben saßen sie noch vor ihr. Und jetzt hockte da ihre Katze neben dem Radkasten unter der Bank, leckte auch noch boshaft an ihrem kleinen Zeh und übern Spann. Ihhh. Ihr Schicksal war besiegelt, dachte Lila düster, und Prue fing schon an zu würgen. Bitte nicht.

Nimm dich zusammen, flüsterte Lila.

Prue stieß auf.

Ja, nun, sagte Lila. Dann zu.

Sie zog widerwillig die Füße hoch und schaute aus dem Fenster. Die Straße, die der Bus gemächlich entlangfuhr, war lang und gerade, rechts und links gab es keine Häuser mehr, nur noch Kieshaufen. Ein Trafohäuschen tauchte auf.

Ich wünsche dir nichts Gutes, flüsterte Lila. *Nichts Gutes, nein.*

Warum tat es so weh, allein zu sein? Früher hatte es Lila nichts ausgemacht. Es hatte sich nie jemand besonders um sie gekümmert, und sie hatte sich geweigert, darüber nachzudenken, was ihr wohl fehlen könnte. Sie war verschlossen, schüchtern, zu kalt und unfreundlich. Ihre ganze Kindheit hindurch, auch als sie langsam älter wurde, hielt sie sich nur an sich selbst, blieb teilnahmslos, unbeeindruckt von Schmeicheleien und Kränkungen, mischte sich nicht ein, sprach nur mit sich, antwortete zögernd und ungenau, wenn man sie etwas fragte. Sie war voller Abscheu gewesen und sehr einsam. Ein kleines Mädchen, das durch leere Zimmer lief, auf und ab, auf der Suche nach einem Spalt in den Wänden, durch den sie schlüpfen könnte, in ein Brennesselfeld, in einen Irrgarten, in die staubige Monotonie eines Julinachmittags.

Paul nannte sie *verrückter Hase, Nudel, schöne Lila.* Er gab ihr viele Namen. Er war so erfinderisch. Er sagte *Ginster* zu ihr, weil er Ginster liebte, und *Prinzessin* und *Ohne dich –. Ohne dich* war eine Suada. Ohne dich bin ich traurig. Ohne dich habe ich nur ein Bein, nur einen Arm. Habe keine Augen. Bin wie eine Trittleiter ohne Sprossen. Solche Sätze sagte Paul. Und dann wickelte er eine ihrer Locken um seinen Finger, biß sich auf die Lippen. Er musterte sie belustigt, murmelte, es sei ein Spiel, daß er sterben würde, falls es ihr einfiele fortzugehen. Woran könnte Paul sterben? Sie überlegten. An Windpocken? Er war geimpft. An zuviel Zitroneneis, an Luis' Lächeln, durch einen Blitzschlag?

Such es dir aus, sagte Paul. Er sagte es ernst, unbeeindruckt von Prues spöttischem Grinsen. Und Lila fühlte sich wie zehn, nicht älter, und sie mochte es nicht. Ganz entschieden mochte sie es nicht, nein. Sie lachte, sie wollte Paul nicht kränken. Paul umarmte sie. Schnell und hart. Er ist so gut wie weg, sagte Lila. Flüsterte es mehr Prue zu, die gerade wieder rülpste und über den Resten der Lammkoteletts thronte.

In Gedanken, der Bus ratterte, die Wolke war immer noch da, schmiegte sich Lila an Paul. Doch er machte sich steif, und sie fühlte sich schlecht. Die Spiele verwirrten sie. Sie hatte Paul nicht darum gebeten, sie zu lieben. Und manchmal träumte sie nachts zwischen Paul und Luis von geschnittenem Gras, das jemand über ihr aufhäufte, von einer zahmen Eule, die eine Feder in ihre Teetasse fallen ließ, von einem orangefarbenen, giftigen Hof um den Mond.

Luis sagte *Te quiero, Lila.* Te quiero, te quiero. Er sagte, *schau mich an.* Was stets ein heiser geraunter Wunsch, mehr noch, ein Befehl war. Sie hatte ihn angeschaut, sie tat ja nichts anderes. Was war dabei herausgekommen? Streit und Enttäuschung. Nachmittage im Kino, und Rose schrie sie an, weil sie immer seltener mit ihr schlief, obwohl es ihr gefiel. Wenn sie sich trafen, am Mittag, oft auch am Morgen, zusammen zum Schwimmen gingen, schwieg Rose. Oder sie stellte unangenehme Fragen. Lila kannte sie auswendig. Jeder fragte sie. Luis, Paul, Rose. Prue. Es war wie beim Monopoly. Wolltest du mir nicht etwas sagen? Wer bin ich? Liebst du mich? Lila würfelte idiotensicher *Gefängnis,* und die anderen kriegten die Schloßallee.

Denkst du über uns nach, Lila? Rose stritt, sie bekam Schweißausbrüche. War über Stunden wortkarg. Dann war sie wieder überdreht, sie redete, bis Lila ihr den Mund zuhielt. Schwieg abrupt und beleidigt, stand jäh auf, unleidlich, enttäuscht. Von einer stillen, unbezähmbaren Wut erfüllt, so war Rose. Unerträglich. Wie Constanze, die wie eine Spinne über ihren Schnittmustern gesessen und Fäden aus Staub und Verzweiflung übers Papier gezogen hatte; wie Crissi, wenn sie telefonierte und der Fliederhecke vorrechnete, wieviel Scheißgeld sie noch brauchte, um endlich abzuhauen. Dich nehme ich ganz bestimmt nicht mit! rief sie Lila fröhlich zu. Glaub bloß nicht, daß ich's tu. Seit Luis einen Gutteil ihrer Zeit beanspruchte, wofür es, Lila wußte es, keine Entschuldigung gab, war Rose so anspruchslos und stumm geworden, als schliefe sie mit ihr auf Kredit.

Sie machte sich unbeliebt. Bei jedem, dachte Lila. Sie konnte sich einfach nicht entscheiden. Und wenn es von ihr verlangt wurde, zuckte sie zusammen, duckte sich, spürte, daß große Vögel über ihren Kopf hinwegflogen und sich auf sie stürzen könnten.

Sie würde sich einen Job suchen müssen. Morgen? Besser, sie dachte nicht daran. Nicht jetzt und nicht hier im Bus. Keiner von ihnen wollte sich einen Job suchen. Für nichts brachten sie mehr Unverständnis auf. Der Gedanke an eine Arbeit, an geregelte acht Stunden, die sie weich und mürbe, zu chaotischen, ausgeflippten Schlafwandlern machen würden, kam Diebstahl ziemlich nahe. Paul konnte endlos über Diebstahl reden. Über Freiheit, Würde, Miteinander. Darüber, was dieses Dreierpack – es wog drei Zentner Schuld, es war mordsschwer, im Kapitalismus reiste man nicht mit leichtem Gepack! – mit Arbeit zu tun hatte. Gar nichts. Oder andersherum: sehr viel. Paul war Samariter. Das Wort Freiheit gefiel ihm noch viel besser als das Wort Tomás. Unschuldiger Paul. Hatte er je etwas anderes getan, als über seine Version von Furcht nachzudenken?

Für Rose war die Geschichte sowieso erledigt. Sie war ausgestiegen. Schon vor zehn Jahren, lange her. Willst du herausfinden, was dich umbringt, Miss Moneypenny? Dann geh arbeiten. Viel Glück. Rose hatte ihre eigene Theorie. Und sie war mutig.

Lila seufzte. Sie mußte sich waschen, dachte sie. Ihr Hintern klebte auf dem Sitz, die Strumpfhose kniff am Bauch. Ihre Haut juckte, und sie hatte vergessen, sich die Zähne zu putzen. Sie konnte Rose unmöglich küssen. Vergeßlichkeit und Unordnung, das war es, was sie sich vorwerfen lassen mußte. Bei jeder Gelegenheit. Wo kriegte sie einen Job her? Paul konnte reden. Ja. Was konnte er noch? Kochen, Liebemachen. Sterne zählen. Das Geld, das seine Mutter ihm vererbt hatte, reichte aus, um einigermaßen davon zu leben. Und sie lebten ganz bequem und nicht schlecht. Sie war so erleichtert gewesen, dachte Lila, so dankbar. Sie hatte die Arbeit im Supermarkt gehaßt, und als Paul sie damals am Hinterausgang darum bat, zu ihm zu kommen, war ihr nicht eingefallen, nein zu sagen. Sie hatte erschöpft an der Wand gelehnt und sich gefragt, ob er vielleicht ein Irrer sei. Einer von denen, die Probleme machten, Handschellen benutzten und nach einem Tag um Schläge bettelten. Ein Perverser, der müde Kassiererinnen ansprach, mitschleppte, ihnen in seiner Wohnung das Gesicht zerschlug und sie danach in Säure auflöste. Aber seine Hände hatten sie überzeugt, und sein Mund. Sein Mund war hübsch und eigensinnig, und neben ihm war ein Schatten gewesen, etwas Grünes, mit ein bißchen Gold darin, was sie fesselte, was sie im Augenblick – er mußte nichts erklären, mußte sich nicht rechtfertigen – sehnsüchtig machte. Ich will erst meine Katze holen. Sie ist bei einer Nachbarin, hatte sie gestammelt, und Paul hatte genickt. Noch am selben Abend waren Prue und sie bei Paul eingezogen, mit vier Koffern, einer halbvollen Büchse Kitekat, ein paar Cassetten und einem japanischen Sonnenschirm, den Constanze von einem ihrer Liebhaber bekommen hatte. Der Schirm war voller zarter Risse und vergilbt. Constanze fand ihn billig. Sie schenkte *dieses Nichts von einem Quatschkopf und Lumpen* Crissi, die es verächtlich unter die Fliederhecke schmiß, wo Lila es sah und behielt. Ein Nichts zu besitzen, gefiel ihr, denn zu der Zeit fühlte sie sich wie ein Gespenst, und sie wußte, daß die anderen durch sie hindurchsahen. Alle waren mit sich beschäftigt, Constanze, Crissi, Lilas Mitschülerinnen, die Nachbarn, selbst die Katzen, und unter dem Schirm, den sie nachts über ihrem Bett aufspannte, flüsterte sie mit sich, schnitt Grimassen und übte, *ein Herz zu haben,* eine Zukunft und Bescheid zu wissen.

Sie hatten nicht viel Geld. Doch das war okay.

Prue schnaufte. Die alte Maus in Chili zwackte sie, die Tunke war scharf, und Prue überlegte, ob sie Lila nicht doch höflich etwas davon abgeben sollte.

Geht's dir gut, Prue? fragte Lila. Sie musterte die Katze argwöhnisch.

Prue zirpte. Sie lächelte, mit geschlossenen Augen. Sie brummte, ihre Barthaare zitterten. Sollte sie schnell und unauffällig in die Reisetasche kotzen?

Liebe Prue, sagte Lila. Wir sind ganz allein.

Lila schluckte. Was war nur mit der Wolke? Sie wurde größer. Ein schwarzes Irgendwas, das sich bald gnadenlos ausschütten würde. Hoffentlich schafften sie es zum Campingplatz und wurden nicht schon beim Aussteigen klatschnaß.

Die Miete, die Paul für die Wohnung in der Magnolienstraße zahlte, war erträglich. Sie besaßen kein Auto, kauften nichts, nur auf dem Trödel und im Ausverkauf. Luis brachte, wenn es ihm einfiel, von unterwegs das eine oder andere mit. Sie fragten ihn nie, woher er es hatte. Luis fuhr noch als Kurier, manchmal arbeitete er stundenweise auf Wochenmärkten. Frauen, die sich in ihn verliebten, was alle zwei Tage vorkam und nichts bedeutete, liehen ihm Geld. Sein Vater schickte ihm unregelmäßig einen Scheck. Für Kino, Bücher, kleinere Anschaffungen (Paul sparte nie an Lebensmitteln) hatten sie eine *Piranha*-Kasse, aus der sich jeder nehmen konnte. Luis war freundlich, er schrieb immer auf, wenn er sich ein paar Mark genommen hatte, zahlte sie zurück. Als er, wann war das gewesen? in einem früheren Leben?, noch Koks vertickte und kleine Mädchen schlecht behandelte, hatte er so viel Cash gemacht, harte Dollars, daß er damit die Wände seines Hauses tapezieren und die Fußböden hätte auslegen können. Luis hatte Geld gefressen. Aber das war vorbei, und er redete nicht mehr darüber. Er war sehr diskret. Merkwürdigerweise war er das, ja, dachte Lila.

Was würde geschehen, wenn Paul nicht wiederkam? Ein unheimlicher Gedanke. Was können wir tun, Prue? murmelte Lila. Wieder blitzte es. Ganz schwach, der Blitz war nur ein Zacken, ein flüchtiger Lichtstrahl, und es war kein Donner zu hören. Hatte sie Vollmacht für das Konto? Draußen war eine unwirkliche, staubige Leere. Ein Rabenvogel flog von einem Kieshaufen auf. Sie könnte in einer Eisdiele arbeiten, oder Blut spenden, dachte Lila. Das Licht war sehr schön, der Himmel senfgelb und düster. Sie sah schon den See. Lila fühlte sich, als hätte sie nächtelang nicht geschlafen, und sie sehnte sich nach einer Zigarette. Der Busfahrer sang jetzt laut *Return to sender*. Es saß nur noch ein Junge mit geschorenem Kopf ganz hinten im Bus.

Wohin könnten sie gehen, Prue und Lila? Bei Rose war kein Platz, und in Luis' Zimmer, das über einer chemischen Reinigung lag, am andern Ende der Stadt, hielt sie es keine fünf Minuten aus.

Zum ersten Mal an diesem Nachmittag fürchtete sie sich. Mit der Furcht war es wie mit einem Lied. Sie weckte einen auf, roh und heimtückisch, und es blieb keine Zeit, sich umzudrehen und sie anzuschreien. Die Furcht war plötzlich da. Wie ein Nikotinflash.

Wie immer ist alles meine Schuld.

Elvis hatte nicht einmal ihrer Mutter gefallen, und für Crissi kam er gleich nach Jim Beam und Mick Jagger.

Paul, sagte Lila. Paul!

Die geile Schwuchtel.

Wie? Lila sah auf. Was wollte die Dumpfbacke neben ihr?

Schägger, fistelte der junge Kerl mit der Glatze. Er war von der letzten Sitzreihe nach vorn getrabt, stand im Gang, als sei er ein Motor, der warmlief, bevor die Bombe im Handschuhfach zündete.

Der hat 'ne Fresse wie 'n Wasserhahn. Jede Menge Bakterien. Er grinste.

Seeufer. Bootsanleger, rief der Busfahrer.

Hatte sie *Jagger* gesagt? Laut? Oh, verflucht. Sie führte Selbstgespräche. Lila stemmte die Handballen gegen den Sitz, legte den Kopf auf ihre Knie und atmete ein paarmal ein und aus. Sie kannte sich. Sie konnte fies sein.

Versuch nicht, mich aufzuheitern, Kleiner, sagte sie matt.

Ich muß hier raus. Kommst du mit? trötete Glatze.

Er kickte mit seinen Doc Martin's in die Luft, brüllte, warf sich zurück. Winkelte sich um die Haltestange und riß an seinen weißen Schnürsenkeln. Er war ein pickliges Bürschchen, höchstens fünfzehn, seine Hosenträger hingen herunter. Er hechelte, wischte sich pausenlos über das Gesicht.

Der Busfahrer hatte seine Elvisnummer gestoppt und starrte durch den Spiegel zu Lila und dem Weichei, das sich hinter ihm aufspielte.

Ich mach da gleich mal mit, Arsch, grunzte er. Versaute der ihm den Refrain! Arbeitslager, knurrte er.

Hau ab, sagte Lila. Prue? Vorletzte Station. Wir sind gleich da.

Lila griff nach der Reisetasche. Sie zog ihre Sandaletten an. Rutschte vom Sitz und verschwand fast unter der Bank. Prue. Kommst du?

Scheiße, Fotze, rief Glatze. Scheiß Schägger. Scheiß auf deine Katze! Weißer Arischer Widerstand! schrie er, hechtete aus dem Bus, der so schnell anfuhr, bremste, wieder anfuhr, daß Glatze, zwei Finger zum V-Zeichen gespreizt, drippelnd und krähend und weil er sich umschaute, in den Bus glotzte, das Trittbrett verfehlte und auf den Asphalt knallte.

Kann man nichts machen, sagte der Busfahrer und hupte.

Elvis liegt Ihnen. Hab ihn noch nie so gut gehört. Return to sender klingt ziemlich echt, rief Lila unter dem Sitz hervor. Prue. Spring in die Tasche, sagte sie streng.

Ist 'ne Bestimmung. Der Fahrer lachte. Könnten Brüder sein, Elvis und ich.

Lila klatschte in die Hände. Bist du ausgestopft? fragte sie und schnalzte. Sie nahm Prue, die teilnahmslos schnarchte, küßte sie und zwängte sie in die Reisetasche.

Bestimmung?

Lila krabbelte hoch, ließ sich wieder auf ihren Sitz fallen und pustete eine Locke aus ihrer Stirn. Die Wolke war jetzt genau vor ihnen und sah ungemütlich aus.

Kennen Sie das nicht? Daß man verrückt nach etwas ist? fragte der Fahrer.

Lila schüttelte den Kopf.

Sie sehen mir aber ganz so aus, als wüßten Sie's.

Lila antwortete nicht.

Wissen Sie, was Sie tun? fragte Elvis. Ich meine, wir sind gleich da. Das gibt 'n Guß. Der erste Tropfen. Essig mit Grillen. Shit. Sie können 'n Stück mitkommen. Merkt keiner. Wenn Sie 'n Mund halten. Bis zur Einfahrt vom Campingplatz. Da wende ich.

Danke, sagte Lila. Sie stand vom Sitz auf. Stellte Prue auf den Gang. Sie war hungrig.

Meine Freundin wartet auf mich, murmelte Lila.

Ihre Fußknöchel waren geschwollen, die Riemchen der Sandaletten schnitten ein, und sie hatte eine Laufmasche. Am liebsten wäre sie zu Prue in die Tasche gekrochen. Sie war ein verlorengegangenes Stück Gepäck, sie roch schlecht. Ihre Wünsche waren nie erfüllt worden. Sie war bissig wie eine Schnappschildkröte, ihr Panzer war an einer empfindlichen Stelle gerissen. Jemand hatte sie ausgesetzt, brutal und ohne Skrupel, und sie schwamm in einer Kloake. Sie war kurz davor, sich das Genick zu brechen.

Rette mich, flüsterte Lila. Es tat gut, sich zu bemitleiden. Entschieden nicht das, was sie von sich erwartet hatte. Ein einfaches *Ja, Paul, Nein, Luis,* oder umgekehrt, hätte genügt. Ja und nein waren schwierige, frivole Wörter! Sie waren zu simpel. Sie ließen einen weinen und richteten selten Gutes aus, nichts, wovon sie sich irgendwas versprach, einen Schatten, ein Grün, Freundschaft, eine konstante Temperatur oder Blaubeerkuchen.

Elvis, sagte der Fahrer. Ist 'n Kapitel für sich.

Er schlug mit seiner behandschuhten Faust auf das Lenkrad. Wir waren sogar schon mal in Memphis, meine Frau und ich. Früher war ich nicht so ruhig, wissen Sie. Ich war viel unterwegs, mit Lastwagen und so. Hatte 'ne große Fresse und hab geklaut, auch mal 'nen echten Bruch gemacht. Mehrere. War nicht schön für meine Frau. Und dann kam Elvis. War 'ne ganz schnelle Entscheidung von mir. Elvis, oder wieder Bau. Wär immer so weitergegangen. Ich hab was hinter mir. Sieht man mir nicht an, ha? Der Fahrer lachte.

Na, ich singe eben gern, sagte er. Und Sie?

Ich kann nicht singen, sagte Lila leise. Leider. Prue singt. Sie stand jetzt direkt neben dem Fahrer, neben Elvis. Lila kicherte. Die Reisetasche zwischen ihren Beinen machte einen Satz und Lila stellte einen Fuß darauf. War einer erst mal weg, kam er nicht wieder. Lila schaute durch die Windschutzscheibe. Der Bus fuhr an der Endstation vorbei, über einen Sandweg rüber zum Parkplatz.

Du behandelst mich nicht wie einen Freund, hatte Luis vorgestern, oder war es gestern?, gesagt.

Du bist nicht mein Freund. Das war deutlich.

Ich werde mich nie wieder mit einem Mann einlassen, dachte Lila. Ich bin fertig, sagte eine Stimme in ihr, und die Stimme klang hoch und piepsig.

Lila preßte eine Hand auf ihre Stirn, beugte sich vor, um die Wolke, die im Moment bei den Ginsterbüschen und den drei Eiben am Eingang des Campingplatzes angelangt war, zu betrachten. Es regnete.

Der Bus hielt. Der Fahrer öffnete die Türen. 'n Guß wie aussm Eimer. Wie ich's gesagt hab. Schaffen Sie's? fragte Elvis, pfiff durch die Zähne. Mein lieber Schwan. Sie haben aber 'n Glück. Raus, rief er und fing mit *Muß i denn muß i denn* an, und Lila flüsterte – Danke. Und stieg aus.

Fahrn Sie mal wieder mit mir.

Kein Fehler, Sie zu kennen.

Lila winkte. Sie duckte sich. Der Regen prasselte. Große, schwere Tropfen. Sie würde nichts überstürzen, und wenn es sein mußte, in ein Loch von einem Zimmer ziehen und sich um eine Stelle im Tierheim bewerben. Es war so einfach, etwas Vernünftiges zu tun. Sie mußte nur den nötigen Mut aufbringen. Lila zog den Kopf ein. Der Bus fuhr um sie herum. Sie wartete, bis er wieder auf dem Sandweg war, streifte ihre Sandaletten ab, schulterte die Reisetasche und rannte los.

Prue miaute. Lila ließ die Tasche fallen. Die Katze sprang heraus. Sie schüttelte sich. Der Blick, den sie Lila gönnte – *Prue, Süße,* stöhnte Lila –, war haßerfüllt.

Regen. Ja, was kann ich dafür? Prue, sei gut!

Prue schoß davon. Sie flitzte unter der Schranke hindurch, über den Platz, auf dem kein einziger Wagen parkte, zum Klohaus hinüber.

Prue! schrie Lila. Warte.

Rose würde sie steinigen. Lila zwängte sich durch das Drehkreuz. Warf die Sandaletten in die Ginsterbüsche. Jemand würde sie finden, vielleicht ein Waschbär.

Lila hatte wieder mal Geld verplempert. Pauls Geld. Paul. Dieser Mann bedeutete Schwierigkeiten. Vorbei und Aufwiedersehen. Wohin mit der Reisetasche? Prue war verschwunden.

Ich mochte dich nie! schrie Lila die Tasche an. Sieh zu, wo du bleibst.

Sie trat nach dem Ding. Oh, es gefiel ihr. Trat nach Prue, nach Paul, nach Pauls Mutter, nach Tomás – Luis kriegte einen Tritt gratis – und rannte weiter.

Mittlerweile war Lila hysterisch. Sie dachte an Stromschläge, an zusammenkrachende Bäume und Schlammlawinen. Über dem Kiosk blitzte es. Ein ohrenbetäubendes Krachen folgte. Gleich hatte sie es geschafft. Lila war bis auf die Haut naß. Rose mußte auf dem Platz sein. Wenn sie nun nicht da war? Rose hatte sie noch nie im Stich gelassen. Die Tür vom Bauwagen war zu. Soviel konnte Lila erkennen. Liebe Rose, murmelte sie beschwörend. Sie könnten Gemüsenbrühe aus dem Glas mit Wasser verdünnen und aufkochen und dazu Eier mit getrockneten Pilzen braten. Sie konnten später, wenn es zu regnen aufgehört hatte, essen gehen. Lila würde Rose einladen, aber Rose würde die Einladung nicht annehmen.

Lila zerrte an ihrer Strumpfhose. Zog sie aus und schlang sie sich um den Hals. Ich möchte, daß du mich nach nichts fragst, flüsterte sie.

Der Regen war warm, er schmeckte bitter; neben ihr roch es nach Kaninchen. Hatte sie eine Halluzination?

Ich mag dich, Rose, murmelte Lila, während sie lief und es blitzte und der Regen auf sie herunterklatschte. Ich werde dir bis ans Ende der Welt nachlaufen, sagte sie.

Sie würde mit dem Lügen beginnen, sofort. Und niemals mehr irgendeinen Menschen nah an sich heranlassen.

Rose? rief Lila.

Ich war im Kino, rief sie. Wir sind zu spät. Tut mir leid. Paul ist fort. War Luis bei dir? Rose?

Der Junge tanzte im Regen. Er war splitternackt, er schwang einen Schrubber. Neben ihm, auf einem umgedrehten blauen Eimer, hockte eine Ratte. Der Junge hielt den Schrubber wie einen Taktstock, redete auf ihn ein und stampfte rhythmisch mit den Füßen. Grüne Lebensmittelfarbe rann über seinen Rücken. Er tanzte schnell und geschickt, umarmte einen Widerstand. Jagte umher, griff jetzt nach etwas, was ihn an sich zog und dem er sich entgegenwarf. Mit voller Wucht, wieder und wieder. Er lachte. Er tanzte gut. Tanzte im Kreis und um den Eimer. Die Ratte pfiff.

Tim?

Mahatma, rief der Junge.

Lila kannte Tim. Er gehörte zu den *Koala*. Sie lungerten bei Oma Bieber herum, legten Feuer in Hühnerhöfen. Lila hatte kaum je ein Wort mit Tim gewechselt, ihn nie richtig angesehen, denn er verdrückte sich, wenn er sie nur kommen sah. Und er war nur selten da. Rose meinte, er sei ein Alien in einem Lernschwimmbecken, in dem lauter Vierjährige paddelten. Tim machte Musik. Soviel wußte Lila. Sein Onkel betrieb einen Puff; ein notorischer Pleitegänger und übler Loddel.

Die Ratte hatte nur drei Pfoten, und Tim nervte, verliebte sich immer in die falschen Mädchen. Tim war bescheuert und aufdringlich. Aber eigentlich war er hübsch. Verflucht, dachte Lila. Warum hatte sie nie mit ihm gesprochen? Er war nackt. Auch das noch.

Klecks tut nichts, rief Tim.

Wer war Klecks? Die Ratte?

Wo ist deine Katze? fragte der Junge und tanzte weiter. Er lachte. Er war so voller Freude. Der Regen schien ihn nicht zu stören. Im Gegenteil.

Rose ist weg, rief Tim. Seine Stimme klang atemlos. Vor einer Stunde. Mit einer Frau.

Er nickte, tanzte auf Lila zu.

Was? fragte Lila.

Sie starrte Tim an, der vor ihr stehenblieb, sich wiegte, aufstampfte und sie anschaute.

Ja. Hat sie dir nichts gesagt?

Rose? fragte Lila beklommen.

Sie sind fortgefahren. Ich weiß nicht, wohin. Ist das so wichtig? fragte Tim.

Er blinzelte, noch immer lachend, mit geöffnetem Mund, und er keuchte.

Was tust du mit dem Schrubber?

Lila konnte nicht glauben, was er ihr da sagte. Rose war fort?

Oh. Der Junge wurde dunkelrot.

Und dann sagte Lila – später würde sie sich nicht mehr daran erinnern, doch Tim würde es – Ich hasse dich. Sagte es und setzte sich dort, wo sie stand, genau vor Tim, vor die Ratte und den blauen Plastikeimer, in den strömenden Regen auf den Kies. Die Ratte schlug einen Purzelbaum und schniefte.

Lila schwieg. Alles war zu Ende. Es goß. Ein Blitz züngelte über dem Bauwagen, weit hinter ihr leuchtete ein Regenbogen. Elvis tauchte auf, fett, mit einem Bananensandwich und einer Lakritzstange im Mund, eierte über den Platz, verschwand.

Ich hasse dich.

Mich? fragte der Junge erschrocken.

Niemand war bei ihr, nur der Regen und ein nackter Irrer mit einer Ratte, die Schnupfen hatte.

Der Schrubber? Hat nichts zu bedeuten. Es ist –. Es war niemand hier. Der Regen ging los. Ich habe geputzt. Den scheiß Kiosk von meinem Onkel. Und dann – Tims Stimme erstarb.

Was ist mit dir?

Eine Weile war nur der Regen zu hören. Und der Donner, das Schniefen und Knabbern der Ratte. Die Bäume rauschten.

Bist du traurig? fragte der Junge.

Warum antwortete sie ihm nicht? dachte er. Sie hieß Lila. Sie war die Freundin von Rose. Sie hatte schönes Haar. Er hatte sie und Rose belauscht. Nicht oft. Hin und wieder. Er wußte, was sie taten. Im Bauwagen. Er hielt sich nie lange mit ihnen auf, aber er mochte ihre Stimmen. Die Art, wie sie lachten, seufzten, miteinander flüsterten. Manchmal kamen zwei Männer auf den Platz. Der eine ging wie jemand, der ein Haus baute und in sich wohnte; er war ein Haus. Der andere, er war jünger, blond, hatte niemals eins besessen, oder, das Gegenteil war möglich, er hatte in so vielen Häusern gewohnt, daß er die Schlüssel ständig verlor. Und er hatte gefährliche Augen, dachte Tim. Der Blonde. Der mit den vielen Häusern. Bewegte sich wie einer, der tot war.

Komisch. Nichts stimmte. Was sollte er tun? dachte Tim. Klecks saß auf dem Eimer, putzte ihren Schwanz. Tim war nackt, er hörte eine Musik. Reggae, in seinem Kopf. Er war Bob Marley. Und da war der Schrubber. Der Junge lachte. Hell und kindlich. Wie sah er aus? Wie ein bekloppter Arsch! Scheiße. Unglaublich. Was für ein Tag!

Zieh dich aus.

Lila spürte eine Hand in ihrem Haar. Sie hockte auf dem Kies, sie schluchzte.

Zieh dich aus, sagte Tim leise und ernst.

Hast du meine Katze gesehen? fragte Lila.

Ihre Augenlider flatterten. Sie fror. Tim konnte unmöglich ... Nein. Das konnte er nicht. Tränen liefen über Lilas

Wangen. Die Strumpfhose hing um ihren Hals. Zu Hause war noch Wäsche in der Maschine, und sie hatte die Fenster offengelassen. Der Eisschrank leckte; im Kühlfach war sicher eine Überschwemmung.

Hörst du, was ich sage? fragte Tim.

Lila schluckte. Sie blinzelte, hob den Kopf. Tim kniete neben ihr. Seine Augen blickten neugierig und freundlich.

Die Ratte, die vor Nässe triefte, pfiff asthmatisch, hopste vom Eimer, wischte mit dem Schwanz über Lilas Zehen. Ihhh. Lila betete, es möge Klecks nicht einfallen, unter ihr Kleid zu kriechen. Sie hatte bekommen, was sie wollte. Jede Menge Besessenheit, und das war das Resultat.

Tu sie weg, flüsterte Lila.

Tim, sagte sie. Die Ratte!

Es ist nicht wahr, dachte Lila. Du lieber Himmel. War sie im falschen Film? Der Kühlschrank, dachte sie. Ob Luis –? Er hatte den Schlüssel. Oft vergaß er ihn, kam dann doch hinein. Durch die Tür, mit einer Kreditkarte. Wo hatte er das gelernt? Türen zu öffnen, ohne einen Schlüssel zu benutzen? Wer hatte es ihm beigebracht? Prue? Und woher hatte er die Kreditkarte?

Lila schlug nach Klecks, die empört fiepte, zurücksetzte und wieder auf den Eimer sprang.

Es hilft, sagte Tim.

Er fing an, Lilas Kleid vorn über der Brust aufzuknöpfen.

Bist du verrückt?

Niemand sieht uns, sagte der Junge leise. Komm.

Die Ratte, flüsterte Lila. Sie deutete auf Klecks. Ich bin so hungrig, flüsterte sie zusammenhanglos.

Klecks? Na und? sagte Tim leichthin. Wir tanzen zusammen. Er lächelte. Du wirst sehen, es hilft. Ich weiß es.

Geh weg, sagte Lila. Aber sie rührte sich nicht. Sie sah Tim an. Sie hatte ihren Einsatz verspielt. Banal. Nun ja. Sie war eine schlechte Spielerin, und nun war es sowieso egal.

Warum gingen alle Menschen, die ihr etwas bedeuteten, von ihr fort? Halbierten sie, bis sie die Stücke, aus denen sie bestand, nicht mehr wiederfand, zerschnitten sie wie einen Regenwurm. Sie war so begabt für die Liebe, doch niemand wollte es wirklich von ihr wissen. Sie löste Panik und Verwirrung aus; alles blieb frostig, nichts ordnete sich. Keiner wollte begreifen, wozu sie imstande, wozu sie fähig war. Es war so herzlos, und sie fürchtete sich.

Rose hat Gemüse gekocht, sagte Tim, während er Lila geschickt das Kleid über den Kopf zog.

Dein Kleid gefällt mir, sagte er rauh. Sie hat auf dich gewartet. Rose. Er nickte. Bis vor einer Stunde. Aber du bist nicht gekommen. Sie hat nicht abgeschlossen. Wir können das Gemüse essen, wenn du magst. Fenchel. Und noch etwas. Ich weiß nicht. Zwiebeln. Es reicht für uns zwei. Und für Klecks. Und für deine Katze ist auch noch was da.

Steh auf. Laß uns tanzen, sagte Tim bittend.

Ich kenne dich gar nicht, sagte Lila und kniff sich ins Bein.

Tim hielt ihr Kleid. Sie legte die Arme um ihre Schultern, hockte auf dem Kies, ihre Füße waren eingeschlafen.

Nimm die Strumpfhose von meinem Hals, befahl Lila heiser. Ich sehe albern aus. Sie sog den Atem scharf ein.

Sie hustete, leckte die Tränen von ihrer Oberlippe. Die Ratte, die den Tag nicht überleben würde, darauf wettete Lila, musterte sie listig.

Wo ist das Problem? fragte Tim.

Es gibt keine Musik, schluchzte Lila.

Die Tränen machten sie blind. Sie schluckte krampfhaft. Sie fühlte sich klein und dumm und am Ende. Wie konnte sie vor dem Jungen nur so rumzicken. Sie verlor die Nerven. Ich bin die Musik, sagte Tim.

Klecks röchelte. Bildete Lila es sich ein, oder kicherte das gräßliche Tier, das bloß noch aus Schwanz und Augen zu bestehen schien? Klecks knuspelte, fraß einen Kieselstein und kicherte. Tims Stirn berührte Lilas Gesicht. Der Skorpion über der linken Augenbraue des Jungen zuckte, als er Lila, seltsam, er tat es einfach, auf die Nase küßte, die Strumpfhose wegnahm und ihr den kleinen Finger in den Mund steckte. Sie war zu verblüfft, um nicht zu gehorchen. Also öffnete sie den Mund. Sie biß sofort zu, saugte an dem Finger.

Tim lächelte nicht, nickte nur. Drückte kurz und schmerzhaft ihre Handgelenke. Dann ließ er Lila los, er stieß sie. Sie fiel fast hintenüber. Tim griff nach ihr, entschlossen, griff unter ihre Achseln. Er zog sie hoch, auf die Füße und küßte sie auf den Mund.

Lila schrie auf. Laß, sagte sie.

Tim machte einen Schritt rückwärts, er reckte die Arme. Er lachte laut. Rannte um den Eimer, kam zu Lila zurück.

Ich brauche dich nicht, flüsterte Lila.

Und ob du mich brauchst.

Wo war Klecks geblieben? *Und ob du mich brauchst.* Das war eindeutig Luis' Stimme. Es roch noch immer nach Kaninchen. Hinter Lila quietschte ein Scharnier. Die Ratte war weg. Wind kam auf. Ein Ast knallte auf ein Autodach.

Der Wind kam von vorn, vom See. Überall war der Regen, ein dichtes Gitter. Blätter und Wimpel von einem Zelt wirbelten über den Boden. Sie bestand nur aus Wasser, sie löste sich auf. Ich brauche dich nicht, sagte Lila laut, wrang kurzentschlossen ihr Haar aus. Eine Fensterscheibe klirrte.

Tim hatte ein schmetterlingförmiges Muttermal unter dem rechten Rippenbogen, und der bloße Anblick von Roses Tür bewirkte, daß Lila nüchtern wurde und zu schluchzen aufhörte.

Hast du eine Zigarette? fragte sie in den Regen.

Zu spät, dachte sie. Gott, die anderen durften nie erfahren, was für einen Auftritt sie hier lieferte.

Eine Zigarette, sagte Lila kalt und sah an sich herunter. Sie war gaga. Absolut. Hysterisch.

Zicke, flüsterte sie.

Dein Unterrock, sagte Tim. Zieh ihn aus. Er reichte Lila die Hand.

Ich rauche nicht. Der Junge zuckte die Achseln.

Musik, dachte Lila.

Ein Blitz fuhr in die Ulme. Sie drehten sich beide gleichzeitig um, sahen hinüber.

Welche Musik? fragte sie. Sie mußte lachen. Das hatte sie nun davon, daß sie unpünktlich war und Rose hatte warten lassen. Der nächste Blitz würde sie und den kleinen Schwachkopf treffen. Schön. Nur zu. Sie hatte es nicht besser verdient. Lila nestelte an den Trägern ihres Unterrocks.

Und weiter? fragte sie ärgerlich. Fällt dir etwas ein? Ja? Sag. Da bin ich aber gespannt. Sie ließ den Unterrock fallen. *Musik,* sagte sie. Du bist doch so 'n Schlaukopf. Herzchen. Hm? Ich höre.

Schlechtes Karma, flüsterte Tim.

Wie?

Ich weiß nicht, sagte er.

Warum war sie so wütend? Tim strich vorsichtig über Lilas Schulter, die kräftig, blaß und voller Sommersprossen war, über ihren Arm. Er streichelte ihr Haar. Schaute in ihre Augen, er schluckte. Sie war wütend. Er fand sie aufregend, sie war ausgeflippt; vielleicht war sie lesbisch? Unwichtig. Er dachte nicht zweimal darüber nach. Sie weinte nicht mehr. Also hatte er das Richtige getan. Hatte sie überrascht. Sie schwamm sicher viel, ihre Schultern fühlten sich gut an. Sie war viel draußen, viel unterwegs. Ihr Blick war direkt. Sie hatte ein paar winzige Falten um die Augen, und jetzt schnappte sie nach Luft. Sie knurrte, sah ihn drohend und irgendwie amüsiert an. Gerade und taktlos, als wollte sie ihn dazu bringen, den Mund ganz weit zu öffnen, um hineinzuschlüpfen, durch seine Kehle und hinunter in seinen Magen.

Musik, dachte Tim. Aber da war doch schon eine Musik; sie war die Musik. Wußte sie es nicht? Was wollte sie? Und sein kleiner hübscher Schwanz richtete sich auf, und er sagte, entschuldige, oh, wie peinlich, er schämte sich.

Entschuldige. Bitte entschuldige, flüsterte Tim.

Karma, wie? fragte Lila und grinste.

Sie grinste. Oh, bitte, nicht so, dachte Tim. Bitte schau mich nicht so an.

Sie sahen einander in die Augen. Zwei Verrückte, dachte Tim. Jemand würde kommen und den Platz in die Luft jagen, auf dem die Hitze über den Zaun kroch. Er war der Mann mit der Fledermaushaut, nackt und wehrlos, und sie hatte die Streichhölzer. Sein Onkel würde ihm die Fresse polieren, wenn er dahinterkam, was er hier trieb, dachte Tim.

Elvis, sagte Lila. Wie wäre es mit Elvis?

Sie tastete nach dem Skorpion über der Augenbraue.

Mach dir keine Sorgen, flüsterte sie.

Konnte sie Gedanken lesen? fragte sich Tim. Elvis?

Ich bin zu alt, murmelte Lila.

Nein. Warum sagst du das?

Im Moment sah sie aus wie vierzehn, sie kicherte. Sie faßte nach Tim. Er schloß die Augen und stöhnte. Umarmte sie und bedauerte, daß er nicht rauchte. Eine Zigarette, dachte er, eine Zigarette!

Elvis. Schön. Wenn du magst, stöhnte Tim.

Seine Stimme war ihm fremd, er krächzte.

Sie brachen in Gelächter aus. Lila lachte laut und ungestüm. Sie lachte und lachte.

Die Schwammbacke, keuchte Tim. Elvis! Wenn's das ist, was du willst.

Weißt du, was ich will?

Sie schauten auf ihre Füße, atemlos: bewegten sich im Regen. Über ihnen blitzte es.

Deine Füße, schrie Tim.

Sie tanzten. Sie waren wie Unkraut, waren ein brennendes Streichholz, das auf einem nassen Rasen niederfiel und zischte. Nichts blieb von ihnen übrig. Nicht mal ein Rauchkringel, nicht einmal die Stelle im Gras, wo es hingefallen war. Keine Spur, nichts. Nada, dachte Lila, während Tim sie küßte und sie hinfielen, auf die Erde in den Regen. Herumrollten und schluchzten.

In dem Augenblick schrie der Vogel. Später würden sie nicht wissen, ob er wirklich dagewesen war oder ob sie ihn sich nur eingebildet hatten. Es war ein großer Vogel. Ein Reiher. Ein junger Reiher, behauptete Tim, sooft Lila ihn fragte. Doch woher wollte er das wissen? Es hätte jeder beliebige Vogel sein können. Irgendein Vogel.

Ein Reiher, beharrte Tim.

Der Reiher schrie. Flog dicht über ihre Köpfe und über sie hinweg. Zu Roses Bauwagen hinüber, auf das Dach.

Flog wieder herunter, setzte sich auf die oberste Treppenstufe. Dort blieb er eine Weile sitzen.

Tim sah ihn aus den Augenwinkeln, während er Lilas Herzschlag spürte und sie ihn boxte. Aber es tat nicht weh. Sie boxte ihn, und es tat nicht weh. Die Zeit lief vorwärts, er war mittendrin.

Ich liebe dich, sagte Tim, als er kam. Ich liebe dich.

Er war so überrascht. Er grub seine Nägel in Lilas Arm, schrie auf und lachte.

Luis geht und schaut sich um

Zwei der Geister, Fus kopflose Schwiegermutter und eine der Schwestern, schwebten über der Feuerleiter in der Sonne, als Luis sein Rad gegen die Hauswand stellte.

Die Geister in ihren blauen Mänteln kicherten. Luis wußte, daß sie ihn beobachteten, sich über ihn lustig machten, aber er schaute nicht zu ihnen hinauf. Statt dessen musterte er die Abflußrinne, mit einem Gesichtsausdruck völliger Unschuld und Kälte. Sie hatten es auf die Bulldogge abgesehen, die im Schatten neben den Mülltonnen schlief.

Gespenster beachtete man besser nicht, forderte sie nicht heraus. Sie waren in der Lage, einem auf den Rücken zu springen, den Atem stillstehen zu lassen, bis man sich wie ein Affe auf Turkey fühlte, wie geschmolzener Käse, bis man vor Angst aus der Haut schlüpfte, schwach wurde, sich verriet. Wünsche stammelte und den eigenen Namen nannte. Immer wieder. Luis. Ich. *Ich* zu schreien, es nur zu denken, war gefährlich. Man fing dann an, sich Wege und Richtungen vorzustellen, die man einschlagen könnte. Wege durch hohes Pampagras, Dschungelpfade. Kilometerlange abschüssige Asphaltpisten, die an Felsplateaus endeten, irgendwo in den peruanischen Anden. Aber würde man allein gehen wollen? Und natürlich ging man ins Nichts. Darauf kam es an. In ein Nichts hineinzurennen, ohne Selbstachtung. Wer würde einem folgen?

Als könnte man, indem man ich sagte, irgend etwas retten. Sich selbst, worauf lief es sonst hinaus? Oder die Frau neben sich. Falls eine da war, und nicht bloß eine Drahtschlinge um den Hals. Nur so ein Loch, für das man durch drei Länder getrampt war, um am Ende, durstig, dreckig, ohne eine Peseta, vor einer verrammelten Tür zu stehen, hinter der fünf Kerle, Wichser, stumpfsinnig und alle auf einmal an ihr rummachten. Und sie sagte – wie hieß sie? – besoffen und voll Dope, *ich möchte ein Baby haben.* Sie kriegte eins, die bescheuerte Nutte. Pepa, wie immer sie sich genannt hatte. Er erinnerte sich nicht. Es war zu lange her. Aber nicht von ihm. Kein Baby, nein. So weit hatte er es nie kommen lassen. Gott, sie war wie ein Ventilator. Eine heiße Luft, und so schmutzig.

Damals trug er schwarze Sonnenbrillen und Ohrstecker, Rubine, im rechten Ohrläppchen. Ein aufgeblasener Angeber. Genau das war er gewesen. Stolz, hola. Und so gemein war er überall aufgelaufen, mit seiner selbstsicheren, arroganten Stimme, die ihm dünn vorkam, klein und verlogen, und die er nie unter Kontrolle hatte. Seine Hände zitterten schon früh am Morgen, wenn er die Augen aufschlug, rachsüchtig und aggressiv, und er die Möse, die neben ihm sülzte, wo hatte er sie aufgegabelt?, aus dem Bett schmiß, nicht ohne sie vorher noch zu bequatschen, damit sie es ihm besorgte. Auf die Schnelle, risikoreich. Darauf war er aus. Ohne ein Lächeln und ohne Gummi.

Ich. Ja, und? Weiter. Wo blieb der Refrain? Ich. Beknackter Gedanke.

Luis lehnte sich an die Hauswand.

Ich taugte nicht. Die Lektion hatte er gelernt. Die Wand war warm. Es roch nach Zwiebeln. Luis sah ein Pfauenauge, so früh im Jahr, und eine gezackte weiße Linie am Himmel.

Eine gepreßte Männerstimme rief: Kommst du? Niemand antwortete. Kommst du!

Wunderbar. Ja, ich komme, dachte Luis.

Ein Kind hangelte aus einem der Fenster. Hund, schrie das Kind. Hund.

Armer Hund, dachte Luis. Über den Dachgarten der Versicherung, einem Klotz aus Waschbeton, flog der Rettungshubschrauber. Zu seinen Füßen, er hätte so gern ein paar Walnüsse gegessen, jetzt, in dieser Minute, stand *Ya Basta!* geschrieben, in einer neongrünen, verschmierten Schrift.

Warum hatte er Ali nicht gefragt, ob er ihm eine Handvoll von den Nüssen abgab, die er in sein Joghurt tat. Ali hatte nicht genickt, als er ihm einen Gruß zurief. Vor noch nicht einmal zehn Minuten. Als er vorm Kino an der Ampel wartete. Ali hielt sich nicht mit ihm auf. Er war freundlich zu ihm, Ali gehörte zu Paul. War ein Genosse. Na, fabelhaft. Genossen. Paul war ein Spinner. Ein großartiger Spinner, durch nichts zu erschüttern. Unwiderstehlich und vernünftig. So schweigsam. Ein Dummkopf. Er liebte ihn! Wirklich? Liebte er Paul? Er würde sie verlieren. Alle beide. Paul und Lila. Es kam immer darauf an, wo man stand. Auf welcher Straßenseite, und von wo aus man herübersah. Er hatte seinen Blick geschärft. War nicht viel wert, der Blick. Wie Filterpapier, in das man Kaffee löffelte. Er war der Bodensatz. Hola, Luis, dachte Luis. Sie waren traurig geworden mit ihm. Traurig miteinander. Er richtete nie etwas Gutes an. Erwachsene Leute stritten sich um ihn. Wie Vögel um einen Brotring. Es war zu hart, und er fühlte sich wie ein Seil, über das sie hüpften, ausgelassen und mutig. Er war nicht mutig. Wer wußte das besser als er. Ihre Liebe machte ihm angst. Er war nicht bereit, sie wiederzulieben. Sie würden ihn doch nur verraten. Er hätte nie zu ihnen gehen dürfen. Er hatte um Hilfe gerufen, und sie hatten ihn gehört. Das war alles. Und es war zuwenig. Warum war er so idiotisch unvernünftig gewesen?

Luis' Augen brannten. Seine Augen fühlten sich heiß an, er zwinkerte. Die Lidränder juckten. Er mußte noch die Tropfen aus der Apotheke holen und Salbe für seine Hände. Das Licht war zu stark, zu hell. Er stand genau in der Sonne, an der Hausecke, eine Umdrehung vom Hinterausgang des Take Away entfernt.

Ein Bandoneon. Jubelnd – Luis neigte den Kopf, er lauschte. Der schüchterne Ton zerriß. Eine Frau gellte: Wo bleibst du? Jemand nölte undeutlich etwas zurück.

Bleibstn du? kreischte es.

War das nicht Mink de Ville? Zwei Stockwerke höher, gegenüber der Garage, die sich gegen die Brandmauer drückte. De Ville legte sich spöttisch über die Frau, ihr Kreischen, über das Bandoneon, das einem Akkordeon, nun einer Posaune wich. Das Häuflein Internationalisten übte tapfer für den Ersten Mai. Wann hatte er zuletzt Mink de Ville gehört? dachte Luis. Lichtjahre her. Der war Buddhist geworden. War clean.

Du bist nicht mein Freund, hatte Lila gesagt. Kleine ungeschickte Lila. Sie machte alles verkehrt. Redete im Schlaf, und früh war sie unausstehlich. Ihre Träume waren fürchterlich. Sie mußte sie ihm erzählen. Obwohl es ihn langweilte und er hoffte, ihr dort im Traum nie zu begegnen. Sie schaute kritisch, woher nahm sie diesen Blick?, ein wenig angewidert, wenn er nicht gleich, nachdem sie ihn wachgerüttelt hatte, den Mund aufbekam. Erzähl mir, sagte sie dann. Ihre Willkür und der Blick, den sie ihm zuwarf – ich habe so hart gearbeitet, und du tust nichts, genau das bedeutete es –, ließen ihn senkrecht im Bett auffahren, sich aufsetzen. Aber er kriegte nie ein Wort raus, nie die Musik, die Lila gefiel. Jedenfalls nicht sofort, nicht auf Bestellung. Sie hatte graue Augen, frostig und ablehnend sah sie ihn an. Morgens um sechs! *Erzähl mir.* Madame war auf Unterhaltung aus. Lila war so anspruchsvoll.

Erzähl ihr eine Geschichte, hatte Paul gesagt, als er ihm nach den ersten Nächten, die er bei ihnen verbracht hatte, gerädert am Küchentisch gegenübersaß, merkwürdig niedergeschlagen.

Dir wird schon was einfallen. Ich bin ganz sicher. Und Paul hatte genickt, ein Tütchen Zucker mit den Zähnen aufgeschlitzt und den Zucker in sich hineingeschüttet.

Zähl bis fünfzig, und dann fang an.

Was gab es da zu erzählen? Jedesmal trat Lila nach ihm. Unter der Steppdecke, erwartungsvoll, entzückt über ihr morgendliches Störmanöver, und er riß sich zusammen, denn das war erst der Anfang. Er wollte seine Wäsche bei ihnen waschen. Er wollte, daß sie ihn anlächelten und küßten, ihm sagten, wie sehr sie ihn brauchten. Wollte, daß sie mit ihm über die Straße liefen, eingehakt, er in der Mitte, ihn bei Einbruch der Dunkelheit ins Haus riefen. Er riß sich zusammen. Erzähl mir. Ihm fiel nichts ein. Chica, sagte er früh morgens um sechs. Na ja. Chica, flüsterte er. Was soviel wie Hühnchen bedeutete, falls man es mit der Übersetzung nicht genau nahm. Oder Schlampe. Kleine Schlampe. Süße. Nerv nicht. Und er küßte Lila. Und Lila lachte, küßte Paul, der mit Pruc das Ende der Fahnenstange umklammerte und um die Steppdecke feilschte. Eigenartige Verhältnisse.

Er hätte alles für dieses Lachen gegeben. Damit war es nun vorbei. Darum stand er hier, an der Hauswand. Luis. Ich. Erzähl-mir-Luis. Um es ihr zu sagen. Ihr und Paul.

Paul mußte es zuerst erfahren. Es war wichtig, daß er es ihm sagte, ihm allein. Es würde einfacher für Lila sein, würde weniger weh tun. Auf gar keinen Fall wollte er ihr weh tun. Scheiße, dachte Luis. Es war mies. Dinge veränderten sich. Sie würde es begreifen.

Lila war wie Zugluft; sie war seine Schwester. Und sie war nicht einmal sein Typ. Aber das hatte er ihr nie gesagt. So grausam war er nicht. Er war nie ein normales Kind gewesen, und auch später, als er seinen Arsch hinhielt und jeder ihn fickte, hatte er nicht darüber nachgedacht, was es sein könnte, das ihn von den anderen ausschloß. Sein Typ waren Jungs. Jungs mit Titten. Falls es darauf ankam, auf Titten, falls es irgend etwas erklärte. Lila hatte eine so weiche, glatte blasse Haut. Er hatte sich, als er Prue in die Quere kam, was nicht hätte geschehen dürfen, in ihre Haut verliebt. Und am selben Abend in Paul. Es war nur ein Unfall gewesen. Nur ein Unfall? Mierda. Schicksal. Vielleicht ein bißchen dick und für einen wie ihn zu pathetisch ausgedrückt. Doch so ähnlich war es gewesen. Luis lächelte.

Die Sonne knallte herunter. Irre, wie warm es war. Dabei war erst April. Sofort hatte er sich verliebt. Kaum daß er in ihrem Bett gelegen hatte, vertrauensselig, mit all seinen Verbänden; Lilas fette alte Katze hockte auf dem Kissen dicht vor seinem Gesicht. Blickte höhnisch an ihm vorbei zur Wand und schnurrte. Prue ließ keinen Zweifel daran, daß er unerwünscht war.

Du bist ein Gangster. Ein Arschloch bist du, Luis.

Hatte er ihr je etwas versprochen? Lila schlug ihn. Noch nie hatte eine Frau ihn geschlagen. Und er, Luis, der Gangster, wär er mal einer, dachte Luis, das Arschloch, hola Luis, ließ es zu; fühlte sich hinterher sogar besser. War das möglich? War das die Strafe? Lila war nicht fair. Sie beobachtete ihn, und was immer er anfing, er hatte stets das Gefühl,

Gegenstand irgendeiner Ermittlung zu sein, die sie führte. Luis zwinkerte. Er mußte schleunigst aus der Sonne.

Lila fraß ihn auf, sie beschimpfte ihn. Und er ging noch los, kaufte Eisenkraut für sie, Mohrrüben, eine Gesichtsmilch, Binden, undsoweiter. Sie machte ihm nie ein Kompliment. Sie schrie ihn an. Es war billig. Er fühlte sich, als wüchse Minze aus ihm. Auf einem Fensterbrett; Prue steckte ihren Kopf in die hartgeklopfte Erde, und Eichelhäher schissen von oben auf ihn hinab. Es war eine Drohung in der Luft, und er hatte jede Menge zu verlieren. Luis seufzte.

Hund! rief das Kind.

Wenn er sich umdrehte, was er nicht riskieren wollte, denn da waren die Geister, würde er es sehen können.

Luis streckte den Arm aus. Das Eis schmolz. Zitroneneis. Für Paul. Ja, wo war Paul?

Luis horchte. Die Geister kümmerten sich nicht um ihn. Offenbar machte die Soligruppe Pause. Sie spielten wie die letzten Henker. Ihr Sänger gehörte auf den Acker. Zum Rübenziehen. Verschärfte Feldarbeit bei Wasser und kollektivem Abschkatschen. *Venceremos* so zu versauen.

Du bist nicht mein Freund.

Wenn Lila wüßte, daß dort, woher er kam, Freundschaft eine Sache zwischen Toten war. Eine Angelegenheit von blutigen Laken, von Paranoia. Sie wußte es nicht. Woher hätte sie es wissen sollen. Er hatte sich verändert. War nicht mehr der Schleimer mit der entzündeten Nase, der in jeder Tiefkühltruhe bequem Platz gefunden hätte. Unempfindlich, abgebrüht. Mister Big Money auf der Überholspur. Er war in viele handliche Stücke portioniert worden, war zerschnitten, gehäutet und zerlegt worden, war x-mal krepiert. Erzähl mir. Er hatte ihr nur wenig erzählt, und das war richtig gewesen. Lila war lachhaft sorglos. Und Paul? Paul wußte es. Von der ersten Minute an. Aber Paul mischte sich nicht ein. Paul lief über die Straße, nie über die Grenze; blieb bis zum Anbruch der Nacht, darüber hinaus, bis der Morgen aufzog, ruhig am Tisch sitzen, neben seinem Großvater. Beschäftigt mit sich, seinen Gedanken. Es war, als hätte Paul Steine in seinen Schuhen, dachte Luis. Als sei er ein Puzzle (er legte es nie richtig, nie zu Ende), und duldete keinen Spielkameraden neben sich. Paul rührte sich nur, wenn die Enttäuschung zu groß wurde und Lila, aus einem schlechten Traum aufgescheucht, rübergehuscht kam, ihn anlächelte, und er, Luis, traumlos, sich plötzlich allein im Bett wiederfand und erschrak. Sich dann aufsetzte, nach ihnen rief. Sie lächelten sich an.

Paul wußte, wer er war, dachte Luis. Aber es war ihm gleichgültig. Paul urteilte nicht. Das hatte ihn anfangs nervös gemacht. War er bedeutungslos? War er nicht mal eine Haferflocke, die am Rand der Teetasse klebte, die Paul selbstvergessen hin und her schob? Viel weniger wert als ein Stern? Sterne interessierten Paul weitaus mehr als das, was sie tun könnten. Miteinander. Sie alle drei. Sich küssen und lachen. Kaffee trinken. Sich ansehen, reden, am Fenster stehen. Nächtelang. Sie hatten es getan. Sich umarmt; einander beschützt. Sie hatten Eis von ihren Fingern geleckt. Hatten miteinander geschlafen, und er hatte mit Paul getanzt. Ihre Gegenwart war kostbar. Er hatte nicht mehr an Koka gedacht, war nur ein einziges Mal weggelaufen – und zurückgekommen. Doch was bedeutete das?

Er hatte sich so sicher mit ihnen gefühlt. Wie Asche in einem Tontopf. Er war herausgefallen. Jemand hatte den Topf genommen und umgedreht, hatte hineingeblasen. Wann war das gewesen? Nachdem Paul mit Rose Meyer ... Vor einer Woche? Oder erst gestern? Paul mit Rose Meyer. Daß Lila mit ihr schlief, schön, war nicht zu ändern. Aber Paul? Luis war auf den Boden gerieselt, Prue hatte ihre Pfote in ihn getunkt, ihn überall verschmiert. Im Spülbecken, an der Jalousie, an Pauls Schulter, an seinem Handrücken. Ein Fleck auf Pauls Schulter, den das Licht reflektierte. Asche. Weniger wert als Engelsstaub; nichts wert. Das war er. Luis.

Erzähl mir. Ein Wesen, das über Böden kroch, mit einer durchsichtigen Haut, die schuppte, voller Fehler. Niemand hatte ihm je zugetraut, aufrecht zu gehen, für sich, geradeaus. Er hatte sich verliebt. Und er hatte gehofft, daß es passieren würde. Er verliebte sich andauernd, in jeder Minute. Halbierte sich, hängte sich irgendwo an. Rannte hinterher, vögelte mit den Augen. Er war die Seife, auf der jede ausrutschte, die ihm im Gedränge, an einer Haltestelle, bei Ali an der Bude, irgendwo, der Ort war nebensächlich, vors Visier kam. Und jede Frau, deren Witterung er aufnahm, glaubte, sich im Badezimmer einschließen zu müssen, mit ihm. Angekettet an den Wasserhahn, denn er versprach ihr alles. Auch die Kosten für den Monteur, bei Überschwemmung, ätzte Rose. Rose war eine verfluchte Lesbe. Mit Lesben hatte er Schwierigkeiten. Sie nahmen ihn nicht ernst. Aber diesmal war es anders. Liebe. Schlicht. Und er mußte es ihnen sagen.

Die gelbe Bulldogge röchelte. Eine Mißgeburt. Sah aus wie ein Schwein. Völlig verkorkster Knochenbau. Wie eine riesige gelbe Rübe schaute sie aus, neben der Tonne. Sie stank, und sie war blöd. Lila ging mit dem Hund spazieren. Der Köter konnte kaum krauchen. Hatte null Chancen. Jeder hatte ihn am Wickel. Daß er überhaupt so lange durchgehalten hatte und nicht unter einem Dreitonner gelandet war. Was logisch gewesen wäre, die einfachste Lösung.

Er würde zu dem Hund hinüberschlendern und ihm von dem Eis abgeben. Das Eis tropfte. Er mochte es nicht essen.

Luis stieß sich von der Wand ab. Er schnalzte leise. Er hatte sein Leben noch vor sich. Hatte eine Wahl getroffen. Sie würden ihn hassen. Vielleicht nicht mal das. Vielleicht würden sie ihn ganz schnell vergessen. Bislang war es immer so gelaufen. Man bestellte Pommes frites und bekam wässrige alte Kartoffeln vom Vortag. Ja und? Sie würden nicht reklamieren. Er war jung, gerade mal dreißig. Früher hatte er andere dafür verantwortlich gemacht, wenn seine Stimme verzerrt und angestrengt klang, seine Haut zwischen den Fingern aufriß und er sich schmutzig und ungeliebt fühlte. Trotzdem war er mutig gewesen, glatt wie poliertes Leder. Er trickste jeden aus, der ihm zu nahe kam. Er war grandios gewesen – er war grandios. Sehr einfallsreich, jede Sekunde bereit, das Gegenteil von dem zu tun, was er am Abend zuvor versprochen hatte. Lächelnd und finster, mit Genugtuung bemerkte er dann, wie alle vor ihm zurückwichen, ihn stehenließen; auffällig schnell den Stuhl wechselten, wenn er sich zu ihnen setzen wollte, sich am Telefon verleugnen ließen. Stoisch zuckte er mit den Achseln. Rief er eben eine andere Nummer an.

Sie waren so zutraulich gewesen, scharf auf das, was sie nicht besaßen, und er hockte drauf. Er war der Stromschlag. War das Gewehr, das auf ihre Köpfe zielte. Die meisten, die er gekannt hatte, waren tot; sie hatten ihn nie mit seinem richtigen Namen angesprochen. Und er hatte keinen Wert darauf gelegt, denn er wußte selbst nicht, wie er hieß, bis Lila es ihm sagte. Er hatte sogar darum gebettelt, in ihrem Bett, während die fette Katze auf ihnen schaukelte und Paul unten bei Fu Go spielte. Luis begann zu zittern. Es war schwer, aber er mußte es ihnen sagen. Paul würde es verstehen, dachte Luis. Würde froh sein, daß er abzog. Rose sowieso. Und Prue würde vor Freude in die Laken pissen. Die Katze haßte ihn aus vollstem Herzen – und er sie; er hatte sie nie betrügen können.

Luis spürte, wie die Wand, an der er lehnte, nachgab. Er hielt die Eiswaffel in der Hand. Sah auf die Schrift, *Ya Basta!,* auf die betonierte Einfahrt, die von der Mitte an leicht anstieg. Er roch die Zwiebeln. Waren die noch immer nicht fertig mit Kochen? Die Soligruppe hatte wieder zu spielen angefangen. Das Kind schwenkte eine Wurst und eine mit Wasser gefüllte Plastiktüte und schrie *Hund!*

Luis schaute vorsichtig um die Ecke nach den Mülltonnen. Die gelbe Bulldogge schmatzte. Ihre Pfoten waren unter dem massigen Kopf gekreuzt, sie lag ruhig, teilnahmslos. Grummelte vor sich hin. Mochte das Vieh überhaupt Eis?

Die Tüte! rief Luis warnend in den Hof, zu dem Fenster hinauf. Ich seh das nicht gern. Verzieh dich, rief er. Denkstn du, wenn ich hochkomme und dir den Hals umdrehe! Ich kann nämlich fliegen. Ich bin ein Vampir.

Das Kind gellte. *Mama,* schnappte es. Blökte ein Wort und streckte Luis die Zunge raus.

Ficker? Hatte er richtig gehört? Aus dem dunklen Raum

griff eine Hand nach dem Kind, fegte es samt Wasserbombe und der Wurst von seinem Ausguck. Geh fernsehen, hörte Luis.

Ich fick deine Mutter, du! Heiraten Sie mich, klang viel besser. Spontane Eingebung. Aber Luis sprach es nicht aus. Reine Zeitvergeudung. War unter seinem Niveau. Früher hätte er ein Luftgewehr geholt, dachte er, lockerte seinen Arm, schüttelte ihn. Oder hätte einen Stein genommen; er wäre im Nu die Hauswand empor. Spiderman. Guten Abend. Hier kommt Köpcke von der Tagesschau. Sie haben ein Problem? Im Internat am Bodensee hatten sie ihn Mutter Teresa genannt, weil er von allen das beste Dope anbot, zu soliden Preisen, und das Koks nie mit Ata streckte, und außerdem konnte er es gut. Überall, bei jeder Gelegenheit. Laken drauf, und drüber. Er war Leichtathlet gewesen, ein Springer. Der Sportlehrer, der in seiner Freizeit Frösche sezierte, ein Melancholiker mit fettigem langen Haar, war sein erster Kunde gewesen.

Geschichten. Weg war das Kind. Scheißkind. Wo war er hier? Wieso wohnten sie ausgerechnet in diesem Junk, in dieser trostlosen Ecke. Mit lauter Unterbelichteten, für die der letzte Zug längst abgefahren war. Aber er hatte es auch nicht besser erwischt; er sollte die Klappe halten.

Er war feige, und das hier war kein Spaziergang, dachte Luis. Am Hals kriegte er ein Furunkel. *Du hast eine so schöne Haut, Liebling.* Que piel mas bonita, mi amor!

Er hatte Vorsätze gefaßt, gute Vorsätze. Was war geschehen? Im Grunde nicht viel. Würden sie ihn gehenlassen?

Er fürchtete sich. Aber das war normal. Halt dich raus. Laß nicht zu, daß jemand sich in dich verliebt. Und wenn, verpiß dich. Wechsle die Straßenseite. Steh auf und verschwinde. In die Nacht; nimm eine Einladung an. Sag nie, daß irgendwer dir etwas bedeutet. Vergiß sie, und stell niemals Fragen.

Vorsätze. Luis kratzte sich. Auf seinen Wangen und um die Nase bildeten sich juckende Bläschen. Er durfte nicht kratzen; er würde Narben zurückbehalten.

Die Sonne spielte verrückt. Es war mehr als seltsam, und er hatte kein Gepäck. Seit er mit den Drogen aufgehört hatte und die Mauer aus Hochmut und Schuld, die er immer spürte, langsam abbröckelte, war er schutzlos geworden. Er hatte sich so viel Unglück angetan, daß ein einziges falsches Lächeln, das ihn streifte, eine unvorhergesehene Berührung, ja, ein total verblödeter murmelnder Hundin einem von der Aprilsonne beschienenen Hinterhof ausreichten, ihn auf die Knie zu zwingen und noch die Steine, die Abflußrinne, die neonleuchtende Schrift anzuflehen, ihn nicht im Stich zu lassen. Bisher war es umgekehrt gewesen. Jetzt war er dran. Er durfte nicht kratzen. War das Rheumatismus? Im Knie? Der stoische, undurchdringliche Ausdruck von Freundlichkeit in seinem Gesicht – er war höflich.

Luis schnaubte, sein weicher, schleppender Gang, den sein Vater an ihm haßte, ihn glauben ließ, er liefe zufrieden mit sich, selbstvergessen, wie in auffrischendem Wind, wie eine Schwuchtel, war ja nur eine herzzerreißende Übung. War der Versuch, Boden unter den Füßen zu gewinnen. Denn wenn er hinfiele, würde er ganz allein in der Erde liegenbleiben. Gequält von Ameisen, von Hunden, die auf ihn kackten – aber er mochte Hunde, oder nicht? Motoröl würde in ihn sickern, saurer Regen, Löwenzahnschirmchen würden auf ihn hinuntertrieseln. Irgendwann würde man ihn ausgraben, würde, wer konnte das wissen, ein Haus auf ihm bauen und seinen Schädel in ein Museum schaffen. Mit einem Zettel dran: Fundort Sternzeit 00 Alk und Totschlag. Blauer Planet. Kurz vor der Invasion.

Luis drippelte, er hielt sich an der Hauswand. Tat, als kickte er einen Ball, einen runden, großen weichen Ball, und kratzte sich. Die gelbe Bulldogge hustete. Ein scharfes, verkniffenes *Hehe.* Er war ständig halbtot vor Angst. Luis trat nach dem Ball, der nicht da war. Und er hatte die Fähigkeit, den Schmerz anderer zu fühlen, auch wenn das niemand, den er kannte – wen kannte er schon? und wer kannte ihn wirklich? –, glauben wollte. Der Ball traf ihn an der Stirn. Luis schoß ihn in den Hof. Der Ball prallte gegen das Geländer der Feuerleiter. Fus Schwiegermutter, die pfeifend über dem Deckel der Biotonne strampelte, fing ihn auf. Nahm ihn, klemmte ihn sich zwischen die Beine. Sie wackelte mit dem Rumpf und kicherte.

Er hatte es für Geld getan. Manchmal. Manchmal nicht. Für Opium, für den Arsch irgendeiner aufgetufften Tante, die ihn dann doch abhängte, nachdem er sie bedient hatte. Mit dem, was so drin war. Sex, Koka, einem teuren Schlüpfer. Das ganze Vorabendprogramm durch. Zwölf Uhr Mittag auf allen Kanälen, und er war die weiße Frau mit der Schürze. In der Vergangenheit, die hoffentlich nie wiederkam, hatte er sich wie ein Ertrunkener gefühlt. Gierig und atemlos, und mindestens jeden dritten Morgen war er mit einem Filmriß aufgewacht. Er war die Art von Mann, den man aus Gärten und Unterführungen vertrieb. Abfall. Ein zuckendes, aufgeschwemmtes Nichts. Wie nasse, zerfetzte Wolle, die in einem feuchten Keller auf Beton schimmelte. Und obwohl das alles längst vorbei war, obwohl er nun doch nicht gestorben war, Paul und Lila kennengelernt und sich verliebt hatte, gestern, bei *Jorge,* fühlte er sich noch immer taub und entsetzt. Auf dem Grunde eines Sees liegend, klein, kopflos, Fische schwammen um ihn herum, und er schrie aus Leibeskräften, bis seine Lungen platzten.

Seine Mutter hielt ihn für einen notorischen Lügner. Wieso fiel ihm hier an der Hauswand bei dem ätzenden Geplärre der Soligruppe – die sangen doch tatsächlich *Comandante Che Guevara,* war das zu fassen? – seine Mutter ein? Ihr war nicht klar, wie sie an ihn geraten war, warum sie ihn, solange er ein Kind war, nicht hatte berühren dürfen, ohne daß er das Tischtuch runterfetzte und sich darin einwickelte, seine Cousine, die neben ihm spielte, würgte, sich an Gläsern schnitt und mit Messern warf und niemals sein Zimmer verlassen wollte. Er konnte es seiner Mutter nicht erklären. Sie fragte ihn oft. Später fragte sie ihn, als es nichts mehr zu fragen gab. Warum hatte er die Vorstellung, nicht wirklich auf der Welt zu sein? Er hätte eine Selleriestange sein können, dachte Luis. Eine Kartoffel, ein Schaf. Selbst heute, an diesem Apriltag, unter den Fenstern des Treppenaufgangs, der zu Lilas und Pauls Wohnung führte, mit der schmelzenden Eiswaffel in seiner linken Faust, wußte er nicht, ob die Sonne den Umriß seines Körpers an die gekalkte löchrige Wand warf, vor der er geistesabwesend mit dem Fuß scharrte, oder ob er nur ein Hauch kühler Luft war, den nicht einmal die Geister spürten. Er hatte sich nie lebendig gefühlt, und er nahm niemals mit irgendwem Kontakt auf. Andere taten es für ihn, setzten ihn in Bewegung; Lila hatte es getan. Daß er den Frauen hinterherrannte, sie verführte, wie man Orangen pellte, konnte man nicht als Kontaktaufnahme bezeichnen; eher war es eine Drohung!

Lila war eine stürmische Bewegung, sie lief nach vorn, hob etwas auf, das glitzerte. Und nun mußte er sie enttäuschen. Er war stumpf, abgeschliffen; er leuchtete nicht im Dunkeln.

Was hatte Lila gesehen? Damals, im Rinnstein, als er sich vor ihr krümmte und sie fragte, wie ihre Katze hieße. Er hatte *Te quiero* zu ihr gesagt und *Ich kenne niemanden.* Er hatte aufgeschrien, ihr seinen Namen genannt, und sie hatte ihn geküßt. Wo war sie? dachte Luis. Im Kino? Er hätte anrufen sollen. Hatte es wie immer vergessen.

Luis flüsterte *Lila.* Starrte auf die Brandmauer. Ja, Comandante Batida de Coco, dachte er. Fledderten die Potnasen mit ihren Kameltreiberwindeln um ihre steifen Hälse die Leiche von so 'nem Asthmatiker, diesem argentinischen Jesusverschnitt, der unverwüstlich aus seinem Grab sproß, wie 'n Radieschen, das zuviel Dünger abbekommen hatte, und jedem einen blies. Reihum.

Luis lachte. Che. Luis, sagte er. Luis. Drehte sich einmal um die eigene Achse. Aufhören, rief er.

Luis fluchte. Hättest anrufen können, flüsterte er. Warum war er ein so unzuverlässiger, mickriger Feigling? Eine ungünstige Partie, Lila, murmelte Luis. Ich habe dich gewarnt.

Er war in die Welt gestolpert, verlegen und zu schön, und das verzieh man ihm nicht. Seine Schönheit war ein beständiger Makel. Er hatte alles dafür getan, sie loszuwerden und hinter ihr zu verschwinden. Ließ sie stehen, verriet sie. Mit jeder miesen Pussy, die er mit seinen Schwüren erstickt hatte, war er unsichtbar geworden. Stück für Stück hatte er sich davongestohlen. Geschmeidig; bereit, einen Raum zu betreten, der finster war. Einen Raum, in dem es kein menschliches Wesen länger als eine Nacht aushielt. Wo hatte er nicht überall gehechelt, hatte gelogen. Zwischen S-Bahngeleisen, kurz bevor der Zug kam, in seinem silber gespritzten MG, früh morgens auf einer Landstraße in der Maremma; hinter Zäunen, am Strand und auf Klos. An den unmöglichsten Orten hatte er seine Nummer abgezogen, sich nie wirklich was aus denen gemacht, die er unterwegs auflas und dann ablud, nachdem sie umsonst nach seinem Namen gefragt hatten, in den Raum, zu dem er den Schlüssel verloren hatte, in seinen unschuldig sorglosen Kopf, der ein Nudelsieb war. Er hatte sich in die Landschaft gepflanzt und hinterher seine Haut zerkratzt. Er vögelte nie aus Vergnügen.

Luis nickte der Hauswand zu. Pulte an seiner Nase; die Bläschen wanderten von den Wangen zu seinen Ohren und den Nacken hinunter. Er träumte nicht. Er hätte sterben können. An Leberversagen, an Drogen. An Aids. Es war eine Gemeinheit, wenn er es sich recht überlegte, daß es irgendwem, den er nicht kannte, eingefallen war, ihn am Leben zu lassen. Aber in dem Nebel aus Alkohol und Koka, in dem er sich damals wie in Zeitlupe bewegte, hatte er nicht schneller laufen und seinen Vater überholen können.

Ich wäre froh, wenn du nie wiederkämst. Verschwinde. Abstauber. Geh aus unserem Leben.

Hatte Lila das wirklich gesagt? Wortwörtlich?

Er war ein Fremder, dachte Luis. Isoliert. Er machte immer die gleichen Fehler, weil er nicht wußte, wer sie ihm verzeihen würde. Sein Schuldenkonto bei Lila war so lang wie seine tägliche Trimmstrecke, auf der er morgens und abends sein überschüssiges Adrenalin ausschüttete. Er war überzeugt davon, daß er nichts wert war. Kein sehr erhebendes Gefühl, nein, doch irgendwie half es ihm dabei, andere zu bestrafen.

Er sollte aus ihrem Leben verschwinden. War Paul auch dieser Meinung? Luis leckte schnell an dem Eis. Zitrone mit Vanille und einem Mantel aus Schokoladenguß drumherum. Die Schokolade hatte die Form eines Mondgesichts, und der eingeritzte Mund, wie ein Notenschlüssel, erinnerte Luis an den Mund von Fu. Luis mußte lächeln. Er leckte das Eis. Schob sein weißes, locker gewickeltes Tuch aus der Stirn. Sein Haar war zu lang, die Spitzen lockten sich. Er würde es schneiden lassen, dachte er. Langes Haar gefiel ihm nicht. Nicht an ihm. Bei Paul sah es umwerfend aus. Pauls Haar war fein und dünn und roch nach Nüssen. Wenn er ihn küßte, war er danach unglaublich aufgewühlt und zu schüchtern, seine furchtsame Seele aus Pauls Armen zu lösen und ihm auf die Schulter zu schlagen. Eh, Mann. Ich bin nicht der, für den du mich hältst.

Wer bist du dann? fragte Paul. Fragte: Kennen wir uns?

Nicht daran denken, dachte Luis. Sein Haar war feucht, und seine Haut am Hals buckelte auf. Er konnte nur Baumwolle vertragen, Lagen von x-mal gewaschener, farblos gewordener Baumwolle. T-Shirts, kragenlose leichte Hemden, möglichst ohne Knöpfe, er schnitt sie ab, ohne Reißverschlüsse. Er trug alles lose übereinander, was ihn kompakter und breitschultriger aussehen ließ. Aber er hatte Stil, darauf legte er Wert, und ein Gespür für Farben. Seine Haut war ein Problem, sie verriet ihn, wie sein Stolz ihn verriet, und die Höflichkeit, die ihm lästig war. Seine Leute hatten ihm wenig beigebracht, dachte Luis. Trotz der teuren Schulen, auf die sie ihn geschickt hatten, der Kindermädchen, der Haziendas am Rande irgendeines Dschungels, wo sie nur kurz geblieben waren, auf Durchreise. Jämmerlich wenig. Er wußte, wie man Besteck benutzte, sich diskret besoff. Wußte, daß er einen Löffel nicht eher antippen durfte, bis die Frau, die ihm gegenübersaß, sich verschluckte, weil er sie von unten anglimmte. Aus halb geschlossenen Augen, schmachtend. Oh, er beherrschte jede Pose. Die des Diebs und phlegmatischen Zauberlehrlings kam am besten an. Er war in Barcelona geboren. In der Nähe der Kathedrale. Die Frauen waren dankbar, wenn er *bitte* sagte und sich wusch. Seine Leute meinten, er sei ein Monster. Sie hatten ihm nicht geholfen, in keiner Sekunde seines einsamen Lebens. Und wenn er zu ihnen zurückkam, unberührbar, stumm vor Verlangen nach Anerkennung, nach Güte, lächerlich, nach Güte, ja doch, änderten sie nichts an ihrem Zeitplan, ihren Terminen. Ein gleichbleibendes höfliches Einerlei aus Golfnachmittagen, Massagen, Gesprächen über Geld, familiärem Klatsch erwartete ihn, sooft er sie wiedersah. Er hatte es vermieden, ihnen zu begegnen, seit er clean war. In den letzten sechs Jahren vielleicht viermal oder fünfmal. Mehr nicht. Sie fanden ihn widerlich, und respektlos ließen sie es ihn wissen. Machten Zeichen hinter seinem Rücken. Hörten ihm nicht zu. Sein Vater quatschte von Geschäften; seine Mutter, trocken, salzig wie eine Sprotte, in ihren kniekurzen Röcken und mit verhungerter Taille, lungerte in Gedanken an einem Pool in Dubai herum. Reiche alte Leute mit toten Augen. Sie hatten ihm nichts beigebracht.

Er stand hier. Die Sonne schien. Es war April, er hatte mit allem aufgehört. Was wußte Paul? fragte sich Luis. Er hatte sich verliebt. Ich habe mich verliebt, Lila, sagte Luis zu der Hauswand. Geht mich das was an? fragte die Hauswand. Er mußte es ihnen sagen. Er war nicht länger Lilas Freund. Wenn Lila es so haben wollte. Komm nicht hinterher an und sag, daß du es dir anders überlegt hast, flüsterte Luis. Paul würde, mag sein, das Gegenteil wollen ... Wollte Paul je das Gegenteil von dem, was Lila beschlossen hatte?

Er mußte Paul finden, dachte Luis. Er spähte wieder, nun entschlossener, um die Hauswand. Luis straffte die Schultern. Nahm die Haltung ein, die auf gewöhnliche Dummköpfe, die niemals gezwungen worden waren, in zehn Metern Höhe freihändig über einem fast leeren Bekken zu stehen, in dem ein Aligator grinste, verführerisch selbstsicher wirkte. Luis rieb lasziv, er tat es unbewußt, über seinen Bauch, über die Hüften. Von fern, von der Straße aus betrachtet, wirkte er wie ein Läufer; schmal, muskulös, konzentriert. Aber da war etwas Weiches; eine Müdigkeit. Sein breitflächiges Gesicht mit den hohen Wangenknochen war von einem merkwürdigen Heißhunger gezeichnet, von Nervosität, Melancholie. Luis hielt sich unerhört gerade, als sei er an einen Stock gepflockt und warte auf den Anpfiff. Hatte jemand eine Pizza bestellt? Er war, außer von sich selbst, von nichts und niemandem beeindruckt. Leichtsinnig, verwöhnt, verstockt. Kurz, wie ein Kotzbrocken. So hielt er sich.

Doch der erste Blick täuschte. Luis war zugeschnürt, verpackt, von unsichtbaren Pfeilen durchbohrt, die ihn fixierten. Er war starr und verletzt und es blieb ihm rätselhaft, warum er auf andere Anziehungskraft ausübte. In ihm existierte ein Chaos (Paul hatte es begriffen, dachte Luis), das ihn, wenn er nicht achtgab und sich zusammennahm, Kälte und Verachtung vortäuschen, ihn hinterhältig werden ließ, ihn zu Gemeinheiten anstiftete. Einige, die meisten, die ihm begegnet waren, ihm vertraut hatten, arme Schweine, allesamt, hatten seine wilden Sprünge, seine unversehens ausbrechende Bösartigkeit zu spüren bekommen. Sie hatten es ihm zurückgezahlt, falls sie noch Gelegenheit dazu fanden und er sich nicht vorher aus dem Staub gemacht hatte. Er war schnell. Er hatte Energie. Darum lief er auch betont langsam, weich und schleppend; kalkulierte jede seiner Bewegungen. Lief scheinbar in sich versunken und beschäftigt. Aber er registrierte jede Erschütterung, jedes noch so kleine Anzeichen von Schwäche, jede Muskelverkrampfung, jedes vorwitzige Gefühl.

Immerhin gab es niemanden mehr, dem er Rechenschaft schuldig war. Dafür hatte er gesorgt, dachte Luis. Nur das Eis mußte er jetzt zu der gelben Bulldogge hinüber in den Hof bringen. War noch was übrig? Luis schaute auf seine Faust. Ein Rest.

Die Vanille schmeckte wie Leim. Sie hatten irgendeinen Dreck beigemischt. Aus dem Keller, in dem die Soligruppe krakeelte, zog Geruch von Haschisch, und nun erklang eine Trompete.

Kommst du? war schon wieder zu hören. Vor der Alten, die da plärrte, hätte er sich auch verbarrikadiert, dachte Luis. Wie 'ne Klospülung.

Kommst du, pfiff Luis, schlenderte in den Hof. Die Geister segelten vom Absatz der Feuerleiter hinauf zum dritten Stock vor das Küchenfenster von Pauls und Lilas Wohnung. Sie aßen Lychees, warfen die Schalen nach der Bulldogge und winkten Luis zu.

In der Küche schwamm der Boden. Er war schon oben gewesen. Es kam aus dem Eisschrank. Lila hatte ihn abgetaut, offenbar aber alles stehen- und liegengelassen und sich nicht weiter darum gekümmert. Das sah ihr ähnlich. Er würde hinaufgehen und aufwischen, dachte Luis, während er pfiff.

Kommst du? pfiff Luis. Er würde ihnen ein paar Zeilen schreiben. Klar und unmißverständlich. Abhauen war zwar seine Stärke, doch er konnte vielleicht auch einmal Schwäche zeigen und die Geschichte, ihr gemeinsames Abenteuer, anständig, ohne unnötige Brutalität, zu Ende bringen. Si. Chamos.

Waren sie seine Freunde? War er ihr Freund? Das Wort kam einem Selbstmord gleich, dachte Luis. Er schaute augenzwinkernd, er durfte die Tropfen nicht vergessen!, nach Fus Schwester, die mit ihren Lychees beschäftigt war, schaute zu den Mülltonnen und den elenden Beeten mit Stiefmütterchen, hinter denen eine niedrige Mauer aus Ziegelsteinen vor sich hin bröckelte. Im angrenzenden Hof das gleiche triste Nichts. Eine betonierte Fläche, einige parkende Autos auf numerierten Stellplätzen, Garagen, ein Basketballkorb, dessen Netz zerrissen war; Feuerleitern, morsche Fenster, ein Schuppen und Satellitenschüsseln. Überall klebte Taubenscheiße. Wohin waren sie gegangen?

Was für eine tödliche Gegend, dachte Luis, lehnte sich an die Biotonne, mit dem Rücken zu den Geistern. Die gelbe Bulldogge hustete. Am liebsten hätte er die zermatschte Eiswaffel hinter sich nach der kopflosen Zombiekuh gepfeffert und ein Kreischen ausgestoßen. Fus Schwiegermutter war, als sie noch lebendig, heil und aus einem Stück war, auffallend ekelhaft gewesen, und sie hatte, massakriert, nichts dazugelernt.

Gratuliere, murmelte Luis. Fu wußte, warum. War trotzdem keine Glanzleistung; die ganze Familie auszurotten und danach für immer einzufahren. Die Welt war ein Irrenhaus. Geschlossene Abteilung.

Luis blinzelte in die Sonne, wandte sich nachlässig um, einen Tick zu schnell, sah zu dem Gespenst hoch. Es wackelte mit den Füßen, futterte Lychees und ignorierte ihn. Es gab auch Untote, die es mit ihm aufnehmen, ihm den Rang streitig machen konnten.

Luis seufzte. Er hatte sich vorbereitet. Er würde keine Ausreden erfinden. Niemals mehr. Heute war der Stichtag. Seit sechsunddreißig Stunden überlegte er, wie er es anstellen sollte. Er würde fortgehen, mit Emma. Morgen, oder in einer Woche. Emma war Krankenschwester, für ein Jahr in einem Ashram in Indien gewesen. War eben von dort zurückgekommen. Sie konnte Nadeln setzen; sie hatte es ihm erzählt, vorhin, bei *Jorge.* Emma war kein bißchen hübsch. Sie hatte schwere Akne und sprach wie unter Wasser. Schwerfällig, mit belegter Stimme, sie räusperte sich unentwegt. Ihr Haar war kurz, in ihr wuchs ein Baum, kahle Zweige ohne Laub. Emma hatte eine Gelbsucht hinter sich; ein Mann hatte sie verlassen. Sie sammelte Kräuter und besprach Warzen. Genau das Richtige für ihn.

Luis fing wieder an zu pfeifen, aber ganz leise, kratzte an seinem Ohr. Hätte er irgendeinen Scheck auszuschreiben, blanko, dachte er. Seine tiefbraunen Augen weiteten sich, als er sich Emma vorstellte, die keinem von beiden, weder Lila noch Paul, gefallen würde. Von Prue ganz zu schweigen. Die Katze konnte spielend als Kassiererin einer Geisterbahn durchgehen, wenn man sie nur bestach, ihr auf den Schwanz trat, sie zu hypnotisieren versuchte und gnadenlos mit Eischnee abfüllte.

Tricks. Luis kratzte sich am Kopf; knetete sein linkes Ohrläppchen, das entzündet war. Warum hatte Fu die Katze nicht – schnapp. Gesotten und püriert. Es gab da leckere

Rezepte. Die Asiaten verputzten, was kreuchte und fleuchte. Prue als Paste, eingedickt und extra scharf. Doppelter Prueburger. Gongschlag! Der Nachtisch. Pfoten, fritiert. Zum Go serviert. Tja. Prue war unheimlich, dachte Luis. Sie verachtete ihn. Manchmal setzte sie sich auf ihn, und augenblicklich begann er zu keuchen, weil er keine Luft bekam und sein Hals zuschwoll.

Sie mag dich, sagte Lila dann, klatschte in die Hände.

Sie mag dich wirklich. Die liebe Prue. Sie ist klug, weißt du? flötete Lila. Du gefällst ihr.

Und Prue fauchte. Juckelte auf seinen Knien und weidete sich an seiner Verzweiflung. Es war wie in der Laborstunde; er war eine Versuchsanordnung. Ein riesiges Reagenzglas, da hinein wurde er getaucht. Prue rührte um und um. Mit ihrem Schwanz, der ihm im Gesicht herumfuhrwerkte. Es war widerlich; und er blieb sitzen, höflich und lächelnd. Eine gräßliche Prüfung, er bestand sie nicht. Ohne Koka? No drugs. Prue war jetzt sein Koka.

Sie möchte mit dir reden, sagte Lila. Verstehst du?

Er verstand. Was gab es da nicht zu verstehen? Lila war eine dumme Nuß. Süß und ausgeflippt, dachte Luis; jedenfalls war sie nicht normal, immer wie unter Schock. Eine Plage, genau das war Lila. Eine Wundertüte. Lila mit ihrer blassen, wundervollen Haut und einem Gehirn, in dessen Windungen ein Rottweiler auf und ab marschierte und ihn beobachtete. Womit hielt er sich auf? Mit Irren? Mit einer Versagerin, die lächerliche uralte Kleider trug, ihrer fiesen Katze, einer frustrierten Lesbe und einem spinnerten Anarchisten? War er schon so weit runter (und natürlich war er das), daß er sie vermissen würde, wenn ... Wenn was? Mister Wichtig, na? flüsterte Luis. Fummelte an dem Furunkel an seinem Hals. Er spürte ein so großes Verlangen, und er war mutlos.

Er hatte sofort mit Emma geschlafen, hatte sie mitgenommen in sein Zimmer über der Reinigung, am anderen Ende der Stadt. Sie waren den langen Weg zu Fuß gelaufen, kilometerweit, hatten geschwiegen. Er hatte sein Mountainbike geschoben, neben Emma, die keinerlei Anstalten machte, ihn unterzuhaken oder ihn zu berühren. Emma hatte ihn nicht angeschaut. Auch nicht, als er an ihren Fingern saugte, als er sein Lächeln, dieses mädchenhafte, bestürzte *Te-quiero*-Lächeln, von oben nach unten, an ihr ausprobierte. (Frauen fuhren gemeinhin darauf ab; Emma nicht.) Sie lag wie in einem Unkraut, ließ ihn sich abrackern und rührte sich nicht. Er hatte sich kaum abgewischt, nach einer CD gesucht, da fing sie bereits eine monotone Rede an; von ihrem Guru, von Luis' Verkrampfungen – hatte er welche? das war ihm neu –, von seiner Haut, daß er es sich überlegen sollte, mit ihr zu diesem Baba Dingsbums zu reisen. Sie nuschelte den Namen irgendeines unaussprechlichen südindischen Nests; hörte sich an wie ein Operettenstaat aus einem Marx-Brothers-Film. Emma war eng und, doch, so war es, dürftig gewesen, so blicklos, aber ihre Hände hatten ihm gefallen. Und daß sie unbeeindruckt geblieben war und sein Lächeln ihr nichts hatte anhaben können.

Emma war ohne ein Wort gegangen. Seither sehnte er sich nach ihrer Nähe, ihrer stummen Mißbilligung, die ihn beleidigte und dennoch erregte, ihren Händen, den knochigen, ungepflegten Händen eines Jungen, sehnte sich nach ihrer Monotonie. Sich auf eine Frau wie Emma einzulassen, war für einen Blender und Schwätzer – er war einer, sorry – genau der Gig, der ihm noch fehlte, dachte Luis. Auf die Party würde er gehen. Falls Emma mitkam, aber das war nebensächlich. Wichtiger war, daß er ihnen endlich etwas anzubieten hatte. Was vorzuweisen. Eine wirklich witzige Nummer. Eine Lovestory. Er hatte ein Los gezogen. Hola Luis, das Arschloch, hatte einen Treffer gelandet.

Was denkst du, Lila? flüsterte Luis. Er schnippte mit den Fingern, schlug auf den Deckel der Biotonne, probierte einen Hüftschwung an ihr aus. Die Biotonne wankte nicht. Voll bis obenhin. Rumba, sagte Luis zu der Tonne. Kommst du?

Ich mach die Tür nicht auf, schrie die Frau. Verfluchtes Schwein. Geh doch zu deiner Nutte! Die Stimme gellte durch den Hof. Die Soligruppe intonierte, als habe sie auf das Stichwort gewartet, unerschrocken *Er gehört zu mir ... wie sein Name an der Tür.* Man war dabei, sich mächtig zu amüsieren, und es war ein Mordskrach. Ein Grölen, Pfeifen und Wimmern.

Er mußte mit ihnen reden, dachte Luis. Er konnte nicht einfach *nos vemos* verschwinden. Obwohl es am besten wäre. Er hatte sich nie nach jemandem zweimal umgeschaut – selbstredend hatte er Emma nichts von Lila und Paul erzählt, wer war er denn? – und sich einen Scheißdreck gekümmert. Aufwiedersehen. Gute Reise.

Sie waren sehr freundlich zu ihm gewesen. Sie würden ihn nicht verstehen. Liebchen, sagte Luis zu der Biotonne, blinzelnd und lächelnd. *Verstehst du?*

Verstand er sich selbst? Wenn er sie verließ, auf und davon ging, ohne ihnen zu sagen, warum, würde es ihn wieder erwischen, und er würde eingehen. Er hatte so ein Gefühl. Egal, ob er jetzt lächelte und sich hier aufführte wie ein Solist, dem das Instrument geklaut worden war und der die Nase voll hatte. Eingehen an seinen Lügen, an Lilas Verwünschungen, ihren Tränen. Lila hatte ihn geschlagen. Luis' Mund wurde schmal. Emma würde das nie tun. Dabei verschluckte er sich schon beim Gedanken an ihre Gesichter; die verblüfften Blicke, die sie einander zuwerfen würden. Er war unzufrieden mit sich. Lila war zu weich, sie war zu heftig für einen wie ihn, zu alt, schlicht zu weiblich. Und viel zu laut. Und Paul war hart, verschlossen. Paul teilte sich nicht mit; niemals. Was wußte er von Paul? dachte Luis. Er würde ihn gehen lassen. Um Paul war es schade. Seine Zeit bei ihnen war um. Schluß.

Die gelbe Bulldogge röchelte. Der Finger, an dem etwas unwiderstehlich Süßes klebte, rieb vorsichtig über ihre eingedrückte Nase. Die Bulldogge öffnete die großen runden Augen, knurrte und stieß ein Jammern aus. Sie legte den Kopf schief, blaffte – es klang wie ein kurzes unfreundliches *Hehe;* wie erkältete alte Männer, wenn sie lachten. Hehe. Der Finger schmeckte nach Zitroneneis.

Heinz, sagte eine weiche, dunkle Stimme. Eine kräftige Hand packte zu. Was war das? Die Hand griff der Bulldogge in den Nacken und zwang sie, den Kopf zu heben. Sie schnappte müde nach dem Angreifer, war das der Metzger?, bleckte die Eckzähne, wälzte sich herum. Sie ließ einen Furz; eine wässrige Kugel Eis drückte sich gegen ihr Maul, und sie schluckte.

Hehe, knirschte die Bulldogge. Würgte sabbernd die Waffel runter, riß nun ihre blutunterlaufenen halbblinden Augen auf und hörte *Heinz.*

Wer hieß Heinz? Der Mensch, der vor ihr kniete – vor einer der zig Mülltonnen im Hof, am Hinterausgang von Fus Take Away, wo eigentlich kein Platz für einen stinkenden Hund war, der bei lebendigem Leib verfaulte –, kam ihr bekannt vor. Und während die Bulldogge mißmutig das Eis fraß und immer wieder Heinz, oder so ähnlich, hörte, komischer Name, versuchte sie herauszufinden, ob der Kerl vor ihr es gut meinte. Vielleicht zog er gleich noch ein Eichhörnchen hervor? Verpaßte ihr einen Tritt in die Weichteile? Üblicherweise brüllte irgendwer *komm her. Na, wird's bald?* Und die Frau, die hier sonst um die Zeit auftauchte, um zu stören, rief. Ja, wie rief sie? Es war nach zwei, die Platten waren heiß, und in der Abfalltonne gärte es. Herrlichste Gerüche, Musik, da waren die Gespenster. Es hatte geregnet; wann war das? Früh am Morgen. Und wo blieb die Frau? Die Bulldogge ächzte. Menschen waren sonderbar, dachte sie und hustete.

Ihr Name war Kurt. *Kurt.* Genug Eis. War das Leim? Ihre Geschmacksnerven machten nicht mehr mit. Jeder glaubte, sie verarschen zu dürfen. Weg mit der Hand. Die Hand lag noch immer unverschämt zutraulich auf ihrem Kopf. Die Bulldogge schnappte gezielt nach einem Arm, schlabberte wütend mit der Zunge über ein Gesicht. Der Kerl machte einen Satz – und lachte. Hehe.

Schön. Du magst es, sagte Luis.

Sein Gesicht war feucht, voller Sabber und Speichel, er wischte darüber. Luis schaute auf den Hund. Die gelbe Bulldogge kratzte sich am Bauch, furzte; sie rappelte sich auf. Sie schaffte es nicht. Stöhnend fiel sie in sich zusammen und schlief wieder ein.

Er war zu lange bei *Jorge* geblieben. Emma war auch dagewesen. Luis kam aus der Hocke hoch. Oben würde er sich das Gesicht waschen und die Hände, würde seine Trainingshose gegen eine Jeans tauschen. Sollte er gleich packen, seine paar Klamotten, die bei ihnen waren, schon mitnehmen? Was weg war, war weg. Irrtum ausgeschlossen. Adiós. Emma war jetzt bei einer Meditation, und er mußte sich beeilen. Um vier wollten sie sich treffen.

Bei *Jorge* hatte er Billard gespielt und Espresso getrunken. Luis nickte der schlafenden Bulldogge zu, flüsterte rauh *Heinz*. Er drehte sich um, schlenderte in einem Hagel von Kernen und Lycheeschalen zurück zur Hauswand. Der Hund jaulte im Traum; er fraß ein Eichhörnchen, das sich in einer gigantischen Eiswaffel verkrochen hatte. Das Eichhörnchen bibberte, es quietschte. Raspelte strunzdumm Heinz! Heinz!

Billard und Espresso. Luis seufzte, leckte sich die Lippen. Er schulterte das Mountainbike. Er hatte Emma beobachtet, sie kriegte den Mund nicht auf, strickte verbissen an einem Socken. Luis öffnete die Haustür. Sein Rad mußte mit. Emma strickte und strickte, sie konnte halb Ruanda mit ihrem Zeug versorgen. Jorge hatte eine schweinische, nur mäßig witzige Bemerkung gemacht. Auf Spanisch, an der Bar. Emma verstand kein Spanisch. *Te quiero* hielt sie für so was Ähnliches wie *hol mir noch 'n Bier.*

Sieben Treppen. Scheiße, wie oft er hier raufgerannt war, dachte Luis. Emma war so gesund, ihre Beine waren dünn. Sie hatte unterschiedlich lange Brüste, feste, zu dicke Fußknöchel, und sie schwenkte die Arme beim Gehen. Sie war wie das Ende eines Lupinenfelds, das in einen Kartoffelacker überging. Danach kamen die Stechapfelbäume und die Artischocken. Emma war, was er immer gewollt hatte, dachte Luis. Praktisch, quadratisch, leicht flachzulegen. Außerdem war sie häßlich. Er würde sie heiraten. In der Karibik oder in Südindien; sie würden sich von diesem Babu-nochwas trauen lassen. Umringt von gelbhäutigen nackten Kindern, die sie fiebrig anglubschen und mit ihren lepraverstümmelten Nasen beschnüffeln würden. Dazu Glöckchengebimmel und Tutti Frutti. Eine Woche lang, bis zum allgemeinen Harakiri. War mal was Lustiges. Denk an die Salbe, ermahnte sich Luis. Pickel auf dem Rücken war einfach widerlich.

Die Tür klemmte, irgendwas sperrte. Hatten sie doch abgeschlossen? Er mußte sich die Hände waschen, das Gesicht unter den Wasserhahn halten. Er stank nach der Bulldogge!

Aber er war ja schon drin gewesen. Die Tür war nie zu, das Schloß eine Lachnummer. Jeder Dummkopf konnte rein, wenn er ein bißchen Kondition hatte. Mit seinem Kopf stimmte was nicht, dachte Luis. *Wieso* ging die Tür nicht auf? Waren sie in der Zwischenzeit, während er im Hof sentimentalen Gefühlen nachgegeben hatte, zurückgekommen, und er hatte es nicht bemerkt? Sie wohnten in dem traurigsten Viertel der Stadt, das sich denken ließ, und sperrten ihre Tür nicht zu. Wie oft hatte er es ihnen gesagt! Er wußte Bescheid. Obwohl, Bruch hatte er nie gemacht. War nicht sein Stil. Funktionierte auch eleganter.

Paul? rief Luis und klopfte. Die Klingel war kaputt; oder Lila hatte sie abgestellt. Mochte sein. Die Kids der Umgebung schnüffelten Klebstoff. Manche hängten sich sogar an Lachgasflaschen und zahlten noch dafür. Das war jetzt das Neueste. Und sie schlossen nicht ab. Nachts, in ihrem Bett, hatte ihn das manchmal fast wahnsinnig gemacht. Gutherzige Phantasten, alle beide. Paul und Lila.

Würden sie nach ihm suchen, wenn sie feststellten, daß er – Würden sie um ihn trauern? Paul hatte nie *ich liebe dich* zu ihm gesagt, und er hatte neben ihm gelegen, zusammengekrümmt, stöhnend, hatte seinen Namen geflüstert, sich sein Haar in den Mund gesteckt und nicht einschlafen können.

Paul? Luis klopfte. Er bearbeitete die Tür.

Keiner da, hörte Luis von unten.

Müssen Sie mit dem Rad hier hoch? kreischte es. Das war die Tante aus der Spielothek, die Parterre wohnte.

Haben Sie 'nen Versand? schrie sie mit ihrer nikotinsauren Stimme und donnerte die Haustür auf. Oder warum schleppen Sie das Ding immer rauf? Überall Streifen. Ruinieren das ganze Treppenhaus, bellte es.

Drecksweib. Halt ja die Schnauze, sagte Luis leise, beugte sich übers Geländer und rief zärtlich: Fröhliches Anschaffen! Für mich umsonst, schöne Frau?

Nicht mal als Leiche, Schwuchtel, kreischte es, und die Haustür knallte zu.

Luis verdrehte die Augen. Er fummelte das Lederband mit dem braunen abgegriffenen Stein, das um seinen Hals hing und von dem er sich nie trennte, unter seinen T-Shirts hervor. Eine kleine Französin aus St.Etienne, die ihn auf einer mehrwöchigen Kokareise durch venezolanisches Gebirge begleitet und beinahe von einem Felsen gekippt hatte, oh, war nur ein Spaß, hatte ihm die Kette als Talisman geschenkt.

Er war weit rumgekommen. Die Scheißtür. Da war der Schlüssel, aufgefädelt neben dem Stein. Sein Kurzzeitgedächtnis! War grauenvoll. Kam vom Saufen; ließ sich nicht reparieren.

Hallo? Ihr zwei? fragte Luis, drehte den Schlüssel im Schloß. Im Flur tummelten sich Wollmäuse neben dem Altpapier. Schlehen und ein Fischkopf und eine leere Shampooflasche belagerten das Häuflein Unterwäsche, das Lila vorsortiert, aber nicht in die Waschmaschine gesteckt hatte. Die Luft war abgestanden, und Luis räusperte sich. Er hörte ein Geräusch wie ein Klicken, das Geräusch von Küssen; da war ein falsches Wort, das zu ihm drang. Aus dem Hof. Liebe oder Wut, und ein Miau. *Du bist nicht länger mein Freund.*

Er schwitzte. Was waren die Ursachen dafür, daß einer fort wollte? fragte sich Luis. Er stieß die Tür mit dem Fuß zu. Er vertrug Wahrheit nicht; Wahrheit war aufdringlich. Er war diskret, und so scheu. Er hatte nicht gewollt, daß irgendwer ihm noch einmal weh tun –. Und nun war es doch geschehen. Alle taten ihm weh, immer wieder. Er war dünnhäutig, furchtsam wie ein Kaninchen. Er hätte eine

Kokosraspel sein können, eine Fledermaus, ein Glas gemixte Margarita. Er war Lilas Arschloch.

Luis rieb den braunen Stein, doch das Gesicht des Mädchens aus St.Etienne wollte ihm nicht einfallen. Er stand da, mit dem Mountainbike. Im Flur von Paul und Lila, in ihrer Wohnung. Der Vater der Kleinen besaß Pferde; sie war von früh bis spät zu gewesen, abgefüllt mit jedem Dreck, den er hatte auftreiben können. Nachdem sie ihn verlassen hatte, mußte er jedesmal nach Luft schnappen, wenn er irgendwo Pferde sah. Damals hatte er sogar Tagebuch geschrieben. Sie hatte einen runden Hintern und vögelte, weil er sie darum gebeten hatte, seinen besten Freund. Derweil er Linien durch seine Nase gezogen und ihnen zugesehen hatte. Wissend, beleidigt, mit einem schmutzigen Gefühl von Macht. Er war tief beleidigt und gekränkt gewesen. Wer ihm einen Wunsch erfüllte, mußte dran glauben. Das Mädchen tat, was er wollte, und es schien ihr sogar zu gefallen. Und dafür trat er sie dann in den Arsch. Fesselte sie an Stühle, haute tagelang ab; ließ sie ohne Koks sitzen, säbelte sich schließlich die Pulsadern auf, um vor ihr zu verbluten. Was nicht geglückt war. Er war zu sehr Masochist, er hing an sich, an niemandem sonst.

Bei all dem war er kalt geblieben und hatte genügend Geduld bewiesen, es der Kleinen heimzuzahlen. Er hatte nichts ausgelassen. Nach kurzer Zeit begann das Mädchen ihn zu hassen. Sie hatte ihn angefleht, sie zu lieben, war um ihn herumgekrochen wie ein Vogel mit gebrochenen Flügeln. Ihr Entsetzen über sein gefühlloses Herz – sie war höchstens sechzehn, er hatte nie nachgerechnet – trieb ihn davon; sie war ihm nachgerannt. Sie quälten sich ein gutes Jahr lang (ein Jahr war Limit, länger blieb er bei keiner), bis sein Freund, der mitleidig war und der in dem Frühjahr, in dem der Zirkus abging, bei einem Unfall einen Arm und sein rechtes Auge verlor, als Brigadier nach Nicaragua verschwand und die Chica mitnahm.

Rose Meyer, er hatte ihr einmal davon erzählen wollen, er war so verflucht mitteilsam, seit er clean war, Rose hatte ihn, als er kaum angefangen hatte, in den Magen geboxt. Hatte auf seine Turnschuhe gespuckt! Sie saßen am See, an einem diesigen Augusttag im letzten Sommer. Lila und Paul schwammen weit draußen. Rose war aufgesprungen, hatte ihre Zigarette ins Gras geworfen, war ans Ufer gestapft. Sie hatte ihn durch ihr Achselzucken in das verwandelt, was er war, eine leere Patronenhülse, ein Zweig, der im Wasser trieselte, Grütze, eine Wolke. Er saß mit offenem Mund, massierte sich die Stelle, an der ihre Faust ihn getroffen hatte. Er wußte, er war ein Quatschmaul. Wollte alles für sich behalten, und dann kam es doch aus ihm raus, und er kriegte die Quittung.

Ich bin nicht dein Eimer, hatte Rose gesagt. Behalt's für dich. Und sag ja Lila nichts. Ich will nichts wissen. Erzähl es deiner Mutter. Ich wette, sie kennt die Story und schläft seither mit einem Bodyguard und jeder Menge Stacheldraht im Garten. Hm, Luis?

Rose hatte geknurrt und ihm gedroht. Paul, draußen im See, war untergetaucht; eine Welle, die von einem Motorboot zu ihm schwappte, hatte ihn hochgeworfen, und Lilas Stimme war zu hören gewesen. Ihr energisches, juchzendes – Paul?

Lila hatte nach Rose gerufen. Rose! Sehr laut. Und gleich darauf schrie sie – Luis? Luis, Luis. Komm doch. Komm zu uns. Es ist wundervoll. Schwimm mit uns!

Prue hatte abseits gelegen, in einem Korb, und gedöst. Vollgefressen und tückisch. Er würde ihre Stimmen nie wieder hören, dachte Luis. Du müßtest mich doch verstehen, hatte er gemurmelt. Rose. Du müßtest mich – ja?

Kann schon sein, flüsterte Rose, während sie ein paar Dehnübungen machte und lauernd auf die schimmernde, graublaue Fläche des Sees spähte. Hinüber zu der Insel und der Badeanstalt, dem Schuppen am äußersten Rand. Hinüber zu Lila, die eine Boje umklammerte und ihnen zuwinkte.

Aber ich wüßte nicht, wie uns das einander irgendwie näherbringen könnte. Oder möchtest du das, Luis? hatte Rose gesagt. Und anzüglich gelacht; ein trockenes Lachen war es, bitter und grollend. Nur ein Luftholen, so erschrocken und seltsam verführerisch.

Er hatte Rose daraufhin lange und durchdringend angesehen, halb aufgerichtet im Gras, in dieser törichten Haltung, hatte sich in ihren Augen – sie drehte sich plötzlich um, musterte ihn belustigt – wiedererkannt. Ihr konzentrierter, abschätziger Blick sagte ihm, *für dich nicht so viel.* Warum läßt du uns nicht in Ruhe, Luis? Geh einfach dorthin zurück, woher du gekommen bist. Merkst du's nicht. Du bist unerwünscht. Arsch, Luis. Vamos? Hm?

Er hatte sich ausgezogen, schön langsam. Hatte sich gebückt und Rose seinen Arsch hingestreckt. Es kam selten vor, daß eine nicht aufschrie, instinktiv, und Vergleiche zog, wenn er das tat. Sich zeigte. Frauen waren wenig Gutes gewohnt. Er war ins Wasser gewatet, zur Boje gekrault. Hatte sich Lila geschnappt, sie geküßt und unter sich gedrückt. Er hatte gebrüllt. Rose! Kommst du? Rose. Ich liebe dich!

Und dann hatte Paul ihn geküßt, bis das Motorboot ihnen den Spaß verdarb. Wann hatte er Leuten je gestattet, so nah an ihn heranzukommen? dachte Luis.

Der Flur war schmal, wie ein Schlauch. Die Tütenlampe, die er für Lila vom Sperrmüll geholte hatte, brannte. Luis schob das Rad an der Wand entlang, lehnte es an die Klotür. Der Flur führte in einen offenen, sehr großen hellen Raum mit weißgekalkten Wänden, den Paul und Lila als Küche nutzten und in dem sie auch schliefen, die meiste Zeit verbrachten, wenn sie nicht draußen waren, bei Rose, oder irgendwo anders. Unterwegs mit Genossen, spazieren mit Prue und der armen Bulldogge. Alles war eins.

Es gab noch ein Zimmer, das mehr einem dunklen Kasten glich und nur durch das Bad zu erreichen war. Ein Zimmer, in dem Lila ihre Kleider aufbewahrte und Paul seine Bücher und Zeitschriften. Dort standen Lilas Schuhe. Vögel und Drachen aus Papier hingen von der Decke. Fotografien, Bilder, Land- und Sternenkarten reihum an den Wänden, haufenweise türmte sich Wäsche. Handtücher, Klamotten, zerbrochenes Spielzeug, Hüte, Lila sammelte Hüte, Schals, Bakelitschmuck, ein zerfledderter Korbstuhl, Stofftiere, jeder nur denkbare Mist und Krimskrams auf schwankenden Metallregalen und am Boden. Es war eine phantastische Unordnung. Ein Labyrinth aus Plunder und jahrelanger Verwirrung. Er mied das Zimmer. Es war ihm unheimlich und irgendwie peinlich.

Lila schmiß regelmäßig weg, was ihr nach einer Weile unnütz schien und lästig wurde, häufte aber unerbittlich neu an. Lilas Ordnungssystem war perfekt, dachte Luis. Sie brachte Krempel vom Trödel mit, fand unterwegs, auf ihren Streifzügen mit Prue, einen maroden Fetzen, griff Scheußlichkeiten aus Mülltonnen und Containern. Uralte Überseekoffer, Plastikhühner, Töpfe, einen einäugigen Holzpudel an einer Schnur. Die Liebe, mit der Lila ihn quälte, sich wünschte, Luis würde sich wie ein menschliches Wesen benehmen, das ihrer würdig war, glich ihrer Sammelwut.

Luis massierte sich den Nacken, streckte sich und gähnte. Lila trug zusammen, und dann, ohne zu überlegen, warf sie wieder fort. Raus. Weg damit. Es ließ sich nicht kleben; wozu es aufheben? Ließ sich nicht erlösen und nicht kitten, schon gar nicht in eine Form stumpen, obwohl sie es bearbeitete, draufschlug, es so lange polierte, bis sie glaubte, es würde zu ihr sprechen und sich bedanken.

Wollte er erlöst werden, fragte sich Luis, fuhr sich über das Gesicht. Er hatte einen guten Job; er war Kurier. Er würde ihn aufgeben. Morgen, wenn er sich mit Emma besprochen, wenn er wieder mit ihr geschlafen hätte. Er konnte an nichts anderes denken. Unerwiderte Liebe machte ihn selbstsicher, sie stachelte ihn an, gab ihm die Benommenheit, nach der er sich sehnte. Gab ihm die nötige Dröhnung, und er mußte nichts, nada, und das war der Kick, dafür bezahlen. Emma zahlte; sie hatte zwar noch keinen blassen Schimmer, aber früher oder später würde sie bezahlen müssen, würde nicht drum herumkommen.

Er war ein Junkie. Hatten sie das nicht gewußt, nicht einkalkuliert? Sie hatten einen Fehler begangen, hatten *Te quiero* zu ernst genommen. Und ernst sollte man ihn niemals nehmen, dachte Luis. Ihr zwei, sagte er, schnalzte, war da ein Bedauern?, schlug auf den Sattel seines Mountainbike. Er knipste die Tütenlampe aus. Lila war eine Verschwenderin. War kein netter Wesenszug von ihr.

Luis stieg über Prues Korb, ging in die Küche, in den weißen Raum, wie sie ihn nannten. Er war so oft hier gewesen, daß sein Körper für alle Zeit wie ein Marshmallow, das einer ausgespuckt hatte, in den Dielenritzen feststeckte, und sie würden darüberlaufen und ihn festtreten. Die Wände waren mit seinem Atem beschlagen, und sein Flüstern und Stöhnen hockte dahinter und würde sie verfolgen. Der Gedanke gefiel ihm. So, wie die Dinge lagen, konnte er einfach nichts Gescheiteres tun, als abzuhauen. Aber er mußte noch diesen Zettel schreiben, irgendeine Floskel erfinden. Ein Dankeschön. Mit seiner Schreibe haperte es. Danke euch für alles, was ihr für mich getan habt ... Bißchen was Nobleres vielleicht. Etwas auf Spanisch? Jorge konnte es übersetzen, wenn ihm danach war.

Der Boden um den Eisschrank war durchweicht. Auf den Dielen quoll in einer Lache Trockenfutter für Prue und eine von Lilas Stoffrosen.

Lila, Schlampe, sagte Luis, bückte sich nach der Rose, hob sie auf und lächelte.

Wir werden uns nicht wiedersehen, sagte er laut. Er drückte die Stoffrose aus, legte sie auf das Bord neben das Honigglas und die Gewürze.

Durch die gekippten Fenster kam ein Schwall kühlere Luft. Federwolken waren zu sehen, und der Rosmarin, an dem Prue, obwohl sie es nicht sollte, immerzu fraß, streckte sich und zitterte. Das Bett in der linken Zimmerecke, unter dem Artdéco-Spiegel, den Lila dem schwulen Möbelheini abgeluchst hatte, war zerwühlt. Es roch nach Prue und Milch und nach Lila. Nie roch es nach Paul. Sonderbar, dachte Luis. War Paul jemand, der nicht wirklich hier war, nicht wirklich hier wohnte? War ihm das entgangen?

Der Herd war noch an, Stufe eins; die Milch im Topf war verbrannt. Luis drehte den Herd ab. Nahm den Topf von der Kochplatte, ließ Wasser hineinlaufen und stellte ihn in die Spüle. Er streifte sich das Tuch vom Kopf, schlang es sich um den Hals; wusch sein Gesicht und die Hände.

Er mußte einen Scheuerlappen suchen und aufwischen. War kein großer Aufwand. Er mußte sein Zeug zusammenpacken. In den Sisalrucksack paßte nicht viel, und, wenn er ehrlich war, was gehörte ihm? Die Stoffrose würde er mitnehmen, das Grasöl, das Lila benutzte, und eins von Pauls Hemden. Paul hatte bestimmt nichts dagegen. Seine Jeans, die trocken waren. Und die T-Shirts, die Leinenjacke, ein Paar Schuhe, ein Tuch, seinen Schlangenring. Wo hatte Lila ihn hingetan? Er hatte schon mal vergeblich danach gesucht.

Auf dem Tisch das übliche Durcheinander. Weizenkeime, Krümel, Eierschalen, brauner Zucker und Grapefruitreste führten eine stumme Fehde gegen den Stoß Bücher und die Kaffeebecher, noch halbvoll. Auf der Milch hatte sich Haut gebildet. Geleebonbons, Stifte, ein Bückling, Pauls Fernglas. Zartblaues Luftpostpapier, zerknüllt, geglättet und offenbar wieder zerknüllt.

Lieber Luis, las er, blies die Zuckerkrümel vom Tisch. *Hast du dir jemals überlegt, danke zu sagen? Ich werde dich rausschmeißen, wenn du es beim nächsten Mal, solltest du hier auftauchen, vergißt. Wann kommst du!?*

Das war Lilas Handschrift. Sie hatte mit Buntstift geschrieben und Kaffee auf das Blatt gekleckert. Typisch. Luis stellte den Stuhl hin, rückte ihn an den Tisch, setzte sich breitbeinig, den Oberkörper durchgedrückt. Lila hatte eine schlechte Meinung von ihm, aber das wußte er. War nichts Neues.

Luis nahm einen verbrannten Toast, biß ab. Er kaute lustlos, spürte Prues Haare auf der Zunge und verzog angeekelt den Mund. Er würde nichts einpacken. Hätten sie Freunde sein können, wirkliche echte Freunde? Obwohl sie es miteinander taten, was Freundschaft ausschloß. Das war seine Erfahrung. Drei auf einmal funktionierte nicht. Einer blieb zurück, auch wenn die anderen beiden ihn trösteten, Beweise erbrachten. Tränen und Geschrei.

Das letzte, was er von Lila gesehen hatte, waren ihre

vors Gesicht geschlagenen Hände. Sie hatte ihn beschimpft und dabei geschluchzt. Er hatte es satt. Warum trittst du nicht im Zirkus auf? hatte er Lila gefragt und ein Wort, das sie verletzten sollte, unterdrückt. Tritt mit Prue auf. Würde die Haushaltskasse bereichern. Er war um ungebetene Ratschläge nicht verlegen.

Red nicht von Prue, Arschloch! Prue ist dir doch ganz egal.

Du könntest das Haus niederbrennen, sagen, ich sei es gewesen, hatte er geflüstert und Ingwerkekse zermalmt, und Lila hatte ihn schniefend angefunkelt, ihm eine gelangt. Sie schlug nie fest zu, sie schlug nur, wenn er sie lange genug reizte. Er konnte einfach nicht damit aufhören, hochmütig zu sein und sich wie ein Schwein aufzuführen.

Du steckst das Haus an, Prue löscht das Feuer. Hinterher sagen wir, ich war's. Rose wird es bezeugen.

Luis, geh raus! Lila hatte die Hand sinken lassen, sich ins Bein gekniffen und gejapst. Er war aufgestanden, nicht ohne dezent die Ingwerkekse einzusacken, und weg war er.

Bis morgen, Ziege!

Morgen war heute. Worüber hatten sie sich gestritten? Sie stritten sich um alles, pausenlos. Luis zog ein Kleenex aus der Schachtel, die oben auf dem Stoß Bücher lag, wischte sich das Gesicht und den Hals ab. Aus dem Hof erscholl Stimmengewirr. Die Soligruppe machte den Abflug, und ein Witzbold – *Tschau, camaradas!* johlte es – quälte zu allem Überfluß noch mal die Trompete. Finales Heraus zum Ersten Roten Mai!

Er hätte Hausmeister werden sollen, dachte Luis, kratzte sich die Wade. Wengistens die Schuhe mußte er wechseln. Hausmeister mit Lizenz, Schrot und Gummigeschossen und einem Pitbull. Wozu hatte er studiert. In Genf. Immerhin.

Er würde nichts einpacken. Was gehörte ihm denn. Lila hatte recht. Danke war ein Wort, das er nicht aus sich rausbrachte. Ein Wort wie eine Sternschnuppe. Lieber fraß er den Toast hier. Er war kein Autoverkäufer. Hatte keinen deutschen Paß. Er war Graf Koks. Aus Santiago de Pinochet, aber für den Schlächter konnte er beim besten Willen nichts.

Luis, am Tisch, mußte lachen. Er verschluckte sich an den Krümeln, hustete und lachte. Es war absurd, und er mußte üben, über seine Schuld nachzudenken. *Denk darüber nach ...* fing jeder zweite Satz an, den Lila zu ihm sagte. Er war faul, er dachte sowieso zuviel ... *Und immer nur an das eine,* hörte er Lila fluchen, und nun war es zu spät.

Wo war der Scheuerlappen? Luis sprang hustend vom Tisch auf. Er schwitzte; war er krank? Luis fühlte sich nervös den Puls. Fieber? Die Salbe! Er mußte an die Salbe denken! Seine Haut quälte ihn, sie sah richtig unanständig aus. Unsauber und voller Dellen, dabei wusch er sich, duschte zweimal am Tag. Er könnte seinen Schädel an einen Zaun nageln, es würde sich keiner an ihn rantrauen, keine Hyäne. Nicht mal Paul.

Er tat Paul unrecht, dachte Luis, kramte unter der Spüle nach dem Lappen. Lila konnte Rose seine Habseligkeiten geben, für die Suppenküche. Es fand sich bestimmt ein versiffter Schwanz, der noch ärmer dran war. Aber das Grasöl würde er mitgehen lassen, und Pauls Hemd. Das mit den Monden und der winzigen Katze am Kragen. Rangierte nicht unter Diebstahl, er lieh es sich aus. Als Andenken. In dem Hemd würde er selbst noch als Leiche wirken wie der Schatten auf Pauls Schulter, der er war. Sanft und sehr jung, mit scharfen Gesichtszügen, einem vom vielen Küssen aufgeplatzten Mund.

Er konnte es nicht ertragen, sich Paul vorzustellen, nachdem er erfahren hatte, daß *hola, na, ihr zwei?* weg war, daß er nie wiederkommen würde. Hola am Abgrund, kopflos. Verschollen in den unendlichen Weiten des Babu Hassu-mal-ne-Mark-weißer-Mann?, nur bekleidet mit dem Lieblingshemd des Freundes, dem er das Wasser reichen konnte, und es blieb Wasser, und er wandelte nicht obenauf, sondern paddelte unten, im Schleim, bei den Schnecken, den Amöben, in der trüben Suppe. Paul hatte Hemden wie Rose Meyer Krampfadern an den Beinen. Ich bin ein Verlierer, dachte Luis.

Da war der Lappen. Emma wartete. Los, beeil dich, sagte Luis laut und richtete sich auf. Im Hof war es still; ein Lufthauch wehte durch den Raum. Es roch jäh und bedrückend nach Rosmarin und nach etwas wie Angst. Undefinierbar. Angst? Ein glitschiger, fischiger Geruch.

Mit einem Mal tat ihm der Kopf weh. Luis schnüffelte an sich. Schweiß. Er klammerte sich an das Spülbecken, drehte den Hahn auf, hielt seinen Kopf unter den eiskalten Strahl, trank und rieb sich den Hals, die Schläfen. Luis stöhnte, atmete mehrmals heftig ein und wieder aus. Er mußte aufwischen, das Grasöl nehmen – Lila bewahrte es neben dem Bett auf, am Boden auf einem Tablett –, mußte Pauls Hemd anziehen, andere Schuhe – sie waren in dem dunklen Zimmer –, und Abgang. Das Schreiben würde er lassen. Damit verriet er sich nur. *Te quiero. Luis.* Doch, das war es. Exakt. Genau das würde er schreiben. Neben *Wann kommst du?,* auf den zerknüllten Bogen Luftpostpapier.

Luis' Blick fiel in die Spiegelscherbe über der Spüle; ein emaillierter Vogel, Überbleibsel einer Spieluhr, schaukelte darüber, an einem Bambusstab, an dem eine Nagelbürste baumelte. Luis fletschte die Zähne. Sein Zahnfleisch war rot und blutete leicht. Alles voller Plomben. Sein Maul war nicht gerade eine Visitenkarte. Kam vom Koka. Und von dem süßen Zeug, das er in sich hineinstopfte. Er hatte Haare in den Nasenlöchern; er mußte sie ausreißen, dachte er.

Früher, als er bei der Gang Ausgeflippter lebte, und sich um ihre Ziegen kümmerte – seine Mutter hatte ihn an Ostern eigenhändig dorthin geschafft, in ihrem Auto, von Barcelona! –, war er von den Oberindianern der *Community* dazu verurteilt worden, Lächeln vor einem Spiegel zu üben. Es war eine Sekte, so etwas Ähnliches; Makarenko und Steiner. Danach verfuhren sie. Selbstmörder, Dealer und Weiber wie Emma. Knallharte Chicas, die sich gegenseitig das Leben zur Hölle machten. Er hatte keine von ihnen angerührt. Unrasierte Beine und sehr viel Haß im Leib. Die Sorte, die er nicht mal im Traum wichste. Sie verarschten ihn, schissen ihn an, wo sie nur konnten, ließen ihn auflaufen. Die Community machte kalten Entzug. Er hatte es bei ihnen ausgehalten. Ihr Prinzip war simpel, war wirkungsvoll: Demütigungen rund um die Uhr, arbeiten bis zum Umfallen, Strafen. Für die kleinsten Vergehen. Er hatte Rüben gezogen, Zäune gesetzt, hatte Kartoffeln gelesen, Felder bestellt, den Kühen die Schwänze gewischt und den Ziegenböcken die Hälse durchgeschnitten. Er hatte sich an zwei Abenden pro Woche gnadenlos zur Sau machen lassen, hatte noch danke gesagt. War rumgewieselt, devot, und hatte nie einen Freund gefunden.

Es war wie in einem Gulag und hatte funktioniert. Er war clean. Sie hatten ihn gehaßt, na ja, war auch nicht anders zu erwarten, und er hatte sich revanchiert. Und – er war sauber. Der Gulag hatte seine alten scheintoten Leute, denen er sonst nur auf der Tasche gelegen hatte, keinen müden Pfennig gekostet. War wirkungsvoller als Knast, und statt Unsummen für Rechtsanwälte auszugeben, für teure Kliniken, für Typen, die man zum Schweigen bringen mußte, hatte sein Vater eine neue Fluglinie gekauft und für seine Mutter noch ein Haus auf den Bahamas.

Natürlich war er, wenn die Community bei Kräutertee, Saft und Plätzchen, gegenseitigem Abstrafen saß, wenn sie ihn im Stall neben einer kalbenden Kuh sicher eingebunkert glaubten, hin und wieder abgezwitschert. War herumgestrunzt, eine geladene Batterie; hatte sein Lächeln ausprobiert. Diesen Augenaufschlag, der mehr ein Hilfeschrei war. Dieses lüsterne Brennen und Bohren und Funkeln, röchelnd – Te quiero, te quiero. Er verfehlte sein Ziel nie; die Wirkung war preisverdächtig. *Jugend forscht,* nannte das seine Mutter, die selten Humor bewies. Er war der Hauptgewinn der Tombola!

Luis starrte in die Spiegelscherbe. Er blähte die Nüstern – oh, hätte er ein Pferd sein können. Er übte einen Kußmund, dann ein Schmeicheln. Luis flüsterte, Paul. Paul, wo bist du? Seine Ohren waren ordinär, dachte Luis. Fleischig, zu groß. Die Falten um die Augen und um seinen Mund! Kerben, Linien – hier schon zu schlaff, die Haut, Luis kniff sich, bearbeitete sein Kinn –, Dellen, Leberflecke. Pickel!

Das Muttermal unter dem linken Jochbein schien heimlich zu wachsen. War doch nichts Ernstes? Lächeln üben.

Schöne Scheiße. Pfff. Luis musterte sich, befingerte seinen flachen Nasenrücken. Was sie nur alle an ihm fanden. Er hatte es lange versucht, damals, auf den Feldern, und beinahe wäre es ihm gelungen, eine zu überzeugen, sein Lächeln zu erwidern. Sie war älter, nicht ganz bei sich. Hatte ihn beim Einkaufen angesprochen. Er durfte raus aus dem Gulag, nach einem halben Jahr durfte das jeder, mußte Besorgungen machen, die anderen traurigen Idioten, Suizids, magersüchtige Stricherinnen, Junkies, Alks, Tabletten, rumkutschieren, sie zu Ärzten bringen, auf Ämter, oder einfach nur spazierenführen wie Meerschweinchen. Er hatte sich gleich beliebt gemacht; er war so fürsorglich. Fürsorge war ein Klimmzug, mit dem man sich in der Community nach oben hangelte, falls man ihr System früh genug kapierte, unauffällig blieb und Einsicht und das rechte Schuldbewußtsein mimte. Während er noch trainierte, ein guter Mensch zu sein, um die Oberindianer zu beeindrucken und seiner Wege gehen zu können, querfeldein und bei Rot, hatte er sie getroffen. Sie schwamm, schrieb Gedichte. Eine rauhe Zunge, kratzbürstig und sehr wählerisch. Sie verkaufte nichts von dem Kram, den sie ihm vorlas. Aber er hatte ihrer Stimme gelauscht; die Stimme hatte ihm zugesetzt, ihn überwältigt. Und sie hatte ihn *angelächelt,* wenn er mit ihr tanzte (niemand erfuhr je davon), und er hatte mit ihrem Bruder Schach gespielt. Ihr Vertrauen in ihn war schrecklich, eine Last, unter der er zusammenklappte. Je mehr er sich ihr anvertraute, sie als ein sportliches Vergnügen betrachtete, als eine Punkteskala – Punkt eins bis drei: clean werden, es bleiben und trotzdem weiter lügen –, sie schlecht behandelte, desto schneller schrieb sie.

Er las ihre Gedichte. Er tat so, als würde er sie lesen. Zog sich nackt aus, legte sich ins Bett und las. Er begriff kein Wort von ihrem Geschreibsel, doch es schmeichelte ihm. Manchmal hatte er sogar einen Buchstaben gestrichen, hatte Silben korrigiert, die Wörter ausgetauscht. Hatte es ihr vorgetragen, nicht ohne Stolz, und sie hatten es zusammen so hingebügelt, daß sich keiner von ihnen schämen mußte. Einige der Gedichte, die sie nach ihren Merenguesessions, mehr ein wildes Weinen und Vögeln, geschrieben hatte, waren veröffentlicht worden, aber nur unter ihrem Namen.

Als sie fertig war mit den Gedichten, ihr zu ihm nichts mehr einfiel und sie beschloß, es mit einem Roman zu versuchen, hatte sie sich von ihm verabschiedet. Wie mit einem Klappmesser schnitt sie ihn von sich los. Sie hatte ihm nicht Aufwiedersehen gesagt. Ihr Bruder hatte ihn hinausbegleitet, hatte freundlich durch ihn hindurchgesehen, an jenem letzten Tag, an dem er sich zu ihnen gewagt hatte. Er war in seiner alten Loddellederjacke gekommen, um sich wichtigzutun, ihr Futter zu geben, doch sie vermasselte ihm den Abschied, ließ sich einfach nicht blicken. Ihre Schreibmaschine klapperte; mehr bekam er nicht von ihr zu hören.

Er und der Bruder standen an der Gartentür; es war ein schwefelgelber Septembermorgen. Vom Fluß, der sich müde dahinschleppte, stiegen Schwaden von Feuchtigkeit, Insekten und ein Schwarm klagender Vögel auf. Der Bruder, ein zarter ruhiger Mensch, er hinkte, hatte ein zu kurzes Bein, Kinderlähmung, schnippte Läuse von den Rosen, sagte nur, *na, dann*. Wandte sich ab, entließ ihn mit einer knappen Handbewegung, wie man eine Katze verscheucht, die man an einer stinkenden Müllgrube beim Räubern erwischt hat.

Die Dichterin hatte er nie wiedergesehen, und er hatte mit dem Lächeln neu loslegen, hatte üben und üben und üben müssen. Die Frau erinnerte ihn an Prue. Manchmal, wenn die Katze ihn ansah, sich in Lilas Armen, auf seinem Schoß rekelte, was er nur unter Qualen ertrug, fiel ihm die Dichterin ein, ihre höhnische Konsequenz, mit der sie ihn hinausgeworfen hatte. Und es kamen ihm Wörter in den Sinn; Wörter, die sie geschrieben hatte. Seine schamhafte Unbeholfenheit aus jener Zeit fiel ihm ein; die Ziegenkadaver, Strohballen, Rüben, die er aufschichten mußte, die endlosen Nächte im Container, in dem er damals geschlafen hatte. An all das erinnerte er sich, und die Erinnerung, merkwürdig, peinigte ihn, während Prues Krallen seine Hose zerfetzten, Lila die Muskeln seines Oberschenkels befühlte, ihn knuffte, tätschelte, ihn aufforderte, *erzähl mir* –.

Grimassen. Mehr kriegte er nicht hin. Luis starrte sich an. Niemand, den er kannte. Wer war das, im Spiegel?

Luis schloß die Augen, fuhr sich mit der Hand über den Mund. Drehte die Scherbe über der Spüle um, zur Wand. Er saugte an seinen Fingern, seufzte. Die Finger schmeckten nach Seife.

Luis bückte sich, nahm den Lappen und begann aufzuwischen. Wrang das Scheuertuch über dem Ausguß aus. Er wischte, kroch herum, wrang aus. Wischte. Er mußte das nicht tun. Aber es war besser, wenn er es hinter sich brachte; er wollte es sauber hinterlassen. Wollte, daß sie sagten, oh, er war hier, Luis war hier. Der liebe Luis. Schau nur. Wo ist er? Wo ist Luis? Schade, er würde es nicht mehr hören.

Luis machte eine Pause, stützte sich auf die Stuhllehne, trank den noch halbvollen Becher, es war Pauls Becher, mit dem Kaffee aus. Wischte dann den Tisch ab. Breitete den nassen Lappen über den Eimer, stellte ihn sichtbar neben den Kühlschrank, räumte das Gemüsefach ein, entsorgte einige längst fällige Makrelen, fand den Schlangenring unter den Eiern in einer Schale und steckte ihn an.

Hast geglaubt, ich find ihn nicht, ja, Süße? murmelte er. Dumme Nuß, und innen so weich, und wenn er an ihr leckte, öffnete sie sich, brach in zwei Hälften. Sie hatte Opfer gebracht; er hatte sie nie um eins gebeten. Der Ring gehörte ihm. Wenn er genug zusammenkriegte, unwahrscheinlich, aber möglich, würde er ihr einen Opal schenken, dachte er, oder einen Aquamarin und Perlen, echte Südseeperlen. In einem späteren Leben.

Luis spülte die Teekanne aus, verstaute das Päckchen Weizenkeime und den Toaster im Bord. Nahm die Stoffrose, legte sie oben auf seinen Sisalrucksack, den er vorhin beim Reinkommen aufs Bett geworfen hatte. Sein Ticket war bezahlt. Luis gähnte. Er setzte sich ans Kopfende des Bettes, strich mit der Hand über die Kissen, roch an den Laken. Das war jetzt das Ende, dachte er. Heiraten Sie mich, flüsterte er und mußte niesen. ¡Vamos! Luis boxte in die Matratze, fluchte, legte sich quer über das Bett und hangelte nach dem Fläschchen Grasöl am Boden. Ziege, sagte er zu dem Kissen, auf dem für gewöhnlich Lila mit Prue schlief.

Luis zog die Trainingshose aus, band seine Turnschuhe auf. Er nahm eine frischgewaschene Jeans vom Stapel, schlüpfte hinein und wickelte sich das weiße Tuch um die Stirn. Die Trainingshose und die Turnschuhe stopfte er in den Rucksack.

Wo war das Hemd? Er schüttelte nie eine Herzdame aus dem Ärmel, nur rote Fünfen. Hatte er je mit hartgekochten Eiern jongliert? Hatte er Prue das kleine Einmaleins beigebracht – ein Bückling und noch ein Bückling sind drei Bücklinge? –, Rose Meyers Herz gewonnen? War er jemals auf den Gedanken gekommen, Pauls Großvater als das zu sehen, was er für Paul war: eine endlose Geschichte und ein Rätsel, ein Knoten, den Paul geknüpft hatte, um ihn aufzudröseln, neu zu knüpfen, sich in eine Liebe, eine einseitige Liebe zu verstricken, die ihm half, er selbst zu sein? Paul stellte Fragen; es war ihm nicht wichtig, wer sie ihm beantwortete.

Luis ging durch den Raum in den Flur und von dort ins Bad und in das dunkle Zimmer. Er hatte Lila betrogen, dachte er, suchte ein Paar Schuhe – die schwarzen? –, die er anziehen könnte. Doch wenn er es sich überlegte, hatte sie es auch getan, hatte mit Rose und Paul und vermutlich auch mit Ali Akbar, hier mußte er wieder niesen, geschlafen – und mit ihm. Sie hatte ihn geschlagen, sich das größte Stück vom Kuchen genommen. Sie waren quitt. Er hatte *nur* mit ihr geschlafen, na ja. Und was war mit Paul?

Luis zog die schwarzen Schuhe an, nahm das Hemd vom Bügel. Leinen, ein dichtgewebter, schwerer Stoff, teuer, gut geschnitten. Er würde das Hemd nicht gleich anziehen, es nur einpacken. Paul lieh es ihm sicher aus, und er würde es zurückbringen, irgendwann. Um scheuende Pferde zu besänftigen, brauchte man Zucker. Paul hatte immer Zucker bei sich, in seinen Taschen. Pferde waren erstaunlich. Sie sahen einen verzerrt, ihr Gesichtskreis war nach der Seite größer, sie traten auch bei Dunkelheit nie in Löcher, unterschieden sogar Farben, und jedes Arschloch, das sich ihnen näherte, ließen sie aufsitzen. Vorausgesetzt, sie kriegten etwas ins Maul, das es wert war, gefressen zu werden. So ähnlich war es gelaufen, dachte Luis. Sie hatten ihn gefüttert und zugeritten, und nun war er aus der Koppel ausgebrochen. Er konnte nach Argentinien gehen, Rinder aufziehen. Oder zurück nach Chile, wo sein Vater einen Freund hatte – wo hatte sein Vater keinen Freund? –, konnte Gaucho werden.

Doch zuerst mußte er mit Emma schlafen, dachte Luis, mußte herausfinden, ob sie ihn dabei anlächelte oder nicht. Beim ersten Mal war es zu schnell gegangen, und er hatte nicht genau hingesehen. Lila hatte so oft gelächelt, hatte über seinen Kopf, seine Schulter hinweg mit Paul geflüstert, bis er unter ihren Zungen zu einem einzigen zischenden Laut wurde und aufschrie und so heftig stieß, daß Prue aus dem Bett hechtete und mauzend auf den Kühlschrank sprang, wo sie sich wütend über die Mayonnaise hermachte, die keiner weggeräumt hatte. Sie waren miteinander ausgekommen, und er liebte sie. Und das war es jetzt. Luis nickte, schlenkerte achselzuckend aus dem dunklen Zimmer und durchs Bad wieder hinüber in den großen Raum. Er schloß die Fenster. Draußen ballten sich graue Wolken über den Antennen der Versicherung; die gelbe Bulldogge lag noch unten im Hof. Dünstete und röchelte vor sich hin. Die Gespenster waren fort.

Luis schrieb *Te quiero – L.* auf das zerknüllte blaue Papier, beschwerte es mit Pauls Fernglas und dem Schlüssel.

Que te vaya bien, Tomás, sagte er laut, nahm seinen Rucksack, band sich das Hemd um die Hüften – zu umständlich, er steckte es doch in den Rucksack –, nahm sein Rad. Schob es durch den Flur zur Tür, öffnete sie. Schlug die Tür hinter sich zu. In Sicherheit.

Die Apotheke neben dem *Schwarzenegger* war geschlossen. Sollte er klingeln? Er brauchte die Salbe. Luis auf seinem Mountainbike fluchte. Seine Augen tränten. Oma Bieber und eine durchgedrehte dünne Nutte mit Oberlippenbart und verfilzter roter Langhaarperücke zockelten über die Kreuzung. Die Nutte hatte Oma Bieber untergefaßt, die schwer angeschlagen war, schleppte sie gurrend die Magnolienstraße runter. Die zwei Harpyien zeterten an Luis vorüber, zur Spielothek, wo die Schlampe aus dem Treppenhaus das infernalische Duo schon ungeduldig erwartete. Sie blökte auf, als die Nutte, es war eindeutig ein Kerl, ihr ein Küßchen auf die Wange schmierte, und verpaßte Oma Bieber zur Begrüßung eine Ohrfeige. Waren die verwandt?

Glotzt'n du? greinte es zu Luis hinüber. Die alte Säuferin knickte unter der Wucht der Schläge ein, die nun auf sie niederprasselten, wurde aber von der Nutte in die Senkrechte und wieder auf die Füße getrieben und unter wüsten Drohungen in den muffigen Laden gedrängt. Drinnen ging die Keilerei in die zweite Runde.

Geht's dich was an? kreischte die Frau aus dem Treppenhaus, katapultierte sich schnaufend auf den Gehsteig und drohte Luis mit der Faust.

Eine Stadt voller Gewinner, dachte Luis, rieb seine Augenlider. Die Luft war smogverdächtig, trotz des Regens, der am Morgen, soviel hatte er mitbekommen, gefallen war. Luis suchte nach der Klingel, schellte. Und es sah so aus, als wollte es bald wieder anfangen zu schütten. Niemand kam. Luis wartete. *Wegen Trauerfall vorübergehend* – las er. Es war warm, mehr noch, drückend. *Im Notfall ...* Er war ein Notfall.

Ein Gewühle um ihn herum, Autos und Menschen. Was trieb Emma da bei ihrer Meditation? Er konnte sich ein Tattoo mit ihrem Namenskürzel auf seinen rechten oder linken Hüftknochen einbrennen lassen, dachte Luis. Trat ärgerlich auf der Stelle, fuhr mit dem Rad vom Gehsteig herunter und zwischen zwei parkende Kleinlaster. Er hatte Hunger. Spürte ein nagendes Unwohlsein. Ein Punk im

Rollstuhl, der die mittlere Fahrspur blockierte – hinter dem Rollifreak schrie und tobte es, weiter vorn, bei der Kreuzung, flackerte ein Blaulicht –, grinste ihn im Vorüberflitzen breit an. Vielleicht regte Emma das Tattoo auf, und sie würde seinen Namen, würde *Luis* rückwärts buchstabieren, und er könnte es ihr von hinten besorgen? Ein bißchen heftig; anschließend könnten sie es diskutieren. Die Salbe war lebensnotwendig. Cortison. Wo bekam er jetzt die Tropfen für seine Augen her?

Jedenfalls würde ein Tattoo Emma von seinen Pickeln ablenken. Emma rauchte nicht. So kam er erst gar nicht in Versuchung, wie bei Lila, dachte Luis. Ein Plus. Quatschen war eigentlich beleidigend. Aber besser, sie redeten, als daß Emma seine Haut untersuchte, sein Karma in Frage stellte und ihm Vorträge runterleierte. Sie hatte angedeutet, sie sei Heilerin. Und er war der Urwalddoktor. Der mit den zehn kleinen Negerlein? Und sehr viel Asche im Sparstrumpf.

Irgendwo mußte ein Stau gewesen sein, schon eine Weile her. Die Stadt war eine Sechserpackung, dachte Luis. Der Punk wurde in die Bullenwanne verfrachtet. Wer hier nicht zum Junkie wurde, der war ein echter Held. War ein Außerirdischer.

Er hatte sich die Stadt nicht ausgesucht. Hatte nicht gewußt, wohin, nachdem er von der Community abgehauen war, bei Nacht und Nebel, im Winter. Und so war er eingeflogen, bei klarem Wetter und ohne Gegenwind. War in einem Sumpfgebiet, inmitten von Seen gelandet und adoptiert worden. Er liebte sie so, dachte Luis, fädelte sich in den Verkehr. Es war, als wäre er wieder stoned, verrückt nach Trost, und wenn er ihn bekam, zurückkehrte an den Ausgangspunkt und in die Augen seines Gegners sah – alle waren seine Gegner –, wurde er zu einem glühenden Stück Metall, das verletzte, tiefe Wunden hinterließ. Er liebte sie. Dabei hatte er niemanden mehr lieben, sich nicht mehr ausliefern wollen. Sich berechenbar und vernünftig zu zeigen, keinen Schatten zu werfen, nie zur falschen Zeit am falschen Ort zu sein, das war ein Ziel, war eine der Grundregeln der Community, und er hatte gegen die Regel verstoßen, und nicht nur einmal. Liebe, anständige, echte Liebe, war unheilvoll, wenn man ein gutes und normales Leben führen wollte. Und nun war er wieder da, wo er immer gewesen war, auf einer Straße. Er war hungrig, suchte nach einer Salbe; seine Augen waren dick geschwollen, er dachte an Nikotin, eingekeilt zwischen Autos, und es würde regnen.

Lila würde ihn vergessen, dachte Luis. Jeder vergaß ihn. Tante Toni saß auf einem Klappstuhl vor Woolworth und sang. Ihre fünf Köter, auf Karaoke getrimmt, jaulten. Markierten Krämpfe, wickelten sich jedem, der nicht sein Heil im Rinnstein suchte, um die Beine. Sind Sie 'n Mensch, haben Sie Kleingeld? Die Nummer war ein Renner. Eine reality soap.

Geld für 'ne arme alte Rentnerin? hustete es.

Luis, rief Tante Toni, als er, die Ampel schaltete auf Rot, neben ihr anhielt. Wo willst du hin?

Apotheke, rief Luis durch den Lärm. Die bei uns hat zu.

Bei uns, dachte er. Wo war das? Er mußte aufhören, so zu reden. War nicht das Lied, das Emma gefiel. Aber war Emma musikalisch?

Wieder wegen deiner Haut? rief Tante Toni.

Luis nickte.

Ich komm mal vorbei, schnaubte Tante Toni. Grüß Paul, rief sie, wedelte mit ihrem zerrissenen rosa Chiffonschal, küßte ihre Fingerspitzen und schmetterte *God save Di.*

Die fünf wurstförmigen Köter peilten kläffend ein neues Opfer an.

Wenn ich ihn sehe, murmelte Luis. Er würde Paul nicht wiedersehen.

Hinter ihm hupte es. Irgendein Countryfuzzi schrammelte durch die heruntergekurbelte Scheibe eines Van.

Paß doch auf, Schlampe! Was fuhr die so dicht ran!

Abstand. Bist du taub, Brenda Lee? schrie Luis.

Grüß Paul, juchuhte Tante Toni.

War das Rose, in dem Van?

Rose? rief Luis. Er machte instinktiv eine kreisende

Handbewegung, trat in die Pedale. Der Van nahm ihm die Vorfahrt, bog an der Ampel rechts ab. Die Rücklichter blinkten. Wer immer auf dem Weg nach Nashville war, hupte. Hatten die ein Streichholz zwischengeklemmt? Die hupten und hupten. Der Wagen verschwand.

Rose war doch am See? Er konnte noch zu ihr raus, schauen, ob er Lila traf, und ihr, was? adiós? sagen, dachte er. Es war genug Zeit. Emma meditierte. War nur ein kleiner Umweg. Bei dem Tempo, das er drauf hatte. Und bestimmt gab es auch eine Apotheke.

Keine Eile, dachte Luis. Bleib bei dir, Mann. Der Verkehr war dicht und zäh, und er mußte aufpassen.

Jorge stand in einem Pulk von Nike-Kids und Junkies an Ali Akbars Bude. Das übliche Gedudel war zu hören. Ein Ghettoblaster plärrte, und zwei Harley-Fahrerinnen, die an ihren Maschinen lehnten, schlürften Kaffee aus Bechern. Jorge und die Frauen lachten. Ali lief, Döner und Fritten balancierend, über den Gehsteig. Die Chose dampfte; Ali gab mächtig an. Luis radelte an ihnen vorüber, ohne daß sie ihn bemerkten, und das war ihm nur recht.

Er brauchte eine Atemmaske. Kriegte kaum Luft. Der Himmel wurde zusehends dunkler. Luis stöhnte. Er nieste. Sein Nacken war steif, unter seinem Kinn sproß ein Pickel. Der war vorhin noch nicht dagewesen. Luis fluchte, nieste. Es war pervers. Unterwegs, im Freien, und seine Haut produzierte diesen Unrat! War er falsch gepolt? Er hätte doch gleich Pauls Hemd anziehen sollen, dachte er. Er fror, obwohl ihm heiß war und die Innenflächen seiner Hände und seine Brust schweißnaß waren. Um die Ruine der Zementfabrik keilten blauschwarze Wolken ineinander. Bald würde Wind aufkommen. Er mußte duschen, dringend etwas essen. Sollte er die Ausfallstraße nehmen, oder eine Abkürzung durch eine der Seitenstraßen, die ruhiger waren?

Zum Fluß hinunter, entschied Luis. Sein Magen knurrte. Über die große Holzbrücke zum Bahnhof und über die Abraumhalden zum See. Sicher kochten sie; er konnte mit ihnen essen. Er mußte Lila nicht die Wahrheit sagen, dachte er. Wahrheit war eine angestoßene Zehe, und wenn man sich nicht bewegte, im Bett blieb, las und sich küßte, heilte sie schneller, als Prue schiß. Er konnte aufrichtig lügen. Aber würde Lila ihm die Lüge verzeihen? Und würde Emma ihm Paul verzeihen und Paul ihm Emma? Er war das allerletzte. War genau der, den sie nötig hatten und der sie aufmischte. Hatte irgendwer sich schon mal beschwert?

Alles in Ordnung, flüsterte Luis und grinste. Er sauste den Akeleiweg bergab, um die alte Markthalle herum, die zugemauert und verrammelt in der stickigen Schwüle döste. Luis fühlte das Lachen wie eine giftige Blase in sich hochsteigen. Er hatte keine Phantasie? Und ob er die hatte! Er würde mit ihnen essen (und er war wirklich hungrig), es Lila danach sagen. Beim ersten Schluck Kamillentee, den er aus ihrer Tasse trank. Würde Rose und Prue zuprosten. Vielleicht würde Rose ihn verprügeln. Zuzutrauen war es ihr. Er mußte es riskieren. Die gute Rose. Sie würden es gemeinsam tun, Rose und Lila. Zwei Frauen, die ihn krankenhausreif schlugen. Ihn im See ertränkten. Ciao, amigo.

Möglicherweise war es das, was er brauchte, dachte Luis. Er radelte pfeifend um einen vergitterten Park, Ebereschen und demolierte Bänke. Kurvte linksherum über einen leeren Schulhof, auf dem ein schwarzer Junge am Sockel einer Tischtennisplatte hockte, sich einen Joint drehte und vor sich hin summte. Ihm fehlte eine gehörige Abreibung. War's das? Er wollte ein Punchingball sein. Ein Jojo? Staub auf ihren Gesichtern, Schweiß und Tränen, und *hinterher* würden sie sich an ihm reiben. Luis stieß einen übermütigen Schrei aus. Er klingelte. Fuhr in einem Bogen um die Tischtennisplatte und den Jungen, der sich wiegte, seine blondgefärbten Dreadlocks schüttelte und Luis regungslos nachstarrte.

Wind kam auf. Letzte Nacht hatte er geträumt, er würde ein Loch in einem Garten graben, unter einer Fliederhecke. Prue und Lila kauerten neben ihm. Im Traum war die Erde gefroren, das Graben eine Strapaze, und er kam nicht voran. Lila und die Katze beobachteten ihn stumm, aus nächster Nähe, und doch waren sie entfernt, viel zu weit weg, wie Nebel. Unerreichbar im Schatten eines riesigen, gelben japanischen Schirms. Nach einer endlosen Weile – immer verbissener arbeitete er mit dem Spaten, den Namen seines portugiesischen Kindermädchens flüsternd, nichts tat sich – hatte Prue sich dreingeschickt und ihm geholfen. Und da war es plötzlich sehr einfach, das Loch und Prue waren größer geworden und Lila kleiner. Keiner von ihnen hatte einen Laut von sich gegeben, nur die Erdbrocken und Eis waren zur Seite geflogen. Als sie das Loch ausgehoben hatten, als es zu schneien anfing und er aus der Grube kletterte, war er allein. Ohne Lila. Und wo war Prue geblieben?

Warum war er überhaupt hineingestiegen? dachte Luis, radelte über die geschwungene Holzbrücke. Er bremste, hielt an. Ab hier ging es abwärts; unten, am Ende der Brücke, wucherte Gestrüpp. Ein Hohlweg, den ein Trampelpfad durchschnitt, führte zum Fluß, zu einer Badestelle.

Er mochte die Aussicht von diesem Punkt der Brücke. Der Fluß bewegte sich träge. Sein Wasser war braun und quecksilberhaltig. Nicht sehr tief; an manchen Tagen, wenn er traurig war und sehnsüchtig und sich eine Zigarette wünschte, das atemlose, gepreßte kindliche Lachen der Kleinen aus St.Etienne hörte, stellte Luis sich vor, von eben dieser Stelle hinunterzuspringen. Wie damals in Venezuela, als er zehn war. Nur um seine Mutter zu ärgern, die aber nicht hingesehen hatte, sondern Bridge spielte und über ihren Boutiquenrechnungen Schreikrämpfe bekam. Einmal hatte sie das indianische Mädchen durch die Opuntien gejagt, nachdem herausgekommen war, daß es ihren Sohn, wenn er nicht aufhören wollte zu weinen, zwang, seinen Kopf zwischen ihre Beine zu stecken.

Im Traum hatte er seinen Mund aufmachen und atmen wollen, aber er hatte keinen Mund mehr. Nur eine Zunge. Seine Zunge war ein Eiszapfen gewesen. Im Arm hatte er etwas Weiches gehalten, ein weißes, stinkendes Fell. Einen lebendigen Balg, der ihn niederdrückte. Ihn im Fallen umriß, umschlang wie ein Polyp, sich anklemmte mit seinen

Saugnäpfen und Tentakeln. Die Fliederhecke war gespenstisch gewachsen. Es schien, als streckten sich einzelne blühende Zweige und die belaubten Äste zu ihm. Wuchsen ihm entgegen. Arme, die ihn und das Balg an sich zogen, um ihm die Knochen zu brechen. Er hatte, seltsam, nach Prue gerufen. War dann in den Himmel gehechtet. Weit hinauf. War hinuntergestürzt, mit dem Kopf zuerst. Aus einer eisigen Höhe hinein in das Loch. Und er war aufgewacht, zitternd, hatte neben sich getastet. Paul? Er hatte *Paul* geflüstert. Paul! Doch Emma hatte seine Hand nicht genommen.

Es regnete. Wirklich, jetzt regnete es. Erste warme, dicke Tropfen fielen, zerplatzten auf der Lenkstange des Mountainbike und auf seinem Hals. Fern, hinter dem Bahnhof, grollte Donner. Ein Kanu dümpelte oberhalb des Wehrs.

Luis schaute nach links über seine Schulter nach der Stadt und hinunter auf das träge, schlammige Wasser.

Das Echo eines Güterzuges, und da war ein Vogel am Ufer. Dort, links. Der Vogel flog auf, nach dem Hohlweg herüber. Krächzte und breitete seine Flügel aus.

Ein Reiher, dachte Luis. Er legte sich flach auf das Rad, stieß sich vom Brückengeländer ab. Luis lachte, sauste die Schräge hinunter, auf das Gestrüpp und den Trampelpfad zu, der den Hohlweg querte.

Die Frau im Fiat schrie. Sie zerbiß die kalte filterlose Zigarette, die sie sich vor wenigen Minuten unten am Steg, an der seichten Stelle, wo Entengrütze und ein Hamster schwammen, zwischen die Lippen gesteckt hatte, trat sinnlos auf die Bremse. Der Knall war fürchterlich. Der Fiat setzte zurück, und die Frau mit dem blauen Auge verschluckte den Rest der Camel, gab sofort wieder Gas. Die Räder blockierten. Sie bremste, würgte den Motor ab und schrie. Der Kerl war ihr frontal draufgeknallt! Ihr dreijähriger Sohn hinten in seinem Kindersitz plärrte. O Scheiße! Sie war pleite, dachte die Frau. Bis zum Monatsende keinen Pfennig Geld. Sie wollte noch zum Friseur. Der Mann, der sie schlug und zu Hause auf sie wartete, hatte morgen Geburtstag.

Sie kriegte ihre Tage. Die Frau hörte auf zu schreien. Sie saß stocksteif.

Der Hamster wäre sowieso erledigt gewesen. Hätte die Nacht nicht überlebt, das Vieh. Es war der siebenundzwanzigste April. Es regnete. Eine wahre Sintflut. Konnten Hamster schwimmen? Sie war im Rückwärtsgang gefahren, den Hohlweg lang, bis zur Brücke. Wenn sie sich beeilte und umkehrte, konnte sie den Hamster aus der Entengrütze fischen. Die Frau versuchte, die Fahrertür aufzustoßen. Ihr Sohn heulte grell, und sie schlug nach ihm. Das Heulen ging über in Gewimmer. Ein krächzendes Keuchen und Schniefen, und dann war es plötzlich still.

Die Tür schrammte gegen ein Schutzblech. Die Frau rutschte über den Beifahrersitz, taumelte aus dem Wagen. Der Kerl lag auf dem Rücken, er lächelte! Einen halben Meter neben dem Fiat, mit einem Fuß im Gestrüpp. Die Frau erbrach sich über der Kühlerhaube. Sie hatte keine Tampons mehr. Verflucht, wo kriegte sie jetzt welche her?